旺宅閒妻

4

完

落日圓 著

風文創 579

目錄

第三十三章

四月初二，殿上讀卷，宋懷遠之立論驚為天人，聖上龍顏大悅，以二十字贊曰。「字字珠璣，句句經典，段段精闢，章章絕倫，篇篇錦繡。」

一夜之間，宋懷遠的詩詞之作被坊間製作成集，在文人雅士間廣為流傳。

次日，殿試放榜，聖上在殿上欽點宋懷遠為一甲一名，賜進士及第。宋懷遠這狀元中得毫無懸念，聖上對其容貌、品性極其讚賞，毫不吝嗇贊曰：「筆動時篇篇錦繡，墨走時字字珠璣，連中三元，實乃千古第一才人！」

其弟宋懷玉也毫不遜色，中了三甲第一名，亦稱傳臚，賜同進士出身。

葉如濛聽到消息時，也為宋懷遠高興，重經一世，宋大哥的才情仍是無人能及，她真為認識他而感到自豪。

葉如濛忽然想到了什麼，問道：「那賀知君呢？他中一甲了嗎？」

大寶笑答道：「六姑爺得了一甲二名，高中榜眼！」

「榜眼？」葉如濛歡喜極了，人差點都跳了起來。「榜眼！」

「是啊，一甲三名是一位揚州的才子，名喚孫久。」

葉如濛笑得合不攏嘴，她才不管這得了一甲三名的探花是誰呢！她關心的是她的妹夫，沒想到她的妹夫竟然這麼厲害，這一世竟高中榜眼。

消息傳到容王府時，祝融心中有些酸酸的，其實這名次他昨日便知曉了，宋懷遠的才情與度量，確實是天下無雙，俗話說，文無第一，可這宋懷遠卻是例外，有他在，天下無人能與之相爭。

往年科考的一甲三名，才氣皆是相差無幾，可今年的狀元卻是遠勝於榜眼。前世亦是如此，其實前世是這孫久中了榜眼，賀知君殿試前連續腹瀉三日，參加殿試時人都有些脫水了，發揮失常，最後被聖上封為探花。

今世，有他的人先排除阻礙，賀知君得以安心殿試，實力自然正常發揮。

祝融吩咐道：「賀知君既然已經高中，只怕不日就要搬出丞相府，此次中了榜眼，想必賀相也不會小氣，便安排一處三進的院子給他吧！記得，要離濛濛近些。」濛濛和她六妹感情好，想必以後也會常常往來。

「是的，爺。」一青時欣然應道，只要主子心情好，他也樂得逍遙自在。主子成親了，他和銀儀的婚事想必也快了。

祝融提醒道：「記得，是離王府近，不是離葉府近。」濛濛還有十二日就要嫁過來了，他一日日倒數著呢！想到她就要嫁進王府，祝融心頭對宋懷遠的那些醋意似乎淡了一點，可是還沒有全然消失。

翌日，連中三元的宋懷遠騎馬遊街後，與其胞弟還有賀知君三人結伴赴瓊林宴，一時間，風光無人能及。

這一日，正好是葉如濛的及笄日。

葉如濛本沒有要大辦的意思，她娘先前來問時，她表示希望能溫馨一些，不要請太多人。於是，林氏此次便只邀請了一些交好的友人過來，比如宋江才和陸清徐夫婦，還有將軍府的人；只是將軍府一請就不得了，孫氏熱情得很，帶著兒子、兒媳、孫子、孫女都來了，光將軍府的陣仗就有浩浩蕩蕩數十人。

葉如濛只請了葉如思，葉如思也帶了自己的兩個小姑，還有嫂子嬌寧郡主。看見葉如濛，她十分尷尬，她本來只打算帶明玉小姑來的，誰知道明珠小姑和大嫂知道後，硬要跟著過來，她沒辦法拒絕她們，到葉府後，只能一臉歉意地看著葉如濛。

葉如濛朝她笑了笑，表示諒解，來就來唄，她又不會少塊肉。

及笄禮除了須邀請觀禮者外，還要請三個人擔任特別的角色。首先要請一位有德才的女性長輩當正賓，為笄者行及笄禮。林氏替女兒請了黃徐婉，黃氏的丈夫宋江才和長子宋懷遠均為狀元，次子宋懷玉為傳臚，請她來是最適合不過的。這事其實早在半個月前就定下了，宋懷遠昨日中了狀元，實屬錦上添花。

除了正賓，還要請一位贊者，助正賓行禮，葉如濛請了與她交好的顏寶兒。最後一位是有司，為笄者承接托盤，葉如濛請了宋懷雪，有司不須言語，宋懷雪正好適合。

今日的良辰是午後未時一刻，葉如濛沐浴後，身著采衣、采履安坐在東廂房內等候，心中有些小緊張。不知道為什麼，她隱隱有些期待，彷彿在等待著什麼，待看到紫衣從門外走進來，似有話與她說時，她這個期待突然落實起來。

果然，紫衣低聲道：「姑娘，主子過來了。」

「容？」葉如濛有些欣喜。「他怎麼過來了？」今日他可以過來嗎？他有空嗎？

紫衣看見她欣喜的模樣，笑道：「已經到了，老爺和夫人在迎接他呢！」

葉如濛面上有著掩不住的笑意，她就知道，他不會錯過她的及笄禮，能在他的見證下行及笄禮，她感覺好滿足。

此次及笄禮是在忍冬院舉行的，他們在庭院中央築了一座矮臺，矮臺四面各有三級階梯。

葉長風致完辭後，來賓們稍等片刻，便見顏寶兒從廂房裡走了出來，她洗淨雙手後，站在西階上就位。葉如濛在眾位賓客的矚目下走出來，在人群中，她一眼便見到了他，他身量高，又生得俊美，不論穿什麼衣服，總是最顯眼的一個。

葉如濛與他對視了一瞬，目光卻被他身後的人吸引過去。祝融的身後，一襲紅衣的顏多多笑容比陽光還要燦爛，他朝她熱情地揮著雙手，紅色寬廣的袖袍很搶眼。

祝融回頭，瞪了顏多多一眼，顏多多不甘示弱地瞪了回去，青時連忙笑咪咪地擋在兩人中間。

等兩人再看過去時，葉如濛已經走到場地中央，她面帶微笑，從容地對眾賓客們行了揖禮。她微微呼了口氣，走上矮臺，端正跪坐在笄者席上，身後的顏寶兒比她還緊張，拿著玉梳的手都有些抖，輕輕地幫她梳理著柔順的長髮。

祝融一臉沈靜，心情相當地愉悅，待看到宋懷雪時，眸光微動。宋懷雪的一雙眼睛，與宋懷遠太像了。

宋懷雪乖巧地站在一旁，雙手托著托盤，托盤上置有掩著羅帕的髮笄。顏多多也看到了宋懷雪，笑容忽地頓了頓。宋懷雪其實長得很漂亮，像個雪白的瓷娃娃一樣，她喜歡自己嗎？他不確定，自從那次救了她後，她便說要嫁給他，想來是話本看多了，想以身相許吧！老實說，他有一點沒來由地生氣，救了她就要以身相許嗎？萬一救了她的是個醜八怪怎麼辦？嗯，生得醜的就是來世再報；那萬一救了她的，長得和他一樣英俊瀟灑怎麼辦？自信的顏多多一下子想得神遊太虛了。

黃氏來到葉如濛面前，高聲吟誦道：「令月吉日，始加元服。棄爾幼志，順爾成德。壽考惟祺，介爾景福。」

祝融微微嘆了口氣，這黃氏的眼睛，也與宋懷遠的一模一樣。今日宋懷遠不在，可是卻有兩雙酷似他的眼睛圍繞在他的濛濛周圍，就這麼近距離地盯著他的濛濛，他不開心。

黃氏為葉如濛加笄後，顏寶兒上前去為其正笄。

此算初加完畢，葉如濛起身接受了賓客們的祝賀後，又回到東廂房換上準備好的素衣襦裙。

在經過繁複的三加三拜後，葉如濛沾了酒飯，受了父母聆訓，又一一揖謝來賓，直到將近酉時，方才禮畢。

禮畢後，葉長風夫婦去前廳送客，葉如濛與顏寶兒幾個小姑娘又聚在一起。葉如濛穿著三加時換上的大袖長裙禮服，跪坐在茶榻上，長得曳地的禮服下襬鋪滿茶榻，她乾脆將裙尾和袖襬都聚攏在一塊，團成了一堆，整個人看起來就像是坐在一堆華裳裡似的。

葉如思進來後，臉色有些著急，匆匆忙忙地為今日之事向她道歉。

葉如濛連忙道：「沒關係，我明白妳的。」她一點也不生氣，反而有些同情她，想必六妹妹在丞相府裡不大好過吧！

「咦？不對呀。」顏寶兒道：「我好像只在剛開始見到明玉，後面行及笄禮的時候，都沒有看見她們了。」

葉如濛這會兒後知後覺，確實，她行及笄禮時並沒有見到她們。

葉如思皺了皺眉。「我要和妳們說的就是這事，那會兒府裡來人，說是我大伯又摔到腿了，我現在得回府一趟，不能多待了。」

「什麼？」葉如濛眨了眨眼，若她沒記錯，這應該是賀爾俊第二次摔到腿了吧？

「怎麼又摔到了啊！」顏寶兒有些幸災樂禍，並沒掩飾臉上的笑意。「還是同一條腿嗎？」

葉如思不敢笑，面色有些嚴謹，點了點頭。「聽說是。」

「那他運氣還真背！」顏寶兒喜聞樂見。「被打斷了一次，又摔了兩次，這腿還能好嗎？我說呀，一定是上次調戲妳得來的報應，妳幹麼還回去看他？」

葉如思皺了皺眉。「話不能這麼說，如今他是我大伯，我自當關心一下，我大嫂和兩個小姑一收到消息就回府了，我真的不能多待了。」她若是回得晚了，只怕會被她婆婆挑毛病。

「哦、哦，那妳就快點回去吧！」葉如濛很能理解，又有些擔心，怕她回去後受丞相夫人責罵，又道：「我派人送妳回去，讓他們和丞相夫人說一下。」

「謝謝四姊姊。」葉如思有些歉意，可是知道兩人間不需要說謝謝，便朝她感激一笑。

丞相府。

賀爾俊在自己院子裡蹺著二郎腿曬太陽，小廝小跑進來稟報道：「大少爺，二少夫人過來了，說是……來看看你。」

「我呸！」賀爾俊啐了一口，跳起來，摸了摸有些腫痛的眼角，也不知是哪個王八羔子幹的好事，竟瞎傳他又摔斷了腿，真不知道那王八羔子是詛咒他還是故意坑他。

今日賀知君去了瓊林宴，他心中憋氣，便趁著那母老虎去參加葉四姑娘及笄禮的時候，叫了幾個丫鬟來到屋裡顛鸞倒鳳。他這腿瘸了幾個月，幾乎沒有痛快過，正興起時，卻被那母老虎和兩個妹妹突然殺了進來，嚇得他當場就軟了。

母老虎哭哭啼啼跑回了娘家，他才懶得馬上去追呢！過幾日再去接回來就是，反正都是他的婆娘，他也樂得這幾日清閒；只是那幾個漂亮的丫鬟，都被他娘關起來了，這會兒只能憋著。

「大少爺。」那傳話的小廝見他生氣，忙道：「那、那奴才去和二少夫人說一下，您沒事？」

賀爾俊正想揮手讓他出去，忽而腦中靈光一閃。賀知君現在不正在瓊林宴上風光嗎？賀知君成親後與葉如思的恩愛，他都看在眼裡，知道葉如思在賀知君心中的重要性。重要又如何？越重要越好！他一起了那個念頭，便心癢難耐，對小廝笑道：「你讓她進來，進來後，再派人守在門口，誰都不許進來。」

「大少爺……您、您這？」小廝似乎有些知情，為難地看向賀爾俊身邊的小廝如常。

如常也勸道：「大少爺，這樣不太好吧，那可是二少夫人呢！」他雖然經常跟著賀爾俊胡作非為，但還是分得出輕重的。

賀爾俊聽了他這話，狠狠瞪了他一眼。「二少夫人又如何？老二得了個臭榜眼了不起？老子就不信睡了她她還敢回國公府哭去！你還不去！」賀爾俊踢了傳話的小廝一腳，小廝連忙應是跑了出去。

賀爾俊這會兒只覺得渾身都躁熱起來，樂呵呵地跑回床上躺下了。

葉府這邊，葉如思一回去，顏寶兒和宋懷雪也被人喚走了。顏寶兒一聽陶醉哥哥來找她，立刻就跑了；而宋懷雪，居然是顏多多派人來喚走的，葉如濛不禁有些好奇。

兩人一走，祝融立即就從忍冬院的小花園裡走了出來。

葉如濛瞪大眼，她爹娘不是第一個就將他送走的嗎？敢情這傢伙一出她家的門拐了個彎就翻牆進來了？

祝融一過來便將她打橫抱了起來，葉如濛連忙摟住他的脖子。「你做什麼？」

祝融愉悅笑道：「帶妳去一個地方。」他近距離地打量著她。「濛濛，妳今天真漂亮。」他說著在她額上落下一吻，葉如濛低頭，有些臉紅。這傢伙，經常會無緣無故地說些情話叫她難為情。

祝融笑，抱著她徑直走去西北角院，到了那道緊閉著的葫蘆洞門前才將她放下來。

「這兒？」葉如濛仰頭看他。

祝融點點頭，神秘一笑，從腰後掏出一條細長的菱花帕子。「閉上眼睛，快點，天要黑了。」

「天要黑了？」葉如濛眼珠子轉了轉，這會兒黃昏將至，也不知他要做些什麼，不過好奇了片刻，她便聽話地閉上雙眼。

祝融用長帕蒙住她的眼，推開木門，牽引著她走進去。

「這裡面有什麼嗎？」葉如濛閉眼問道，滿懷好奇。

「等等妳就知道了。」祝融拉著她朝裡走一小段路後停下來，他從她身後輕輕擁著她，低頭在她耳邊道：「這是我送給妳的生辰禮物，希望妳喜歡。」他話落音，輕柔地取下她眼睛上的蒙帕。

葉如濛聽了他說的話，不由得有些期待，緩緩地睜開眼。入目一片浪漫到極致的紫色，漫天的紫色，一串串數不清的紫藤花像是從天而落，或深或淺，從她頭頂弧形的花架上垂下，就像漫天的紫色花雨，停在了空中。

葉如濛仰頭看著，看得目不轉睛，此時尚未完全日落，金色的夕陽餘暉灑在花架上，每一朵紫色的小花看起來都閃著淺淺的陽光。她嘴巴張得微微有些圓，難以置信地在原地轉了一圈，感覺自己像是落到一叢紫藤花團中。

她抬起手來，頭頂的紫藤花串她觸摸不到，她輕輕走到側邊較低的花架下，抬起手來終於觸到了一串紫藤花。

這串紫藤上淺下深，每一朵小花都極其精緻，上面的花朵已經完全開放到極致，飽滿而充滿生機，下面的花朵也是含苞待放，豐滿欲裂。

她為這漫天的紫藤驚豔，而他為她所驚豔，今日的濛濛，真的好美。

她忽地朝他飛奔而來，攀上他的脖子緊緊抱住他，還有些不敢相信。

「喜歡嗎？」祝融輕輕擁著她，雖然從她的表現看得出來，可他還是想聽她親口承認，告訴他她的喜歡。

葉如濛閉著眼睛連連點頭，嘴都笑得合不攏了，待她睜開眼，竟是有些淚光盈盈。「喜歡，好喜歡！太漂亮了，我覺得就像作夢一樣！」

祝融笑。「喜歡就好。」他頓了頓。「我想妳開心。」

「我開心！我當然開心！」葉如濛毫不猶豫。

祝融滿意地笑了，將她打橫抱起，抱著她躺在紫藤花架下的一張白玉石雕貴妃榻上。「躺下看，整片天空都是。」

葉如濛依在他身邊，頭靠在他肩膀上，果然整片天空都被紫藤花覆蓋住了，夕陽已被晚霞染紅，淡淡地灑在成串的紫藤上，美得如夢如幻。

「還有十一天。」祝融輕聲道。

葉如濛知他指的是什麼，有些嬌羞。「嗯。可是，你什麼時候會再來提親啊？就剩十一天了。」

祝融莞爾一笑。「三日後。」這是他答應葉長風的，等她及笄後三日，再來提親。

「三日？那就剩七日時間了。」葉如濛覺得時間有些緊。

「放心，喜帖都讓人寫好了，明日讓青時將名錄帶來給妳看看，妳看一下還要請誰。提親後，當日就會將全部的喜帖都發出去，提前七日下帖，也不算晚。」

葉如濛點了點頭，乖巧地趴在他胸口，他什麼都安排好了，她相信他。

瓊林苑。

宋懷遠已微有醉意，手肘撐在華席面上以拳托頭，正小憩著，又有一盞琉璃杯推送而來，他抬頭一看，前來敬酒之人是探花孫久，他謙笑道：「明日早上還要入宮覲見聖上，唯恐失了儀態，在下不勝酒力，便以茶代酒敬孫兄一杯。」他說著端起茶盞，一飲而盡。

孫久也不計較，灌了一大口酒，爽朗道：「以後，請多多賜教！」

「不敢。」宋懷遠連忙拱手。

孫久被人拉走後，宋懷遠按了按太陽穴，只覺得頭都有些疼了。

他身旁的賀知君湊了過來。「你今日不是有事嗎？要走了嗎？」他也要回丞相府了，回去太晚他怕思思擔心。

宋懷遠點了點頭，壓低聲音默契笑問：「你醉、我醉？」

賀知君幽幽一笑，打橫便倒了下去，如同軟泥。

文人中有不少好酒之人，他們兩人酒量不算佳，經常藉酒醉離席，早已配合得天衣無縫。

宋懷遠剛將他扶了起來，賀知君的小廝林童便匆匆忙忙而來，看見自家少爺，也不知是真醉、假醉，慌忙推了他兩下。「少爺，少夫人出事了！」

賀知君一聽，立刻就睜大了眼，整個人都跳了起來，酒意全無。「怎麼回事？」

林童見宋懷遠也在場，面露難色，湊近賀知君在他耳邊低語了一句。

賀知君聽到後登時咬牙切齒、怒髮衝冠，二話不說便衝出門去，禮儀全無。

「宋弟，賀兄這是怎麼了？」兩人的一位同窗湊過來關心問道。

宋懷遠雙眼微斂，他從未見過賀知君這般暴跳如雷的模樣，不免有些擔憂。「想來家中突發急事，這樣吧，我去看看。」他也藉此離了席。

賀知君策馬飛奔回府，他馬術不算精湛，這次騎得又快，幾次幾乎要跌下馬，下馬的時候還狠狠摔了一跤，撲倒在府前，雙掌血流不止，他無暇顧及，爬了起來便跌跌撞撞地往府裡跑去。

衝回自己小院後，卻見正屋的門緊緊關著，門前守著兩個丫鬟，神色惶恐。

「思思！思思！」賀知君連忙推門而入，卻發現室內空空如也，他急急忙忙奔出，怒問丫鬟。「少夫人呢！」

「少夫、夫人走了，去葉府找她四姊姊了。」丫鬟誠惶誠恐答道，她們什麼時候見過二少爺這般喪失理智的模樣啊，簡直就像瘋魔了似的。

賀知君氣得全身發抖，二話不說便轉身往賀爾俊院子跑去。賀爾俊院子的小廝們正守在院口，見賀知君來勢洶洶，慌忙將他攔下。「二少爺您這是做什麼！」

「你們都給我滾！」賀知君怒火沖天，一腳踢開小廝闖了進去。這個時候，林童和宋懷遠主僕兩人也趕了過來，宋懷遠見賀知君情緒崩潰難以自制，連忙上前按住他，斥道：「知君，你這是做什麼！」

賀知君眼睛都紅了，咬牙切齒道：「那個畜生玷污了思思，我要殺了他！」

宋懷遠聞言一怔，驚得說不出話來。賀知君一把掙脫他的手，將上前來攔他的幾個小廝都踢了開來。

他鬧出這麼大的動靜，屋內的賀爾俊瘸著腿跑了出來，鼻青臉腫的，憤憤指著他道：「你好大的膽子！敢打我院子裡的人！」

賀知君見到他心中怒火狂燒，便想衝上前去，可是一見他面前還擋著兩個小廝，氣得當場脫下靴子朝他狠狠擲了過去。

「哎喲喂！」他的靴子正好砸中賀爾俊臉上的傷口，他痛得捂住臉哇哇直叫。

林童這邊已經和賀爾俊院中的小廝打了起來，宋懷遠的小廝安生也看向自己的主子，宋懷遠頓了頓，朝他點了點頭。

安生是練家子，沒幾下就放倒了賀爾俊院子裡的幾個酒囊飯袋，其他小廝見狀都朝他而去，賀知君抓著空隙衝過去，一把揪住賀爾俊，賀爾俊的小廝如常正欲上前，宋懷遠一掀長袍，抬起腿來狠狠踢了他一腳，左右看了看，抓起石椅旁的一根木棍，下狠手將他打暈了。

賀知君這邊已將賀爾俊按在身下猛揍，他整個人是暴怒狀態，賀爾俊早已有傷在身，沒幾下便被他打得毫無招架之力，哭都哭不出聲音來了。

賀知君雙手血淋淋的，也分不清是誰的血了，揍累後，他喘著氣爬了起來，目光落在地面一塊鋒利的石頭上，他抄起石塊就要往賀爾俊頭上砸去。

宋懷遠一驚，連忙抓住他的手腕。「知君！冷靜！」

「你讓我怎麼冷靜！」賀知君朝他咆哮道，整個人已經癲狂失常。

宋懷遠抓住他手腕的手越加使力，大聲斥道：「殺人償命！想想你娘和你的妻子！」宋懷遠一把奪下他手中的石塊，將另一隻手上的木棍遞過去。「別打頭！」

賀知君愣了一瞬，立即接過去，宋懷遠又抓住他，冷靜囑咐道：「你若打死了他，我便是幫凶了。」他們兩人都是準備入朝為官為國效力的，深諳大元刑法，他相信他。

賀知君對上宋懷遠一雙沈靜而殷切的眼，心中清醒了幾分，只是腦子仍有些混沌。

賀爾俊已經滿臉是血地爬到院子門口，賀知君快步上前去，舉起木棍便狠狠打在他雙腿上，他要打斷他這兩條腿，讓他以後再也走不了路，再也不能禍害人！

賀知君狠打了五、六下後，宋懷遠便拉住了他，奪下他的棍子。「夠了！快走吧！」

賀知君還不解氣，狠狠地在賀爾俊剛痊癒的腳踝上踩了一腳，賀爾俊慘叫一聲，終於承受不住暈死了過去。

宋懷遠拉著賀爾俊奔出丞相府外，兩人剛上馬，丞相府的侍衛便追了出來，安生和林童道：「少爺你們先走，我們斷後！」

宋懷遠看了安生一眼，點點頭，揚起馬鞭與賀知君往葉府奔去。

賀知君一到葉府，便被管家梁安迎到待客廳去，宋懷遠正欲跟上，卻被請到另一間客臥去休息。

賀知君見到青時時，只覺得有些眼熟，卻記不清在哪見過，可此時的他心急如焚，已沒心思去思慮這個，朝他急問道：「我夫人呢？」

青時微微一笑，慢條斯理問道：「不知賀榜眼知道自己夫人被賀爾俊……欺負了之後，是什麼樣的心情？」

他神態雖然溫和禮貌，可說話的內容十分不堪，一說出口便激怒了才剛冷靜下來的賀知君。賀知君怒斥道：「你胡說八道什麼！」賀知君心中一片混亂，眼前這人是怎麼知道這件事的？事情已經發生了，可若還讓人傳出去，叫思思以後如何見人？

青時不慌不忙，仍是一臉溫和。「賀榜眼是覺得，尊夫人失了清白，怎還有顏面苟活在世上？」

他此言一出，賀知君只覺得如同遭到五雷轟頂，整個人暈眩得站都站不穩了，連忙一手撐在身旁的花几上，可是一站穩，眼淚便潸然而下，泣道：「思思……思思……她人呢？」她怎麼可以、怎麼可以離開他？他們不是說好了，再過一陣子就要搬出府去過他們的小日子的嗎？

「別激動。」青時悠然道，輕輕搖著手中純白的竹扇。「尊夫人好好的。」

賀知君聞言，呆呆看著他。

「不過，我當時不在場，還是讓在場的人說與你聽吧！」青時扇子一揮，門外便進來了兩個丫鬟。

賀知君怔怔看著兩人，這兩人是思思的陪嫁丫鬟香蓮和香梅，平日低眉屈膝，看起來有些膽怯，可是今日一看，這兩人抬頭挺胸，竟不像是一般的丫鬟、婢女，反而帶著些江湖女子的英氣。

香蓮將今日下午之事如實道來。「……二少夫人入屋後，大少爺將二少夫人騙至內室，自己躺在床上。二少夫人不敢離他太近，正說著話，大少爺突然掀開被子跳了起來，少夫人嚇了一跳，還沒跑開就被大少爺抱住摔在床上，如常他們還想將我和香梅、小欣綁起來，我和香梅立刻就帶著夫人逃走了。」

香梅補充道：「大少爺就抱了夫人一把，可是夫人受了很大的驚嚇，一直哭個不停，還起了輕生的念頭，我們只能將夫人帶到四小姐這兒來了。」

賀知君聽完後，身上出了一身冷汗，整個人癱坐在八仙椅上。思思沒事，思思沒事，他只覺得人虛脫得厲害。

待冷靜下來後，他不由得警戒起來。「你們究竟是什麼人？你們是故意騙我，讓我誤以為我夫人受了欺負？」此時此刻，他心情很是複雜，說不清是僥倖還是憤怒，抑或是兩者皆有。

青時盈盈一笑，收攏了摺扇。「她們兩人，自然是我的人。」他看著賀知君，正色道：

「不是誤以為，如果沒有主子的安排，你今日所誤以為的，就是已經發生了；而你，也中不了這榜眼。」青時說著，從袖中取出一本小冊子，遞給賀知君。

賀知君有些遲疑地接過來，打開來後，裡面的內容令他觸目驚心——

四月初一那日，他的馬車走到半路突然走不動，他便下馬車換坐小轎去參加殿試。他順利殿試後，並不知後來發生了何事，可是按這上面的記載，馬車是行駛到華東二巷時才壞的，不僅壞了，還不慎撞傷了一位年邁的老阿婆，老阿婆的五個子女齊齊出來糾纏不休，纏了整整兩個時辰。

四月初一的早膳也有問題，加了令人腹瀉之藥，只不過當日卻沒有吃入他腹中。殿試前整整三日，所有食膳皆是有異，大自正餐，小至一杯茶水，連他的筆墨紙硯都有乾坤！

這本小冊子，直記錄到會試前，整整數月，他那位丞相母親大人的惡行，簡直令人髮指！

賀知君全身顫抖不止，說不清是憤怒還是驚懼，或是其他……

他看著青時，一臉不明。「你們……為什麼要幫我？」

青時看著他，實誠道：「因為你是四姑娘的妹夫。」

他這麼一說，賀知君突然想起來，震驚得後退一步。「你是容王爺身邊的人。」

青時欣然頷首，伸手向他討回冊子。「這本子上的事，希望你能爛在心裡。」

賀知君下意識將本子收了起來。「可是……母親她、她做了那麼多……」她諸多惡行，簡直罄竹難書，這些都是最好的證據啊！

青時並不說話，只是靜靜看著他，手一直伸著，並未收回。賀知君咬牙，終是遞還給他。

「你心中知曉就好。」青時頓了頓，淡然道：「我們在派人保護你們的同時，意外獲知了一個……很令人震驚的秘密，不知你有無興趣知曉？」

賀知君怔了怔，他隱約知道此事衝擊可能極大，仍是定了定神，堅決道：「請不吝告知。」

青時啟唇，簡而告之。「你，賀知君才是丞相府的嫡長子，你的生母是丞相夫人，而不是謝姨娘。」

賀知君整個人呆愣在原地，彷彿被雷劈中。

青時這才不疾不徐地緩緩道來。「是丞相夫人身邊的李嬤嬤，在你和賀爾俊出生那日，將你們兩人調換了。」

青時說完靜靜地看著他，他知道他需要時間接受。

賀知君只覺得空氣像是凝固了，這真是荒唐，極其荒唐！他有話想問，可是舌頭卻堅硬如木，他一個字也問不出來。這怎麼可能？怎麼可能！李嬤嬤是他母親的心腹，從他有印象起便極疼賀爾俊，可是……這是為什麼？

一會兒後，青時才解釋道：「謝姨娘是李嬤嬤當丫鬟時與人私通生下的私生女，李嬤嬤生下她後將她送走，最後謝姨娘被現在的父母收養。此事本無人知曉，可是謝姨娘身上卻有一處胎記，偶然被李嬤嬤發現了。」青時說到這裡便住了口，剩下的也不用他多說了。

賀知君頹然倒地，不知道為什麼，他就是知道眼前這人不會瞎說，他說的就是真憑實據的真相。

青時離去時，提點了他一句。「你也是將入官場之人，今日之事還望深思。」

賀知君趴在地上一動不動，僵硬如同雕像。

忍冬院。

祝融和葉如濛在紫藤架下用了晚膳，兩人吃飽喝足後，手牽著手在園子裡散步，這紫藤園並不大，裝飾得玲瓏精緻，花架旁是一汪圓形的小池塘，微風拂來，水面上閃著粼粼的波光。

今晚的月光不甚明亮，只有淺淺一道月牙。

「要是今晚是滿月就好了。」祝融望著空中掛著的月亮感慨道，抬手比劃了一下。「可惜只有這麼一丁點兒。」

「唉，別！」葉如濛連忙拉下他的手，驚恐道：「不能用手指月亮，不然晚上睡覺要被月亮割耳朵的！」

祝融眼睛眨了眨，愣了一會兒，語音帶笑道：「是誰告訴妳的？」

「桂嬤嬤啊！」葉如濛連忙拉著他跪了下去。「你用手指了月亮，就要拜一拜月姑娘，讓她原諒你，不然晚上要來割耳朵的。」

葉如濛對此深信不疑，她雙手合十，學著桂嬤嬤的模樣虔誠地祝禱著。「月姑娘，您別生氣，小孩子不懂事……不要和他計較。」

祝融樂得差點笑出聲，她這副模樣，真是可愛得緊，這麼大個人了，還信這種騙小孩子的話。

葉如濛碎碎唸完後，拉著他的袖子。「你也拜啊！」

祝融面上有著明顯的笑意，他仰頭看著夜空中的上弦月，收起笑，雙手合十一本正經道：「我，融，願娶葉如濛為妻，生生世世愛她、保護她，再不讓任何人欺負她。」

葉如濛聽得微微張了口，呆呆看著他，她還有些沒反應過來，祝融轉過臉來，認真地看著她。「到妳了。」

「啊？」葉如濛還有些愣怔，一副傻乎乎的模樣，她看了看月亮，又看了看他的臉，忽而粲然一笑，仰頭看著新月。「我，葉如濛，願嫁……」葉如濛突然停住了，轉過頭來問他。「你姓什麼？」

祝融眼珠子轉了轉，輕咳了一聲。「洞房後才能說。」

葉如濛瞪了瞪眼，輕捶了一下他的胸口。

「快點嫁。」祝融一本正經催促她。

葉如濛嘟了嘟嘴，有些不樂意了。

祝融湊近她耳邊，低低道：「求妳了，嫁給我。」

葉如濛心中一甜，低低笑出聲來，雙手合十，仰頭笑道：「我，葉如濛，願嫁……」她調皮一笑，接著道：「願意嫁給我親愛的容容為妻，從此以後，生共衾，死同槨，至死不渝。」這是她的誓言。

「至死不渝。」祝融笑，與她一起對著月亮連磕了三個頭。

三拜後，兩人還跪在地上，祝融便一把擁住她的腰，讓她緊緊貼合著自己，他眸光流動，在她耳畔低語道：「天地為鑑，日月為證，妳我兩人今日結為夫妻。」語畢，他溫柔地吻住她，極其纏綿。葉如濛被他吻得微微後仰，他收緊她的腰身，讓她無路可退。

直到夜深人靜，祝融才在葉如濛的多次催促下離去。

葉如濛出了紫藤園，和紫衣、一言走在抄手遊廊上，小宋和小元在前面提著燈籠。

紫衣跟在葉如濛身後稟報道：「小姐，傍晚時如思姑娘過來了，她在丞相府受了委屈，哭得很厲害。」

「怎麼啦？」葉如濛一聽頓時停下腳步，回頭看著紫衣。「發生了什麼事？」

受委屈？以六妹妹的性子，必然是受了很大的委屈才會跑到她這兒來，葉如濛不禁擔憂，難道是賀知君欺負她嗎？

紫衣將今日丞相府的事跟她說了，葉如濛聽後氣得臉都鼓了。「真是禽獸不如！連自己的弟妹都想染指，這種人就應該廢了他，打斷他的腿！妳們怎麼不馬上告訴我？」發生了這種事，她應該要陪在她身邊的。

紫衣連忙解釋道：「如思姑娘到了之後，我姊姊也過來了，我們姊妹幾人都在安慰她。原本想來喚小姐的，可是賀二公子也到了，如思姑娘抱著賀二公子哭得凶，我們便沒有打擾他們了；再之後，兩人都不願回丞相府，姊姊便先安排他們在姊夫的院子裡住下了。」紫衣看了看夜色。「想來這會兒兩人都睡了，小姐明日再去找他們吧！」

葉如濛氣憤難平，揮著拳頭道：「我明天就叫容派人打斷他的狗腿！」

「今日賀二公子過來之前已經回丞相府揍了那畜生一頓，腿都給打斷了。出診的大夫說，就算是華佗再世都接不回來了，好了以後也只能是個瘸子。」

「嗄？這……」葉如濛聽了並不覺得痛快，反而有些擔心，一個庶子打斷了嫡子的腿，那他是死定了啊！

「姑娘不必擔心。」紫衣安撫道：「如今賀知君已成了榜眼，聖上就快要授官爵於他，丞相也不能隨意動他的。剛剛丞相府還來了人，老爺裝不知情回絕了他們，他們也不敢說什麼，悻悻地回去了。」如今他們葉家長房風頭正盛，丞相府的人也不敢擅闖。

「可是，那丞相夫人……」葉如濛仍是有些擔憂。

「放心吧，青時大人說他會保賀二公子安然無恙。」

葉如濛聽紫衣這麼一說，這才放下心來。

葉如濛到了書房後，葉長風屏退所有人，關上了書房的門，站在書案前，靜靜看著女兒。

葉如濛被爹爹看得有些心虛，低著頭不敢說話。

「濛濛長大了。」葉長風感慨道。

葉如濛抬起頭來，有些沒底氣地笑了笑，她聽著怎麼覺得她爹這話中似有別的意思？

葉長風嘆了口氣。「女大不中留，留來留去，留成愁。」

「爹。」葉如濛連忙走過去。「女兒會常常回來的。」她心中嘀咕，容王府離她家這麼近，拐個彎就到了。

葉長風輕輕嗯了一聲，忽然抬手摸了摸她的頭，語重心長道：「濛濛，妳要知道，無論爹做了什麼，爹都是為了妳好。」

「我當然知道啊！」葉如濛想也不想。

「妳是爹的寶貝女兒，為了妳，爹什麼都敢做。」

「爹，您這是怎麼了？」葉如濛覺得有些奇怪，爹說這話時好像是一副豁出去的模樣。

葉長風搖頭。「妳還小，很多事妳看不明白，妳只要記住，爹不會害妳。妳答應爹，一定要聽爹的話，爹做什麼都是為了妳好。」

葉如濛聽得有些慌了。「爹，我不太明白您的意思。」

葉長風苦澀一笑。「爹是捨不得妳，妳就要嫁人了。」

「哦……」葉如濛依稀有些懂了，她爹這是因她婚期將近焦慮呢！

「答應爹，好好嫁人，一定要幸福。」

葉如濛甜甜一笑。「爹您就放心好了，女兒一定會很幸福的。」

葉長風收拾好心緒，從袖中掏出一個紅棉錦盒給她。「這是懷遠送妳的及笄禮。」

葉如濛微微吃了一驚，接了過來，她知道，今日宋大哥赴了瓊林宴，所以不能來觀禮。

葉長風道：「懷遠今晚等了妳許久，剛剛才走。」

「哦……」葉如濛聽了他這話，覺得心中有些異樣，打開錦盒一看，竟見裡面是一塊翡翠綠的玉珮，她一怔。「爹，這？」

「收下吧！」

葉如濛有些尷尬。「爹，這是玉。」

玉是訂情之用的，以她和宋大哥的關係，宋大哥不應該送玉給她才是啊！

「爹沒瞎。」葉長風目光落在她中指的指環上。

葉如濛一慌，連忙收回了手，紅著臉將手背到身後，偷偷將指環取了下來，真是羞死人了。

「今晚妳和娘睡吧，爹睡書房。」葉長風背過身去，負手而立。

「啊？」葉如濛難以置信，這可真是破天荒頭一回啊！

「出去吧，剛剛爹跟妳說的話，不要和任何人提起。」

「哦……那濛濛出去了。」葉如濛福了福身，離開時，只覺得爹今日有些怪異，不過，想來是爹捨不得她嫁人吧！娘這陣子也是這樣，因為她要嫁人了，焦慮得緊，整日叮囑這個、擔心那個的，好像她會嫁得千百里遠似的。

第三十四章

葉如濛一夜好眠，可隔著半座府邸的賀知君卻是一夜無眠，他看著懷中一臉倦容，半夜才睡過去的妻子，心情極其複雜。

天將亮了，他要回去了，他不能像個懦夫一樣躲在這兒。

天一亮，賀知君便單槍匹馬地回去丞相府，像個英雄赴湯蹈火一般。

他一進丞相府，立即被人五花大綁捆了起來，押到堂下。

堂上的丞相夫人坐在高位上，雙目紅腫，顯然昨夜也是徹夜難眠。她一見到賀知君，便恨得咬牙切齒。「來人，把他的雙腿給我打斷！」她要讓他一輩子都坐在輪椅上起不來！

「知君！」謝姨娘被婆子們押了上來，腳步踉蹌，面頰紅腫，髮髻凌亂。

「姨娘！妳怎麼了？」賀知君被人綁著，步履不穩地迎上前去，他看見她這副模樣，下意識地心疼。

謝姨娘滿臉悲憤，上前一步狠狠地打了他一個耳光。賀知君被打得頭暈目眩，跌倒在地，大腦一片空白。

他還未反應過來，謝姨娘便跪在地上一把抱住了他，痛哭道：「我的兒啊！大少爺是你親兄長，你怎能對他下此毒手！」她這副哭喊的模樣，情深意切。

「假惺惺！」丞相夫人怒斥。「妳今日休想我放過這個逆子！」她一眼便看穿了謝姨娘的詭計，她以為自己下狠手打幾下耳光她就會心軟了？她今日定要打斷他這雙腿！

謝姨娘痛哭流涕。「我的兒啊！」

賀知君隱忍不住，淚流如河。若是以前，他定會覺得姨娘是為了自己好，自責自己不懂事，可如今……他終是看穿了她，原來昔日種種，皆是她的心計，想必剛剛傾盡全力的這一巴掌，她是為她的親生兒子打的吧！

很快，謝姨娘便被人拖開，賀知君被人強行壓在地上，他的身後，已有兩個彪形大漢手持鐵棍。

「放手！」賀知君不知哪來的力氣，忽然掙扎開來，他跪了起來，膝行至丞相夫人面前，痛苦地喚了一聲。「母親！」

「你別叫我母親！」丞相夫人怒吼，看也不想看他一眼。「你沒這個資格！」

「您……當真要打斷我的腿？」賀知君雙目通紅，哽咽淚流道：「就算我是您的親生兒子，您也要打我？」

他此言一出，謝姨娘差點都站不穩了。

「呵！」丞相夫人如同聽了天大的笑話一般。「你是我兒子又如何？孩子做錯了事，當母親的自然要教訓！來人！給我打！」親生兒子，也不看自己有沒有那個命！

鐵棍揚起，即將落下。

「住手！」堂外，傳來中氣十足的喝聲。

眾人望去，見身著朝服的賀丞相大步走了進來。

「老爺。」丞相夫人慌忙起身。「您怎麼回來了？」

「我不回來，知君就沒命了！」賀丞相怒道：「還不給我鬆綁？」

見丞相動怒，下人們慌忙上前替賀知君鬆綁。

「老爺！」丞相夫人指著賀知君哭訴道：「他打斷了俊兒的腿，您昨日沒聽大夫說嗎？就算以後治好了，走路也難以如常，您讓他堂堂七尺男兒，以後有何面目見人？」

「他還有臉？」賀丞相怒斥道：「我看他以後也不必見人了，這樣的兒子，要來何用？」他負手而立，怒目而視。

「老爺，您就這麼一個嫡子啊！」

「可我不只他一個兒子！」賀丞相看著她痛心道：「慈母多敗兒，說的就是妳這種！俊兒自小便聰慧，皆是被妳溺殺至如此；知君幼時還有些愚笨，可是他自幼勤奮謙恭，如今中了榜眼，那便是他自己的能力！」

丞相夫人只流淚，無言以對。

賀丞相閉眼，嘆了口氣。「今日起，知君記到妳名下。」

「不！我不同意！」賀丞相這話激怒了她，她指著賀知君歇斯底里尖叫道：「他害慘了我兒！」

「妳身為主母，嫡、庶本應一視同仁。」賀丞相垂目看著她。

丞相夫人擦乾眼淚，堅決道：「只要我在一日，我便不會讓他記於我名下。」

賀丞相頭疼，放言道：「若妳不願意，那便辭去這主母之位！」

「你竟然要休我？」她瞪大了眼。「賀長邦！當年你不過一介秀才，若不是我爹將你引薦至翰林院，你能有今時今日的地位？」

賀丞相沒有說話，氣得全身顫抖。

一下子，堂上無人敢言語，寂靜得可怕。

賀知君閉眼，朝丞相夫人緩緩行了一個大禮。「母親，從今日起，妳我之間的母子之情，便就此恩斷義絕。」

丞相夫人聞言，憤恨地瞪著他。

賀知君心如刀絞，這便是他的生母嗎？她的厭惡，與謝姨娘的笑裡藏刀，他不知哪個更傷人。

他轉向賀丞相，俯首一拜。「爹，知君既已中了一甲二名，還希望爹能履行承諾，同意我和思思搬出府去。」

賀丞相沈吟片刻，從懷中掏出一張房契來。「這個就當是我給你高中的賀禮吧！你大哥之事我不會追究，此事是他罪有應得，也希望你以後能慎行。有我在，府中便沒人能動你分毫，誰敢動你，逐出府去，任誰也不例外！」

「老爺！」丞相夫人恨意難平，氣得頭都痛了，丫鬟們連忙扶她坐下來。

「姨娘。」賀知君看向一旁沈默流淚的謝姨娘。「妳可願和我們……一起住？」

謝姨娘苦笑道：「你犯下的錯，姨娘替你承擔，姨娘要留在這兒照顧大少爺，替你贖罪。」

「不用你們母子倆假惺惺！」門口突然傳來賀爾俊的聲音，很快，賀爾俊便躺在擔架上被小廝們抬了進來。

「俊兒，你怎麼過來了？」丞相夫人連忙擦乾眼淚，匆忙迎了上去。

賀知君與謝姨娘看了過去，兩人心裡生出不一樣的難受來。

賀知君強迫自己定了定心神，有些失意地道：「既然如此，希望……姨娘保重。」

他說完，轉身便欲離開。

就在此時，從側廳裡突然冒出來一個人，對著賀丞相跪了下去。「老爺，奴才有要事相告！」

賀知君回過頭來，見是府裡的一個小廝，看著有些眼熟，卻喚不出名來。

「大膽！」一旁的管事斥道。

「你是何人？有何事要告？」賀丞相面目恢復了平日在朝堂之上的威嚴。

「回稟老爺，小的是府裡的跑腿小廝，名喚湯泉。」湯泉說著磕了一個響頭。「昨夜，奴才不小心發現了一個驚天秘密。」

賀丞相看他一眼，略顯不耐煩。「直言便是。」

「奴才昨日路過竹林時，見到一個人影鬼鬼祟祟的便跟了上去。」湯泉說著，抬頭看向丞相夫人身後的李嬤嬤。「結果奴才發現那人影是李嬤嬤，李嬤嬤和謝姨娘兩個人在竹林裡偷偷摸摸地見面……」

李嬤嬤和謝姨娘兩人頓時臉色慘白，丞相夫人不耐煩地打斷了他的話，鄙夷斥道：「胡說八道什麼！」李嬤嬤怎麼會和謝姨娘在一起？一定是這小廝認錯人在胡言亂語。

「奴才沒有胡說啊！」湯泉連連磕頭。「奴才聽到李嬤嬤和謝姨娘兩個人一直在談論大少爺的傷勢，謝姨娘很擔心大少爺，奴才還聽到謝姨娘喚李嬤嬤做娘！李嬤嬤還說，早知道當年他們兩個出生的時候，就不將他們兩個偷偷換了，說不定現在當榜眼的就是她的外孫！」

湯泉越說越大聲，話畢後，在場眾人皆呆住了。

「血口噴人！」李嬤嬤一臉悲憤，當即跪了下去。「這是在說什麼胡話！這般冤枉老身！」

謝姨娘臉色發白，也有些懵了，跪下惶恐道：「妾身不知，這小廝此言何意？」

兩人皆是一臉的無辜和委屈。

丞相夫人聽得直翻白眼，這小廝謊也扯得太大了吧？

賀丞相呆愣了好一會兒才回過神來，一臉嚴肅。「你說這話可有證據？」

湯泉有些為難。「奴才……奴才沒有證據，可是奴才願以性命擔保，昨夜定沒有聽錯。謝姨娘還說，她兒子打斷了我兒子的腿，我就要看著她打斷自己兒子的腿；還有，一想到這麼多年來她都在虐待自己的親生兒子，她就覺得無比地痛快。」湯泉連連磕頭。「奴才聽她們說得真切，是以才冒死告知！」

謝姨娘聽得淚流滿面，難以置信地看著湯泉。「我與你何冤何仇，你為何要如此誣衊我？」這些話他說的不假，都是她的心裡話，可是她根本就沒有說出來過，一句都沒說過！這麼多年來，她們母女兩人小心翼翼，她甚至從未喊過李嬤嬤一聲娘，定是有人指使他！謝姨娘忽地想到了剛剛賀知君說的話——就算我是您的親生兒子，您也要打我？

謝姨娘震驚地看著賀知君。「君兒？是你指使湯泉的？」她衝過去緊緊抓住賀知君的肩膀。「傻孩子你怎麼可以這樣？你以為這樣能欺騙得了你爹和夫人嗎？你爹不是已經說要放過你了……」

「姨娘！」賀知君打斷她，他沒有想到，在這個關頭她為了守住這個秘密，居然會這般陷自己於不義之地。

賀爾俊這邊也聽得懵了，好一會兒才反應過來，頓時氣得人都炸了。「就你？呸！還想當嫡子？你作夢去吧！」嚇了他一大跳，差點把他魂都嚇沒了。

丞相夫人卻是聽得唇色都白了，她不由得回想起十幾年前——

那個時候，兩個孩子都小小的，知君木訥老實，經常被聰慧調皮的俊兒欺負，其實那個時候，她心中是比較喜歡老實乖巧的知君的，可是李嬤嬤卻告訴她，她偏心知君，俊兒晚上都在偷偷地哭，擔心母親不喜歡他了，後面她才漸漸地偏心俊兒。

有一年，她有一個姨母入京順路來探望她，俊兒和知君同時跑了過來，她姨母一把抱住知君說這是俊兒吧！當場鬧了個笑話。姨母後來笑道，怎麼看這個庶出的生得和妳小時候有幾分相似？這話她記在了心上，可是當天晚上李嬤嬤卻搖頭笑道，知君哪裡像妳了？奶娘是看著妳長大的，俊兒才是與妳小時候生得一模一樣呢，就像一個模子印出來的！再後來，俊兒所做的種種，李嬤嬤都能聯想到她小時候的趣事來，她便再也沒有懷疑過了。

長大後，兄弟倆都生得像丞相，尤其是賀知君，像極了丞相年輕時的模樣。

賀丞相沈默不語，他面色嚴肅地看向謝姨娘和李嬤嬤。「妳們兩人，做何解釋？」

「冤枉啊！」李嬤嬤當場便嚎啕大哭。「老身對夫人忠心耿耿，我十八歲便嫁給老鄭，生了三個兒子，哪裡會冒出來謝姨娘這麼一個女兒，還什麼換子？就算是給老身天大的膽子也不敢啊！」

謝姨娘也哭得厲害。「妾身自幼父母便極其疼愛妾身，妾身又怎麼可能會是李嬤嬤的女兒？」她的養父母至死都沒有告訴過她她的身世，他們收養她時年事已高，早在多年前就去世了，如今已是死無對證，只要她們咬定不鬆口，就不信他們能找到證據！

「我給妳們一次機會，妳們若坦白，我便從寬處理，若仍執迷不悟，待我查出，定然不會放過！」賀丞相冷言警告道。

李嬤嬤和謝姨娘兩人頓時嚎天喊地，直道冤枉。

「爹！」躺在擔架上的賀爾俊也急了。「您不會真相信他的鬼話吧？」

賀丞相沒有說話。

「娘！」賀爾俊求助地看向丞相夫人。

丞相夫人也慌了神，無言以對。

「不如……」湯泉小心翼翼提議道：「滴血認親如何？」

「你、你個小畜生！」賀爾俊怒罵道：「你說，你是不是收了賀知君的好處？」

湯泉縮著脖子，沒有答話。

賀丞相一臉嚴肅吩咐道：「準備三碗清水。」

賀爾俊掙扎著就要下地，可是腳輕輕一動，就痛得他哇哇大叫，他不敢動了，只能抓著擔架把手問道：「爹，您不會真信吧？」

賀丞相沒有回答，他瞪大眼看向丞相夫人。「娘！」

丞相夫人嚥了嚥口水，聲音有些顫抖。「俊兒，娘不是懷疑你……只是……要杜絕他們的閒言亂語……」她心中害怕極了，她寧願這不是真的，她寧願這個草包兒子是她的親生兒子，瘸了腿她也認了。

李嬤嬤哭道：「夫人，您這是要讓大少爺心寒啊！您怎麼可以懷疑他呢？」

「是啊！」謝姨娘也哭道：「知君是我身上掉下來的一塊肉，如今中了榜眼，你們就要將他搶走……」

「妳們都給我住口！」賀丞相喝了一聲，這兩人啜泣著，不敢再言語，早已心亂如麻。

三碗清水被丫鬟們端上來時，丞相夫人第一個就拿銀針扎破了自己的手，隨後忐忑地看向賀爾俊。

賀爾俊雙手緊握成拳，放到自己身後，他下意識搖了搖頭，不知道為什麼，他的心中有一股沒來由的害怕。

「俊兒，別怕，這是為了證明你的清白。」丞相夫人哄道，如今，她迫切地需要知道事情的真相。

「娘，您不能懷疑我不是您的孩子……」賀爾俊眼睛都紅了，他娘怎麼可以懷疑他，他娘自小最疼他了，她怎麼能懷疑他？

「俊兒！」丞相夫人喊了一聲，急切地抓過他的手，扎破了他的手指。

賀爾俊只覺得如同扎在自己的心上一般，一滴鮮血墜入清碗中，霎時匯聚了所有人殷切的目光。

可是……血液沒有溶在一起，兩滴血互相排斥著。

所有人的心都像是一下子被吊到空中，又狠狠地拋了下來。

賀爾俊整個人無力地癱倒在擔架上，像是被抽光了所有的力氣。丞相夫人難以置信地搖搖頭，忽而，她像抓住救命稻草似地捧起了另一碗清水，將自己的一滴血擠入碗中，然後迫切地看向賀知君。「知君……你、你也來……也來……」她的聲音中，第一次帶著低低的哀求。

賀知君背著手，冷眼看著她。「不論結果如何，我都要搬出府去。」

丞相夫人只覺得指上的傷口連心地疼，她猶豫了一瞬，點了點頭，她沒有選擇的餘地了。

賀知君伸出手，自己扎破了手指，一滴血落下，卻在眾人的矚目下……相溶了。

丞相夫人只覺得天旋地轉，人沒站穩，踉蹌著往後倒下，身旁的丫鬟們連忙上前扶住她。

「不……不可能！」躺在擔架上伸長脖子的賀爾俊掉下擔架。「娘，再來！娘，我們再來驗一次！」

他摔倒在地上，強忍著雙腿的疼痛朝丞相夫人爬了過去，對丫鬟吼道：「清水拿來！」

丫鬟連忙捧著最後一碗清水跪在他們跟前，賀爾俊擠了數滴血，又抓過丞相夫人的手擠了數滴下去，可是兩人的血……仍是各據一邊，互不相溶。

賀爾俊一下子癱倒在地，喃喃道：「這、這怎麼可能……」

丞相垂目，沈著吩咐道：「再準備三碗清水！」

「十碗！」丞相夫人抬起頭來，雙目瞪得極大。「十碗！快點！」

十碗清水被送了上來，丞相夫人擠了賀爾俊的血入碗中，看向謝姨娘。

謝姨娘面如死灰，緊緊握著雙手，不肯伸出。

「妳們還不快點！」丞相夫人朝丫鬟、婆子們吼道。

婆子們連忙將謝姨娘雙手抽了出來，強行扎破她的手指，她的血滴入清水中，與賀爾俊的血相溶在一起，很快便分不出彼此。

丞相夫人眼淚都忘了掉，她像著了魔一樣，拚命地扎著大家的手，一遍遍地試著。待十碗清水全部染了血之後，丞相夫人終於心如死灰，忽然慘叫了一聲，揮袖將丫鬟們端著的一排碗掃下地，白瓷碗碎滿地，四濺的水花在地上形成一灘水漬。她雙手緊緊地抱住了頭，扎破的十指掩住了自己的臉，淚水透過她的指縫從她的手背滑落，她鬆開手，痛苦地哀號一聲，絕望地看向一臉木然的賀知君。

賀知君面無表情，看也沒看她一眼。

「我兒……我兒……」丞相夫人癱坐在地上，朝他爬了過去，華貴的衣裙被地上的血水浸濕，極其狼狽。

「爹。」賀知君對她痛苦的哭喊置若罔聞，看向賀丞相。「我搬出府後，希望爹保重身體。」他說完朝賀丞相做了一揖，便毫不猶豫地轉身離開。

「知君！」丞相夫人哭喊著喚了他一聲，趔趄著爬起來伸出手想抓住他，可是手卻抓了個空，指尖連他的袍角也沒有觸碰到，整個人狼狽地摔倒在地。

「知君！我的孩子！」丞相夫人摔得站都站不起來，只能趴在地上，已經哭得無力追他，絕望地呼喊著。「來人……來人，把我的孩子帶回來！別讓他走！別讓他走……」她一隻手按著自己的胸口，語不成調，聲嘶力竭。他知道，他一定知道自己這麼多年來對他的針對，他是個心思敏感細膩的孩子，只是從來都不說。

賀丞相沒有說話，看著這場荒唐的鬧劇，只覺得胸口疼痛難忍。

賀爾俊躺在地上斜斜地靠在八仙椅椅腳上，一動不動，像個死人一樣。他是……謝姨娘的孩子？他不是母親的孩子？他是庶出的？

他的腦子像是一片混亂，又像是一片空白，耳邊傳來他母親的哭喊，熟悉而陌生，那聲音，也越來越遠了。

丞相夫人哀號不已，哭得幾近暈死過去。

賀丞相重重嘆了口氣，平靜而疲憊地吩咐道：「今日之事若是傳了出去，後果自負！將李嬤嬤、謝姨娘分開關押起來，看守緊了；送夫人和大少爺回房，派人看好他們。」

「是。」管家連忙應下。

沒一會兒，整個大堂都空了，賀丞相看著滿地的碎片和血漬，只覺得自己心裡也是如此，一片狼藉。這該……如何是好？

他艱難地抬起了自己的腳，可是剛移動一步，便覺得胸口悶疼得厲害，一下子摔倒在地，一動不動。

賀知君出府後，心情和腳步是從未有過的沈重，彷彿心上和背上壓著重重的鉛。

這個時候，他有千言萬語想要傾訴，他下意識地便抬腳往宋府走去，可是剛走出一步，卻忽然想起今日宋懷遠已經入宮覲見聖上了，又止步往回走，還是先去葉府找思思吧！

宮中，御花園，千秋亭。

亭內坐著對弈的兩人，執黑子者身穿明黃色帝服，此人正是大元朝皇帝祝北歸，祝北歸今年剛踏入不惑之年，劍眉鳳目，身形俊朗，略顯斑白的兩鬢柔和了陽剛的輪廓，使得他威嚴中又帶著一種歲月的祥和。

他的對面坐著手執白子、身穿月白色圓領襴衫的宋懷遠。

祝北歸不掩飾地打量著儒雅非常的宋懷遠，眸帶欣賞。宋懷遠面如冠玉，貌勝潘安；容貌俊朗，落落大方；言行舉止謙恭溫和，進退有度，不論其才學，光是憑這份容貌與氣質，也是世間難得了。

祝北歸不由得想起孔儒對他的薦語——

此人有經天緯地之才，濟世安民之術，得之，大元之幸，百姓之福。

祝北歸若有所思地撫著下巴的一小撮鬍鬚，按理說新科狀元應授職為從六品的翰林院修撰，可是以其才學，實在屈就；不如……讓其入國子監？可是又太年輕；入禮部？若是官職授高了，恐為其招來嫉恨。

祝北歸正尋思著，忽而腦海中閃過一個念頭，十五公主今年正值荳蔻，這宋懷遠今年不過十八，若是將他招為駙馬，成為駙馬都尉後再慢慢提拔，倒也是個不錯的選擇。雖然論容貌才情，十五或許配不上他，但有個出身中和，也算登對。

這麼想著，祝北歸落下一子，似無意提起。「你今年已有十八，不知家中可曾婚配？」

宋懷遠心忽地一跳，定了定神，穩妥落下一子，溫和一笑。「聖上請看。」

祝北歸目光落在棋盤上，棋局已分出勝負，他過目一遍，不多不少，自己恰好輸其一子，他朗聲一笑，並不在意。「你有事相求？」

他聽聞宋懷遠棋藝精湛，下棋前怕其謙讓，便許下一諾，若他能贏，便答應他一個條件；沒承想這宋懷遠掐算好，竟剛好贏他一子，他輸得心服口服，宋懷遠棋藝何止精湛，可謂登峰造極。

宋懷遠站了起來，掀起長袍跪下，謙和道：「方才聖上問草民可曾婚配，草民不敢隱瞞聖上，草民已有意中人，我們兩人已經訂親，不知有無此幸，請皇上為我兩人賜婚？」宋懷遠說著，磕了個頭。

「這就是你的要求？不求功名富貴，只求賜婚？」

「不求功名富貴，只求皇上賜婚。」宋懷遠毅然答道。

祝北歸聽了，只覺得事有蹊蹺，一樁平常的婚事，既然已經訂親，又哪裡需要他賜婚？若是為了面子，但宋懷遠也不是目光如此短淺之人。

他微微一笑。「不知你看上的是哪家姑娘？」他實在好奇，究竟是哪家的姑娘，能使得才貌雙絕的宋懷遠為之傾心？

宋懷遠頓了頓。「回稟皇上，此女乃是葉國公府葉四姑娘，其父葉長風，多年前曾任過太子少傅。家父與葉伯父少年時便交好，草民與葉四姑娘也算是青梅竹馬。」

宋懷遠一開口，祝北歸便眉毛一跳，待他說完，祝北歸遲疑問道：「這葉長風只有一個女兒是吧？」

「回稟聖上，正是。」

「若朕沒記錯，祝融看上的也是這葉四姑娘，可是……他們兩人不是已經訂了親？」祝北歸有些糊塗了，這一女哪有配兩家的道理？

宋懷遠聞言，眸色略顯詫異，面色仍是鎮靜。「回稟聖上，去年八月二十一日早晨，草民曾經上葉府提親。草民離開之後，容王爺在午時上門提親；到了下午，將軍府的五公子也上門提了一回親。只是，葉伯父並未答應我們三人中的任一人。」

祝北歸點了點頭。「此事朕記得，葉家女一日三家求，都傳到宮裡來了，想來這葉四定是國色天香、蕙質蘭心，才引得你們三人爭先求親。」

宋懷遠聽了，唇角彎彎，如實道：「葉四姑娘算不上國色天香，也算不上蕙質蘭心。」

「哦？」這話聽得祝北歸來了興致，微微前傾身子。「那你們是看上她哪點？」

這話問得宋懷遠一怔，想了想，他嘴角帶笑道：「不敢欺瞞聖上，在草民心中，她是一個小迷糊。」

「小迷糊？」祝北歸詫異。

宋懷遠笑意加深，眸色溫柔。「雖無國色，更勝天香；雖無蕙質蘭心，卻深得我心。」

祝北歸斟酌了片刻。「你剛剛說，你已與她訂了親？不是說這葉長風沒答應你們任何一人的提親嗎？」

宋懷遠誠實道：「不瞞聖上，去年提親之時，葉伯父曾經答應草民，若草民能連中三元，便將葉四姑娘許配於我；後來，容王爺來提親時，葉伯父也答應了容王爺，在葉四姑娘及笄之前，不答應任何一家的提親。昨日，正是葉四姑娘及笄之日，時效已過，葉伯父便答應了我的提親，葉四姑娘也收下了草民訂親的玉珮。」

祝北歸沈默，手一揮，命內侍收起棋盤，他一隻手肘撐在白玉石桌上，看著仍跪在地上的宋懷遠，雙目略顯威嚴。「你是說，葉長風已經答應了你的提親？可是朕怎麼記得，這葉四姑娘似乎是鍾情於融兒的？」

融兒自小性格冷酷孤僻，好不容易有了意中人，他與皇后都高興得不得了，次日便想為他賜婚，可是卻被他謝絕了。

若這宋懷遠看上的是其他姑娘，他興許當場就同意了，可是他看上的姑娘卻也是融兒看上的，這可不能馬虎。那小子十八年來才看上這麼一個姑娘，若是這位姑娘給他一道聖旨賜出去了，再等上十八年，只怕皇陵裡的情種皇弟都要上來找他了。

見皇帝猶疑，宋懷遠道：「皇上，此事非三言兩語能說清，不知皇上能否請葉伯父入宮覲見？」

祝北歸想了想。「宣葉長風速速入宮。」

太監聞言，朝亭外告之。「聖上急詔，宣葉長風入宮覲見。」

「等等。」祝北歸又道：「把那葉四姑娘也叫入宮中來吧！至於融兒……融兒就算了。」三日前韃靼王子來京，昨日他們在宮中舉辦宴會為韃靼王子接風洗塵，可祝融卻因事缺席，今日他便在宮外另行宴請，估計這會兒正帶著韃靼王族在外遊玩呢！

今天，葉長風一大早便起來了，沐浴焚香後在家靜靜地等候著，聖旨傳來之時，他早已準備好，卻沒承想皇上一併召見了濛濛。

父女兩人，火速入宮。

入宮後，太監們領著父女兩人快步走在長長的宮道上。

葉長風面容嚴謹，低聲囑咐道：「濛濛，等等爹說什麼就是什麼，不要反駁，記得，欺君之罪是要殺頭的。」

葉如濛連忙點了點頭，又有些好奇，壓低聲音問道：「爹，您是不是知道皇上找我們什麼事啊？」

剛剛在府裡時，爹也是一臉莫名其妙，但這會兒臉色倒是嚴肅起來。

「濛濛，記得爹昨夜和妳說的嗎？」

葉如濛想了想，有些遲疑地點了點頭，只覺得有些不祥的預感在心中浮現。

「那就好，等等別亂說話，不知道怎麼答話就沈默，別衝撞了聖上。」葉長風再三叮囑。「記得，妳若說錯了話，掉腦袋的不只是妳爹，妳娘還有弟弟們，都要受牽連。」

葉如濛聽得停下了腳步，葉長風連忙拉著她繼續往前走。

「爹，您是不是犯了事，皇上要責問我們？」葉如濛聲音有些發顫。

葉長風搖頭。「只要妳乖，爹就不會出事，妳乖乖的。」

葉如濛連忙點頭如搗蒜，眼睛都紅了。爹是不是出什麼事了？是收受賄賂了？還是讓人誣陷了？她一下子心中如同吊著十五桶水，七上八下的。

父女兩人走入御花園，此時正值春日，園中百花齊放，景色宜人，可是父女兩人都無心欣賞，葉如濛更是不敢多看一眼，只緊緊跟著葉長風。

兩人來到亭前，看見亭中那道明黃色的身影，連忙跪下行禮。

「微臣葉長風，參見皇上。」

「民女葉如濛，參見皇上。」

「平身。」祝北歸袖袍一揮。

「謝皇上。」兩人起身。

葉如濛起身時，眼角餘光瞄到皇上對面還坐著一人，她以為是太子，便偷偷抬眼看了一下，沒承想竟對上了宋懷遠一雙眸色複雜的眼，她吃了一驚，連忙收回視線。

祝北歸打量著葉長風，笑道：「好久不見，你這模樣倒是沒變過，一如當初，丰神俊美。」

葉長風連忙拱手。「皇上言重了。」

祝北歸淡淡一笑，看向他身旁的葉如濛。「抬起頭來，給朕看看。」

葉如濛心生惶恐，其實她之前聽銀儀和太子說過不少皇上的事情，知曉皇上不是難相處的人，本來是不怕的，可是剛剛卻被爹的話給嚇到了。她壯著膽子抬起頭，悄悄瞄了皇上一眼……唔，其實皇上和太子長得挺像的，他面上有著淺淺的笑意，看起來並不凶，似乎還挺和氣的，葉如濛心中懼意一下子去了大半。

祝北歸仔細瞧了瞧，這葉四姑娘模樣算得上美，可若是配融兒或這新科狀元，卻略顯遜色，想來是此女在才智上有過人之處吧！這麼一想，他點了點頭，讚道：「花容月貌，難怪會引得三家提親。」

葉如濛眼珠子轉了轉，看向了爹爹，葉長風低著頭，一動不動，她便抬頭微微一笑。「皇上謬讚了。」她本就是菱角嘴，微微一笑，笑意便極濃。

祝北歸點了點頭，笑起來倒是好看，他又看向葉長風，問道：「不知你這個女兒，可曾許配人家？」

葉長風抬起頭來，從容不迫道：「回稟皇上，小女已經許給了新科狀元郎──宋懷遠。」

葉長風話落音，在祝北歸身旁靜坐著的宋懷遠心中略顯緊張，面帶微笑，有些期待地看向葉如濛，希望自己一個肯定的眼神可以讓她鎮靜下來，不要那麼緊張，然而，他原以為自己會看到她嬌羞著低下頭，可是……他只看見她瞪大了雙眼，一臉震驚。

葉如濛只覺得腦袋轟的一聲，差點站不穩，整個人難以置信地看著葉長風。

「哦？」祝北歸審視著葉長風，饒有興致。「有三家提親，那顏家小兒自小頑劣，便姑且不計，朕倒想問問，你為何獨獨看上了宋懷遠？」

「微臣不敢欺瞞，去年宋懷遠上門提親時，微臣便曾答應過他，若他能連中三元，微臣便將小女嫁與他為妻。所謂季布無二諾，侯嬴重一言，微臣亦不敢背信棄義。」

祝北歸皺眉。「那你可有答應過祝融的提親？」

「微臣從未答應過！」葉長風擲地有聲。「去年懷遠上門提親時，小女已收下訂親之物，我夫婦兩人也將其留下用飯；可是當天中午，容王爺便帶著一百零八擔聘禮上門提親，微臣不敢拒絕，便答應了容王爺在小女及笄之前不將她許配出去。因此，次日小女才忍痛將宋家訂親的玉珮退了回去。」

葉如濛聽得身子微微發顫，她爹這樣算不算……是在皇上面前，告了容王爺一狀啊？

祝北歸聽得明白，這葉長風是在狀告祝融以勢壓人，強娶民女啊！

「皇上。」葉長風跪了下去。「小女與宋懷遠幼時便青梅竹馬，長大後更是兩情相悅，希望皇上能成全兩人。」他說著看向了亭中的宋懷遠。

宋懷遠略顯遲疑，但隨即走上前跪在葉長風身邊。「草民心悅葉四姑娘，希望皇上……能成全這段良緣。」

兩人已經跪下，只有葉如濛僵硬著身子站在原地，葉長風用力拉了她一下，她一下子跪倒在地，只覺得膝蓋是鑽心地疼。

「趴下！」葉長風壓低聲音命令道。

葉如濛像傀儡一樣趴了下來，眼淚奪眶而出，她該怎麼辦？容呢？他人呢？她趴在地上，眼淚像斷了線的珠子一樣往下掉，很快就沾濕了地上的青石板。

她知道，若是皇上聖旨下了，便沒有任何轉圜的餘地了。

「葉如濛？」祝北歸見她身形有異，詢問道：「朕問妳，妳可是心悅宋懷遠？」

葉如濛趴在地上，偷偷用袖子擦了擦眼淚，緩緩地抬起頭來，她雙唇翕動著，卻是一個字也說不出來，爹剛剛交代過的話語，一字字、一句句地迴盪在她耳邊。

「葉四姑娘，皇上問您話呢？」祝北歸身旁的老太監提醒道。

趴在地上的葉長風側首看了她一眼，目光強烈而殷切。

葉如濛雙眼噙淚，脖子都僵硬了，想要搖頭，可是理智卻告訴她，她要點頭。

祝北歸看著她一雙淚目，心中了然。「我看妳倒不是很情願。」

葉如濛聞言，心中一顫，葉長風看著她，一臉的痛心和失望。

葉如濛眼淚落下，匍匐在地，閉眼哽咽。「民女……」

「太子殿下到！」亭外，傳來太監尖細的嗓音。

葉如濛連忙住口，彷彿抓到了一根救命的稻草。

身穿蟒服的祝司恪匆匆來到，對祝北歸行禮。「兒臣參見父皇！」他得到消息後可是從東宮一路快走過來的，氣都還沒喘順。

「平身。怎麼今日有空過來？」祝北歸打量著他，見他胸口還微微起伏著。

祝司恪笑著起身。「剛剛準備去看望母后，聽說葉四姑娘入宮了，兒臣便過來看看。」他說著看向地上跪著的三人，發現葉如濛眼睛紅通通的，不由得關切問道：「這是怎麼了？」

祝北歸淡然道：「求著賜婚呢！」

「賜婚？誰？」祝司恪一臉訝異。

「葉如濛，朕問妳，妳可是心悅宋懷遠？」祝北歸審視著她。

祝司恪一聽，驚訝得瞪大了眼，笑道：「這怎麼可能？父皇，葉四姑娘與融兒兩情相悅，其中是不是有什麼誤會？」

「兩情相悅？」祝北歸劍眉微蹙。「這是怎麼回事？」

葉長風閉眼，趴在地上。「微臣……」

「皇上！」葉如濛忽然開口。「當中確實有些誤會，能否……」她硬著頭皮道：「能否讓民女與爹爹……先、討論一下？」有太子在她安心許多，膽子也大了不少。

祝北歸只覺得好氣又好笑，他算得上是在審問葉長風吧！這葉如濛倒好，還想他批准他們兩人下去串口供。

祝司恪摸了摸鼻子，厚著臉皮道：「父皇，當中定是有什麼誤會，不如讓他們私下說清楚，免得他們在父皇面前失禮；而且，兒臣也有些很重要的話想告訴父皇。」

祝北歸沈吟了片刻，最後看在祝司恪的面上揮了揮手，算是同意了。

「謝皇上！」

葉如濛連忙起身，扶起葉長風。

很快地，父女兩人便快步到了不遠處的假山後面，葉如濛緊緊抓住葉長風的袖子，急切問道：「爹，您為什麼要這麼做？」為什麼私自答應將她許配給宋大哥？還在皇上面前說容王爺的壞話？

「濛濛，妳聽爹的，容王爺絕非妳良人。」葉長風也緊緊抓著她，情緒比她還激動，在這關鍵時刻，女兒這兒不能出差錯！

「我不是要嫁給……」葉如濛猛地捂住了嘴，她差點就說漏嘴，容與她說過，宮中到處都是暗衛，這等機密，又哪裡能說出來?她一下子著急得直跺腳。「爹，您不是也知道嗎？他不是都和您商量好了嗎？」

「濛濛，妳嫁給他將來一定會後悔的！」葉長風痛心道。

「濛濛不會後悔！」葉如濛想也不想，堅決道：「不管他是什麼人，就算他再危險，我也不怕，我相信他！」

葉長風痛心得連連搖頭，不知該如何說她是好。

「爹，我求求您。」葉如濛砰一聲跪了下去。「我們是真心相愛的，您就成全我們吧！您若為了宋大哥好，就不當讓宋大哥誤會，為什麼要把宋大哥牽扯進來？宋大哥是無辜的！」難怪，難怪昨日她及笄宋大哥會送她一塊玉珮，這是定情之物啊！

葉長風恨鐵不成鋼，悲憤道：「懷遠這孩子有什麼不好？妳非要看上那位？妳相信爹，嫁給懷遠妳一定會幸福。」

葉如濛搖頭，急得眼睛都紅了。「我的幸福不在他那兒！」說完這話，她眼淚剎那就掉了下來，哽咽道：「女兒昨晚已經與他拜了天地，我們已經互訂終身。」

「妳！」葉長風氣極，怒斥道：「妳可知道，我為了今日籌備了多長時間，冒著多大的風險？爹為了妳這門婚事，都愁得白了頭！」葉長風抓著她的肩膀，將跪在地上的她拉了起來，咬牙道：「爹絕對不會讓妳嫁給那樣的一個人！」

這是他捧在手心裡的女兒，她心思單純，一直被容王爺騙得團團轉，祝融是靠無盡的欺騙、一個又一個的謊言才得到他女兒的心！這樣一個騙子，他還能指望他以後會如何真心地待他女兒？

「爹。」葉如濛心亂如麻，忽然想到了什麼，壯著膽子哆嗦道：「女兒已經是他的人了，求爹成全我們……」她說這話時，眼睛甚至不敢看葉長風，她怕看到他眼中的失望。她撒這個謊，只希望爹會覺得她配不起宋大哥了，這樣就會放棄將她許配給宋大哥的念頭。事實也是如此，她早就將自己視為祝融的人，他們兩人曾做過許多親密之事，她如何還能另許他人？

葉長風一怔，好一會兒才將她的話聽進去，頓時氣得全身顫抖，只覺得胸口有一股氣上不來，站都站不穩，往後踉蹌了數步，幾欲跌倒。

「爹！」葉如濛連忙上前扶他。

葉長風站定後，心底猛地騰升起一股劇烈的疼痛，這疼痛湧至喉間化成一股來勢洶洶的血腥之氣，他重重捂住胸口，冷不防噴出一口鮮血。

「爹！」葉如濛尖叫起來，腿都軟了，她無力攙扶，只能抱著爹一起倒地。她趴在葉長風胸前，手足無措地看著自己手上的血，整個人呆愣了片刻，才朝不遠處的侍衛尖叫喊道：「大夫！大夫！快請大夫！」

這個場景，就像前世爹的屍體被人從河裡打撈起來的時候，她和娘趴在爹的屍身上哭得幾欲昏死！

宋懷遠聞訊趕來，見此場景大吃一驚，連忙快步上前，將躺在地上的葉長風小心地扶了起來。

葉如濛淚流滿面，連連搖頭。「爹！您不要生氣！濛濛騙您的，我是騙您的，您不要生氣，濛濛知錯了，濛濛以後不敢了！」

宋懷遠蹙眉，半跪著抱住葉長風，一隻腿抵在他背後，好讓他靠著。他沒有問發生了什麼事，從濛濛的哭喊中他可以聽出來，濛濛是說了什麼話氣到葉長風。

葉長風艱難地喘出一口氣，輕聲道：「濛濛，聽爹的，嫁給懷遠。」

葉如濛想也不想，連連點頭，泣不成聲。「濛濛知道了，濛濛不敢了，爹不要生氣，您不要生氣。」她緊緊地抓著葉長風的手，眼淚直往下掉。她害怕，她怕她爹會像前世一樣離開她……

葉長風將她的手抓在手心裡，又抓起宋懷遠的手，費力地將兩人的手放到了一塊兒，看著宋懷遠。「遠兒，我將濛濛交給你了，答應我，一定要好好照顧她。」

宋懷遠眸色複雜，看著葉如濛，剛剛的事他已猜出七、八分，濛濛對這門親事並不知情，她不想嫁給他，她的心中已經有了意中人，而這個意中人，八成就是容王爺。她與容王爺應該不是葉伯父所說的——受容王爺脅迫。

「遠兒……」葉長風緊了緊他的手。

宋懷遠回過神來，點了點頭。「葉伯父放心，我一定會好好照顧濛濛。」只要她願意。

葉長風覺得疲憊，微微合上眼，嘴角露出欣慰的笑容。

「爹您別死啊！」葉如濛放聲嚎啕大哭。

宋懷遠一愣，連忙安慰道：「濛濛，我看伯父像是急火攻心，讓他緩一緩就好。」

葉如濛一怔，眼淚都忘了掉，連忙點點頭，閉上嘴，啜泣著，不敢打擾他。

葉長風重重咳了幾聲，好不容易喘出了氣，虛弱地指了指自己的心口。「疼。」連喘氣都疼。

葉如濛不敢哭出聲，只跪在葉長風身邊靜靜守著，等御醫到來。

她與宋懷遠都安安靜靜的，她發現爹爹兩鬢處已經生出了絲絲白髮，這是她以前從來沒發現的，她多久沒有好好看過爹了？這是她第一次覺得爹老了，前生今世從未如此愧疚過，現在的她，比前世為了一盞花燈害死她爹時還要懊悔。這一刻她後怕得緊，她一直以為重生後的自己已經懂事許多，以為自己比上一世孝順多了，可是沒承想有朝一日，她竟會將爹氣到吐血。

御醫趕來後，連忙命人將葉長風抬起來放在擔架上，為他把脈。

葉如濛站在一旁，掩面而泣，宋懷遠在她身旁看著她，柔聲安慰著。

葉長風虛弱地躺在擔架上，一個勁兒地向他使眼色，宋懷遠微微一怔，好一會兒才意識到葉長風的暗示。

可是周圍好多人，他猶豫了片刻，有些僵硬地抬起手，輕輕擁住了葉如濛。

葉如濛哭得像個淚人兒，沒有掙扎，任由著他將自己擁入懷中，她的頭抵在他胸前，低聲啜泣著。

宋懷遠抬手，輕輕地拍著她的背。

「放開她！」突然傳來一聲怒喝，緊接著，宋懷遠便感覺懷中一空，自己被一掌打開，差點摔倒在地，所幸被一個藥僮扶住，勉強站穩了。
祝融心跳極快，一把將葉如濛緊緊擁入懷中，與他急躁的表現完全不同的是他的聲音，他的聲音溫柔而緩慢。「濛濛，怎麼了？」
葉如濛沒有抬頭，咬唇擦掉了自己的眼淚。他為什麼現在才來，為什麼？
「濛濛，誰欺負妳？」祝融低下頭，抬手輕輕地擦著她的淚。
葉如濛低著頭，雙手用力揉眼睛，用手背頂開他的手。祝融一把抓住她的手，頭低了又低，聲音越加溫柔。「嗯？告訴我，誰欺負妳了？」
葉如濛抬起淚眼，對上了他小心翼翼的眼，心中忍不住一痛，她不忍再看他，從他手中掙扎開來。
她刻意的疏遠使得祝融一怔。葉如濛嚥下眼淚，緩緩後退了幾步，轉身朝宋懷遠走去，站到宋懷遠身後。
祝融臉上的溫柔漸漸斂去，木然地看著她。宋懷遠能感覺到他身上散發出一股危險的寒氣，這才是他印象中的容王爺。
宋懷遠抿唇，他沒有忘記剛剛答應葉長風的事，他拉起葉如濛的手，帶著她往亭子裡走去。
祝融袖袍下的雙手漸漸握成拳——她順從了他，沒有拒絕他的牽手。
當宋懷遠拉著葉如濛走過祝融身邊時，祝融忽然伸出手來緊緊抓住了葉如濛的手，聲音冷清。「濛濛。」

他從未想過，有朝一日她會與另一個男子牽著手從他面前走過。

葉如濛掙扎了幾下，他沒有鬆手，她再用力掙扎，他卻不敢出力了，只能眼睜睜地放手。

祝融微斂鳳目，看向宋懷遠，以一個彷彿能置人於死的眼神。

葉如濛詫異地看著祝融，她從未見過他這副模樣，明明是面無表情，眼神卻陰沈可怕，彷彿來自地獄的修羅。

他上前一步，葉如濛瞬間感覺到他凜冽的殺意，下意識地擋在宋懷遠身前。

祝融的眸光在這一剎那黯淡下去，這一瞬間，葉如濛像是看到了他的軟肋，他那堅不可摧的外表下的脆弱，她突然意識到，她不過一個動作便傷到了他。

在這一刻，她好想、好想撲到他懷中，告訴他——我想嫁給你。

可是她不能，爹爹就躺在他的身後，迫切地看著她。

葉如濛閉眼，轉身離開，與宋懷遠兩人來到祝北歸面前，跪了下去。

祝融緊隨而到，決然跪下。「臣跪請皇上，將葉如濛賜予臣為王妃。」

正在亭子裡與太子說著話的祝北歸一轉過身，便見這三人齊齊跪倒在他跟前，這下為難了，這個姪子求賜婚，他是求之不得，可問題是剛剛宋懷遠才跟他求過，還是他輸了棋局答應的。

祝北歸想了想，剛剛太子一直在與他說融兒與這葉四姑娘之間的事，兩人連親事都商量好了，想來是郎情妾意，這麼一想，祝北歸便道：「婚事最重要的是兩情相悅，葉家女既然有兩人求娶，那便由她自己決定吧，如何？」這樣說，既把這個難題丟給了葉如濛，又能顯得他公正不徇私，實在兩全其美。

卻不想下一刻葉如濛便伏地不起。「民女心悅宋大哥，求皇上為民女與宋大哥賜婚。」

祝北歸一下子無言以對，敢情他剛剛是搬石頭砸了自己的腳？他瞪著太子，用眼神問道——你不是說這兩人恩愛得緊嗎？

太子一臉無辜，一個眼神回了過去——我也不知道發生什麼事啊！

祝融看著跪趴在地上的葉如濛，用極輕的聲音道：「可是妳昨日才說過，妳願意嫁我為妻。」

葉如濛的眼淚一下子就決堤，祝融繼續道：「從此以後，生同衾，死同槨，至死不渝。」他說著，果斷地將她拉了起來，逼她與他對視。

葉如濛早已淚流滿面，她轉過頭去，不願看他。

祝融將她的臉扳了過來，直視著她流淚的眼，一字字強硬問道：「妳哭什麼？為什麼不敢承認妳愛我，像我愛妳一樣愛我？」

葉如濛沒說話，只是哭得更厲害了。

宋懷遠神色落寞，無言地轉過頭，三人同跪在地上，他卻如同局外人。其實他早該知道了，這半年來他寒窗苦讀，便是與葉伯父約好，中狀元後可以求得皇上賜婚，卻沒承想在他寒窗苦讀之時，她已有了心上人，而他與葉伯父卻成了拆散他們的人。

何苦？

片刻後，宋懷遠伏地，聲音沈緩而哀傷。「皇上，不知草民能否收回剛剛的請求？」

「哦？」祝北歸身子微微前傾。「這個自然可以。」

「草民，謝主隆恩。」宋懷遠叩拜完後直起身子，面目沈靜，他知道他放棄了什麼。

「那你可有其他請求？」祝北歸問道，他這般給自己臺階下，祝北歸自然覺得有些虧欠於他。

宋懷遠沈思了片刻。「不知皇上能否在國內設立一些公費書院？」這是他之前和老師孔儒商量過的，老師讓他若有機會，必要在聖上面前提此建議。今日聖上問他條件的時候，他應該提出這個的，可是他卻自私了，在他心底，他還是比較想要自己的幸福。

「公費書院？」

「是的，許多貧苦人家無力、或是捨不得出銀子供家中幼兒讀書，草民想，若能由國家資助他們讀書，他們長大後便可以為國分憂，報效大元，而我大元也將人才濟濟，越加繁榮昌盛。」

祝北歸尋思片刻，看向太子。「你覺得如何？」

太子連忙點頭。「聽起來不錯，不過此事還須從長計議，不如讓宋懷遠隨兒臣去書房商討詳情，到時兒臣再來稟報父皇？」

祝北歸點頭。

「兒臣告退。」祝司恪連忙行禮，意欲帶著宋懷遠盡快離開。

宋懷遠起身，從容不迫道：「草民告退。」

轉身前，他看了葉如濛一眼，朝她微微一笑。他想告訴她，他不是拋棄了她，而是成全，既然她的心不在他這裡，他何不成全她，讓她幸福？

葉如濛極其不安，祝融緊緊抓住她的手。「請皇上賜婚。」

他與她十指緊扣，她能感覺到他掌心傳來的力量，他要讓她安心，她彷彿聽到他說——放心，一切都交給我。就如從前一樣。

祝北歸看著兩人緊緊扣著的手，眼睛都發光了，連忙道：「賜！讓翰林院擬旨！」

葉長風在御醫院服了藥後，便被人送回葉府，他有心相瞞，宮中發生的事情林氏尚不知情。

當祝融帶著葉如濛回到葉府時，葉長風知道大勢已去，整個人無力地倚靠在長廊的朱柱上。

林氏看見祝融與葉如濛兩人緊緊拉著的雙手，一臉愕然。

葉如濛羞愧難當，只想收回手，祝融緊了緊她的手，在她耳邊柔聲問道：「做得到？」

葉如濛抬頭看他，咬唇點了點頭。這是兩人在馬車上就商量好了的，她負責說服她娘林氏，他則負責去說服她爹。

祝融鬆開了她的手。「去吧！」

葉如濛正想跑開，又不放心地叮囑了一句。「你不許欺負我爹。」

「保證，只有他打我的分，我一定打不還手，罵不還口。」祝融老實道。

葉如濛微微紅了臉，跑到林氏身邊。「娘，我有話和您說。」

林氏還有些愣怔，這會兒突然想起來要行禮，正欲屈膝，葉如濛連忙攔住她。「娘，您和我來！」

「可是……」林氏回頭一看，想詢問自己夫君的意見。

「娘！容王爺和爹有話說，我也有話和您說！」葉如濛拉著林氏便走。

林氏見自己的夫君並無阻止，便跟著女兒離開。

第三十五章

林氏和葉如濛走後，葉長風面如死灰，祝融面無表情。

死一般的沈默後，祝融抬腳往書房走去，葉長風麻木地跟了上去。他不知道，等待著他的會是什麼。

祝融走進書屋後，盤腿坐上低矮的紅木藤編禪椅，青時非常俐落地跟了進來，為兩人沏了一壺清茶，而後退了出去。

祝融比了個「請」的手勢，葉長風默默落坐在他對面的禪椅上，抿唇不語。

祝融提起邛三彩竹節茶壺為他斟了一杯八分滿的滾茶，從容而禮貌地將茶盞推送至他桌前，輕聲道：「知道嗎？那一刻，我真想將您送到大理寺，讓您嚐遍所有的酷刑。」他說這話時心平氣和，配上他的動作，彷彿在對葉長風說——請用茶。

葉長風抬眸看他。「你想如何？」

祝融不疾不徐地，也為自己倒了一杯七分滿的茶。「我還想著，將派去保護您妻、您子的暗衛、隨從，都撤回來。」

葉長風不說話了。

祝融放下茶壺，抬眼看他。「可是您算準了我不會，我不會對您怎樣，因為您是濛濛的爹；我也不會放棄保護您的妻子和兒子，因為他們是濛濛的娘親和弟弟，你們都是她最愛的家人。」

葉長風閉眼，悄然滾動了一下的喉結出賣了他的情緒。

「伯父，我能不能問問您，您的子女，與您的妻子，哪個比較重要？」

葉長風唇不可自制地一抿。「你想如何？」

祝融微微一笑。「伯父想多了。您有沒有想過，我在濛濛的心中同你們一樣重要？」

葉長風搖頭。「濛濛若是知道了你的真實身分，她絕對不會喜歡你。你瞞得了她一時，瞞不了她一世！」

「我從未想過瞞她一世，我只想……等成親後再告訴她。」祝融垂眸。「是，我害怕她知道我的身分，我不夠自信，我明知道她愛我，可我還是害怕她知曉事實的那一日會離開我；我懷著僥倖的心情，希望她嫁給我、成為我的人，這樣她就逃不掉了；我希望能等到她完全愛上我之後，再告訴她實情，我希望到時她可以原諒以前的一切，原諒我前世的傷害，原諒我今世的欺騙。」

「濛濛不會接受你的。」葉長風搖頭。「她涉世未深，是受你欺騙才會喜歡你，等到有一日，她發現了你的真面目……她一定會很害怕。」葉長風突然紅了眼眶，一想到女兒到時的恐懼，他的心就像被人勒住了般無法呼吸。

到時濛濛身邊全都是他的人，她叫天不應，叫地不靈，等她終於尋到機會跑出來，她一定會緊緊地抱住他，她一定會哭得很厲害，她會哭著告訴他，她嫁的人就是容王爺，她會哀求他帶她回家。

可是……若那個時候他才告訴女兒，其實爹一直都知道，知道妳嫁的人就是容王爺，到時女兒將會有多絕望？她一定會覺得全世界都拋棄了她，連同她最信任的爹爹，都屈服在容王爺的淫威下，將她親手送入虎穴。

可是好在他努力了，就算結果是失敗的，可至少他有嘗試這麼做過；就算女兒到時知道了這可怕的真相，她也不會絕望，她知道自己至少還有爹爹，她爹爹會為了保護她而不顧一切。

雖然他是個沒用的父親，他終究還是失敗了，沒有賭贏。

祝融沈默了片刻，才道：「伯父，不瞞您說，我比她更害怕那一天的到來。」他嘆了口氣，感慨道：「並不是我不願意和她坦承，而是還不到可以坦承的時刻，這些日子以來，我一直以容王爺的身分與她相處，讓她漸漸地適應我的存在。以前她提起我的時候，她總是很害怕的樣子，可是現在的她一點都不害怕了，她還會偷偷地在我面前說容王爺的壞話，開容王爺的玩笑，擰我這張容王爺的臉。我只是在等一個時機，我不敢保證，到時知道真相後她不會害怕，可是我可以保證，她絕對不會像以前那麼害怕。」

葉長風沒有說話，滿腦子都是女兒擰祝融的畫面。濛濛敢擰他的臉？而冰山似的容王爺，會讓濛濛擰臉？

他幾乎能想像得到女兒的表情，濛濛自小便調皮，小時候還敢擰他的臉，仗著他的疼愛有恃無恐，什麼事都敢做，笑得眼睛都瞇了，臉上洋溢著得意洋洋的幸福。長大後，她那個調皮而可愛的神情，自然也變不到哪兒去。不過一個畫面，他竟能感受到女兒跟祝融在一起時的幸福。

「伯父。」祝融起身，上前兩步來到他椅旁，端正地跪坐在他面前，雙手放在膝蓋上，低頭懇請道：「請伯父給我一個機會。」

葉長風沈默不語。

「伯父，我之所以會生氣，只是因為您的所作所為傷害到了濛濛，而不是因為您的言而無信。說實話，卑鄙的人我見多了……」祝融說到這，忽然頓了頓。「我不是說伯父您卑鄙，我……拙於言辭，做不到像那宋和尚般舌粲蓮花。」

「嗯？」葉長風一臉不明，宋和尚？

「伯父，您知道宋懷遠前世出家了吧？」祝融見葉長風一臉迷惘，頓時眼睛發光，身子微微前傾。「前世他師從了塵大師，成為大元朝的一代高僧。不瞞伯父，這半年多來，每月初一、十五他都會去臨淵寺與了塵大師悟道參禪，了塵大師十分欣賞他，還有意收他為關門弟子。」

葉長風聽得眉毛一跳，不由得想起宋懷遠不久前的一首詩作——懶度庸人意，且拂明鏡臺。我自拈花笑，清風徐徐來。

這當中的超塵脫俗，似有喻意！

祝融繼續道：「前世他成為大元聖僧，並非偶然，我想他早已有了遁世之意；濛濛若是嫁給了他，說不定他哪一天就會看破紅塵……雖然我文采不如他，可是我勝在精通武藝……」祝融厚著臉皮，將青時分析過他與宋懷遠的優缺點一一列舉出來，說到自己的時候，總忍不住多誇兩句。

葉長風一臉平靜的聆聽，可若說他的內心毫無波瀾，那是假的。他從未想過原來惜字如金的容王爺也會有這麼聒噪的一天，簡直像隻麻雀一樣嘰嘰喳喳地說個不停，而說這一切的目的，似乎只是為了讓他覺得……他是個不錯的女婿人選，讓他考慮考慮？

葉長風漸漸被他說服得開始懷疑人生，他的女兒怎麼會喜歡上一個話這麼多的容王爺？

「好了！」葉長風終於忍受不住，雙手按著太陽穴，他聽得頭都痛了，看了一眼窗外，外面天都黑了。

祝融連忙噤聲，一臉虔誠，彷彿還有許多話未說完，可是心中卻在腹誹，這葉長風真是好耐性，居然能聽他說這麼久，他對濛濛都沒說過這麼久的話！

葉長風重重嘆了口氣。「你若真想娶我女兒，必須答應我幾個條件。」

「伯父請說。」祝融連忙道，葉長風終於鬆口了，他要是不鬆口，他也沒那麼多話可以說到天亮。

葉長風開口道：「婚前便和濛濛坦白，讓她知道所嫁何人。」

祝融不說話了，婚前告訴濛濛，那他還能娶到濛濛嗎？祝融想了想，又繼續道：「伯父，我知道您答應過宋和尚的親事，前提條件是連中三元。這一世，我本可在科舉中動手腳，可是我沒有這麼做。」

這是青時分析的——讓葉長風意識到，爺就是個君子般坦蕩的人物。

祝融冒出這一段話，葉長風聽得莫名其妙，祝融說完也覺得不對，連忙道：「伯父，您請開第二個條件。」

葉長風以為他答應了第一個條件，便繼續道：「第二，不能監視她。紫衣、藍衣這些人，要麼讓她們離開，要麼讓她們再也不要和你回報濛濛的任何事情。」他不想讓女兒活在他人的監視下，什麼保護？不過說起來好聽罷了。

祝融沒想多久，立刻便做出了決定。「伯父，我可以讓紫衣她們都聽命於濛濛，不再受命於我。以後，整個忍冬院的人只有濛濛一個主人，若我擅闖，她們照樣殺無赦。」

「整個葉府。」葉長風開口道。

祝融不免猶豫，他可是安排了將近一半的暗衛守護葉府，若到時葉長風讓他們聯合起來反抗他，只怕這些人會和容王府鬧得兩敗俱傷。

「我知道你安排了許多人在府上，我不需要他們，我可以再去人牙子那兒買些家丁和丫鬟回來補人手，我只要求我府裡的人都是我的人，而不是別人的眼線。」

「不必了。」祝融果斷道：「我會告訴梁安，以後讓所有人全聽命於伯父。」

不凡。

葉長風微訝，祝融倒是大方，城南府中八十餘人，福伯說過，便是連雜掃的小廝都身手

「只是，忍冬院的人仍是聽命於濛濛。」祝融道，他得留些餘地，萬一以後葉長風將濛濛軟禁起來呢？

葉長風知道，經過這次，他已經有所保留了，只是弄成這樣，彷彿是在賣女兒一樣；可是若不讓他流點血，他怎麼會懂得珍惜別人含辛茹苦養了十多年的女兒？

「第三，不得納妾。」

祝融立刻就點頭應了，這個也算條件？他壓根兒就沒想過碰除了濛濛以外的女人。

他答應得這般爽快，葉長風倒覺得自己瞎擔憂了。想想也是，容王爺哪裡會碰別人？與其擔心他納妾，還不如擔心他婚後會否和自己的女兒同房；若不同房，更好，別糟蹋了他的女兒，將來若是和離，他女兒還能以清白之身改嫁。

「第四，一紙和離書。若將來濛濛反悔，可以與你和離。」葉長風開出這個條件，自己都覺得有些強人所難了。天潢貴胄，他身為親王，女兒又是正妃，要和離不是那麼簡單的事；就算能和離，只怕也沒人敢娶他女兒，不過是為他女兒博得一個自由身罷了。

祝融默了默。「伯父，還有其他條件嗎？」

「暫時就這四個了。」

「那麼伯父，您這四個條件，我只能答應其中三個。」

「第四個你不願意答應？」

「第一個，第一個我做不到。」祝融誠實道：「可是我保證，婚後一個月內，我會告訴她。」

葉長風心中憋氣，到時女兒都被他吃了，還能後悔不成？

「伯父，只要您願意寬限時日，我答應您，以後我會照拂宋懷遠；若他有心朝政，我會讓他平步青雲。」這是祝融所能做出的最大讓步了。

葉長風沈默，他對宋懷遠心有愧疚。此事失敗之後，他最擔心的不是自己和家人，而是宋懷遠，他擔心他會受到容王爺的報復，事情發展到現在這種地步是他始料未及的。其實，在他們先後上門提親的第二日，他就已經與宋懷遠約定好了。當時濛濛明明有意於宋懷遠，驚懼於容王爺，是以那日宋懷遠帶著被退回的盆栽找來時，他在茶室裡便將濛濛許配給了宋懷遠，在當時那種情形下唯一的辦法，便是宋懷遠考中狀元後請聖上賜婚。

可誰知道，後來濛濛居然會喜歡上祝融，而他也低估了祝融對濛濛的心意，這兩人的相愛，徹底打亂了他的計畫，將他與宋懷遠推到風口浪尖上，他們也沒有退路了。今日這般說開，反倒乾脆俐落，接下來就看濛濛的福氣了。

可就算濛濛最後能幸福，他還是虧欠了宋懷遠。

這是女兒自己的選擇，若她以後後悔了，他會給她一個最溫暖的港灣；可如今，他確實沒有這個能力再與容王爺作對，他騙得了他一次，騙不了第二次，容王爺已經給了他足夠的面子，他不能再不識相了。

「宋懷遠，無須王爺為他鋪路，只要在他有需要的時候，能照拂一二便已足夠。」葉長風如是道，以宋懷遠的能力，若他有心朝政，他會走出一條最適合他的路，無須過多提拔。

「謝……岳父大人。」祝融嘴角彎彎。

葉長風板著臉，沒有應答。

「那我先告辭了。」祝融起身做了一揖，本想自稱小婿，可是對上葉長風那冰霜似的臉，還是算了，別得寸進尺。

「等等。」葉長風忽然喚住他。

「嗯？」

葉長風起身，與祝融對視著。這個時候，他才發現祝融身量極高，他已算生得高大，而祝融今年未及弱冠卻已經同他一樣高，這是他第一次在祝融身上看見一種他以前從未發現過的坦蕩，那是一種男人的擔當；比起宋懷遠的文藝，他的武藝更能保護濛濛。

其實捫心自問，容王爺的相貌確實不輸於宋懷遠，兩人各有各的風度，只是，不知這兩人看上濛濛什麼？

葉長風頓了頓，語重心長道：「授人以魚不如授人以漁，與其將她保護得密不透風，還不如讓她自己學會生存。」

濛濛若真成了容王妃……宮闈險惡，豪門宅深，濛濛心思單純，光是主持容王府中饋之事，想必就能繞暈她了。

祝融聽後，怔了片刻，認真道：「我會考慮。」

次日一早，天剛大亮，宮裡便來了聖旨，隨著聖旨一同到來的還有容王爺。

葉府所有人都出來跪迎，接旨的葉如濛跪在最前頭，聽著宣旨公公尖細的嗓音在頭頂響起——

「奉天承運皇帝，詔曰：

茲聞葉國公府長房嫡女葉如濛溫婉賢淑、蕙質蘭心，今容親王臨近弱冠，適逢婚娶之時，特將汝許配於容親王為王妃。一切禮儀，由禮部協助容王府操辦，定於四月十五完婚。

欽此。」

太監宣旨完畢，恭敬地將聖旨捲起遞給葉如濛，葉如濛連忙舉起雙手接過。「謝主隆恩，吾皇萬歲萬歲萬萬歲。」接過聖旨後，她雙手還有些顫抖，這就是賜婚的聖旨，有了這道聖旨，她就可以嫁給容了。

「葉四姑娘快快請起，咱家在此先道一聲恭喜了。」太監喜氣洋洋笑道。

「謝公公。」葉如濛正欲起身，祝融兩步上前來將她扶了起來，葉如濛靦覥地低下了頭，在大庭廣眾之下她怪不好意思的。

「辛苦公公了。」紫衣上前來，悄悄往他手中塞了一錠銀子。「公公不如進去喝杯茶，歇息一下。」

這太監不動聲色地將銀子推送回去，在容王爺面前收賄賂，他是嫌命長嗎？他笑道：「咱家還要回去覆旨，就在門口這兒蹭蹭喜氣得了。」他輕揚了一下手上的拂塵，躬身對祝融道：「容王爺，老奴先告退了。」

祝融心情愉悅。「賞。」

青時笑咪咪的，從袖中掏出一錠金子來，太監雙眼發光，連忙恭敬接過，又說了好些討喜的吉祥話，心中暗道：今日可真是一門好差事啊！

葉如濛領旨後，祝融大大方方地隨葉家人進入大門，拐過影壁後，葉如濛嬌瞪他。「你跟來做什麼？」

「吃飯啊！」祝融一臉坦然，朝身側的葉長風夫婦淺淺一笑。「伯父、伯母，打擾了。」

葉長風淡淡「嗯」了一聲，林氏不敢得罪祝融，惶恐地福了福身。「容王爺客氣了，府裡不過一些粗茶淡飯，恐招待不周，妾身命廚房的人再做幾道菜，您且稍等片刻。」

「伯母不必費心。」祝融一臉溫和。「有什麼吃什麼就可以了。」

林氏有些尷尬地笑了笑，這女婿說換就換，她昨夜愁了半夜，一宿都沒睡，現在看到容王爺，只覺得心中特別彆扭。

這一日，京城中發生了兩件大事。除了皇上為容王爺和葉國公府四姑娘賜婚一事外，還有一件，便是丞相府的換子風波。今日早朝時，丞相摘下官帽，自請其罪，求聖上恩准其告老還鄉，此事一出，震驚朝野。

皇上當朝訓斥賀丞相，本欲降其罪，後因太子等人求情，將他貶為從七品的庶起士，與今年新進的二、三甲進士們一同入翰林院就職，另笞了二十大板，罰俸一年。丞相叩謝聖恩後，領罰後便被人抬回丞相府了。

皇上因憐憫賀知君，當場授他為從六品的翰林院修撰，要知道，這修撰可是狀元郎才能當的，榜眼和探花一般是授封正七品的編修；既然這賀知君授封修撰，那狀元郎呢？

皇上親封宋懷遠為翰林院學士，朝中文武百官心中各有思慮，卻無人敢有異議。這翰林院學士無品級，說高不高，說低不低，平日負責起草任免將相大臣、宣佈大赦、號令征伐等有關軍國大事的詔制，經常值宿禁中；若是能得到皇上的賞識，便可進而參謀論政，因其言行可分割宰相之權，又有「內相」之稱。皇上此舉想來是極為看重這新科狀元郎，有心提拔栽培了。

宋懷遠與賀知君兩人下朝之後，大街小巷早已傳遍皇上賜婚葉四姑娘一事。

兩人一路無言，來到不醉樓前，相視一眼，默契地上樓。表面上，兩人平步青雲、風光無限，但實則各有各的苦楚，同為失意人。

宋懷遠醉酒回到家中，已是暮靄沈沈，毫無疑問，他們家也收到了容王府派來的婚帖，喜慶華美，上面繪著精緻的紫藤花，刺痛了他的眼。

未待他猶豫，他母親黃氏便遺憾道：「只怕我們去不了了。」

「為何？」他醉眼矇矓，接過了婚帖。

「今日上香，大師說玉兒的婚事定在二十實乃大凶，唯有改在十五佛吉祥日方可破。」黃氏皺眉道：「我看那大師說得真切，便想著回來後再與你父親商量一下；可是回來時我順路去禮鋪取婚帖，竟發現禮鋪的小姑娘將我們婚帖日期與另一家混淆了，給寫成了十五，你說這不是天意嗎？那小姑娘哭得厲害，我也不忍心責怪，就這樣收下了。」

宋懷遠頭昏腦脹，心中卻清楚得緊，手中攥著婚帖，步履不穩地回屋。

黃氏不由得擔憂，平日遠兒即便醉酒，也會說一聲「孩子告退」方才離去，可是今日卻黯然無言，想必濛濛成親之事對他多有打擊。

四月十四，夜。

葉如濛梳洗完畢，身穿中衣，站在偌大的雕花衣架前，手輕輕撫弄著精美到極致的嫁衣，心中忐忑不安。

正沈思著，門外忽然傳來些許聲響，葉如濛回過神來，聽見外頭響起紫衣的聲音。「小姐，夫人過來了。」

葉如濛連忙前去開門，將林氏迎了進來。「娘，您怎麼過來了？」

林氏低垂眼眸，踏進房後關上了門，葉如濛見桂嬤嬤等人都守在門外，知她娘是有悄悄話想和她說。

林氏拉著她在床邊坐下，看著她，一臉心疼。

「娘，我真沒事。」葉如濛小聲道：「您放心，不用擔心我，我是心甘情願嫁給容王爺的。」

林氏輕輕拍著她的手，憐惜道：「好孩子，委屈妳了。」

「娘，我真不委屈。」葉如濛無奈道，娘一直這樣說，她不知解釋過多少遍了，娘卻老是不相信。

林氏重重嘆了口氣，猶豫了許久，才有些彆扭地從袖中掏出一本小冊子，哀傷道：「這些事情，妳也該知道了。」雖然不確定容王爺會不會和濛濛同房，但濛濛懂了，也沒什麼壞處。

「什麼？」葉如濛聞言吃了一大驚。「娘，我不會是你們撿回來的吧？」

林氏聽了，輕輕敲了一下女兒的頭。「傻孩子，胡說什麼！」

葉如濛吐了吐舌頭。「娘，那您說這些話做什麼？這是什麼東西？」葉如濛好奇地看著娘手中捲成一個圓筒的小冊子。

林氏有些難為情，低著聲音說：「避火圖。」

「避火圖？什麼東西？」葉如濛還是第一次聽說。

林氏羞得不敢再往下解釋，遞了過去。

葉如濛好奇地接過來，打開看了一眼，還以為自己眼花了，瞪大眼一看，眼珠子都要瞪出來了，立刻將冊子合起來。她娘不會拿錯東西給她了吧？不小心拿成平日她娘和爹爹的……葉如濛一想到這，只覺得尷尬萬分，臉都脹紅了。

「濛濛，這……不用害羞。」林氏紅著臉支支吾吾的。「這個……都得看的。」

「娘，這是春宮冊！」葉如濛瞪大眼睛道。

林氏連忙捂住她的嘴巴，壓低嗓子道：「說這麼大聲，還知不知羞了！」

葉如濛連忙捂住了嘴巴。「娘您要給我看這個啊？」

「妳明日就要成親了。」林氏硬著頭皮，打開第一頁，指導道：「明日，若容王爺真的碰妳，最好就是這個了。」這個姿勢適宜初次交歡，對女子來說沒那麼疼痛。

葉如濛悄悄瞄了一眼，天啊，他們都不穿衣服，簡直羞死人了！

「聽到了沒有？」林氏問道，眼睛也不敢看她。

「哦。」葉如濛又迅速瞄了一眼，這畫上的人兒真醜！可是一想到她和容……葉如濛就羞得想找個地洞鑽進去。

林氏翻開了第二頁，只覺得臉燙得都可以煮雞蛋了，她平日與夫君看著，只覺得情趣盎然，可這會兒對著女兒，卻是羞得說不出話來。

林氏將冊子塞到女兒手中，如同塞什麼燙手山芋似的。「要不……妳自己看看？」

「我？」葉如濛手抓著冊子，有些手足無措。

「對！自己領悟一下，娘還有些事，娘先走了啊！」林氏慌忙起身。

「娘，這麼晚您還有什麼事啊？」

林氏身子一僵。「唔……妳弟弟他們應該餓了，娘去給他們餵奶。妳先看著啊，有不明白再說啊！」

林氏快步出了房門，二話不說帶著桂嬤嬤跑了。

沒人了？葉如濛左看右看、上看下看，屋裡真沒人了？她身子都沒動，只有眼睛斜斜地往腿上的冊子瞄了一眼，哎呀，好羞人啊！葉如濛又忍不住悄悄瞄了一眼，嘖嘖嘖，這姿勢怎麼這麼奇怪呢？是不是畫錯了？要不她來研究一下？

葉如濛一把將冊子塞到枕頭下，從匣子裡取出一顆拳頭大小的夜明珠，這是容之前送她玩的，沒想到能派上用場。她將棉被一掀，整個人藏到了被子底下，很快地，一隻瑩白的小手從被子下伸出來，從繡花枕頭底下摸出了一本小冊子……

與此同時的容王府，祝融一本正經地坐在書案前，翻看著眼前一本厚厚的摺子，不知情的還以為他是在看摺子，其實……咳咳。

門外的青時，早已忙得焦頭爛額，他風風火火地推開門，站在門外，往裡面精準地投了一本冊子。「爺，這是最後一本了！」這些都是他的珍藏啊！

祝融抬手，輕鬆接住，淡淡應了一聲。「嗯，退下吧！」

次日，天還未亮，葉如濛便被紫衣她們喚了起來，林氏請的全福夫人是孫氏，孫氏笑容滿面，一邊為葉如濛開臉、塗面、梳妝，一邊口裡說著吉祥話，繞得葉如濛腦袋都暈了。

嫁衣穿戴整齊後，孫氏為葉如濛戴上了鑲嵌滿珍珠寶石的鳳冠。

吉時到，祝融前來迎親，國公府那些人沒人敢為難他，也就孫氏幾個孫子、孫女，在顏多多的慫恿下向他討要銀錢，祝融大方得緊，一人撒了一把金葉子。小孩子蜂擁而上，笑嘻嘻地哄搶。

顏多多聽到她被賜婚的那一日，心中有些難過，不過僅僅難過了一天，過後就沒什麼了，似乎一下子就看開了。如今這會兒他看見蒙著蓋頭的葉如濛，已經大方許多。他是喜歡她，可是如今她要嫁給別人，他只有滿滿的祝福；若是容王爺敢欺負她，他一定會幫她教訓他，雖然他打不過容王爺，可是他上面還有四個哥哥啊！到時五個一起上，他光是想想就覺得手癢得厲害。

就是……宋懷雪。他現在看見宋懷雪，總覺得有些難為情。上次濛濛及笄禮時，他正想走，宋懷雪卻跑來找他，還說是他先找她的，他有些莫名其妙，不過乾脆就順路將她送回家了。送回家時剛好碰到了宋懷玉，宋懷玉留他下來吃飯，他正好餓了，也就不推辭，在她家吃完飯才回將軍府。過後想想，他那一天其實過得挺開心的。

辰時三刻，迎親的八人抬大紅寶頂花轎接走新娘子，起轎往皇城的方向去了。

先前聽說容王府這門喜事定在四月十五時，許多人都覺得是誤傳，聖上四月初五賜的婚，不到十日就要成親，如何來得及？沒承想真來得及，容王府還將婚事辦得極盡奢華。老者們感慨，這樣的陣容，與當年小元國長公主嫁來大元時有得一比。

容王府向來大方，一路走來，府中的丫鬟們一直往兩邊撒著喜袋。一般人家的喜袋就裝些喜糖或是一、兩個銅板，可容王府的喜袋裡裝著元寶閣上好的喜糖，裡面還配了一對點了金珠子的銀葉子；別說裡面裝的糖和銀子了，光是這個喜袋，都能賣上好價錢。所幸道路兩邊有不少侍衛在維持秩序，不然追上來的百姓都能踩死一頭牛了。

因為容王府和葉府極近，花轎來接時是繞皇城一圈來的，回去時仍是走舊路，複繞了皇城一圈，才回到容王府。

到容王府時，葉如濛坐在轎內，聽到了炮仗的響聲和敲鑼打鼓的喜樂聲。停轎後，有人上前來卸了轎門，一個五、六歲的出轎小娘迎上前來，這個小姑娘生得粉裝玉琢、眉目清秀，周身散發著靈氣，她可不是普通人家的姑娘，而是當今聖上最寵愛的十九公主。她眼珠子轉了轉，調皮一笑，輕輕拉了拉葉如濛的袖子，連拉三下，葉如濛這才起身在喜娘的相扶下踏上紅毯。

新娘子在紅毯上站定，手心已是出了汗。眼前這紅通通的一切，就像是作夢一樣，極不真切。

紅毯的盡頭，祝融早已站在天地神案前，手持繫著紅綢的弓箭。這是大元的習俗，在剛下轎的新娘身上輕射三箭，藉以驅除邪魔。

葉如濛低著頭，忽見一支用小紅綢包得圓滾的箭「咚」的一聲射在自己的裙襬上，輕輕的一下，不痛不癢。

與此同時，耳邊響起一道熟悉而高揚的聲音。「一箭射天，天賜良緣，新娘喜臨門！」

葉如濛有些緊張，緊張起來只覺得這聲音極其耳熟，卻硬是想不起來是何人。

祝融射了一箭，後退一步，複射一箭。

青時繼續道：「二箭射地，地配一雙，新人百年合！」

第三箭射完，青時高喊。「三箭定乾坤，先射天，後射地，天長地久，地久天長！」

青時此次擔任祝融身邊的儐相，責任重大，在祝融身邊幾乎寸步不離。他當得開心，爺前幾日就幫他處理了韃靼王子之事。韃靼王子走的時候，已和他們談成協議，答應此次去小元國，就和小元國國君求娶珠儀公主。眼見銀儀的婚事就要取消了，他怎麼能不開心？

葉如濛小心翼翼地跨過火盆，又跨過了馬鞍，一旁的青時喊得越加賣力起來。「一塊檀香木，雕成玉馬鞍，新人跨馬鞍，平安代相傳！」

葉如濛這會兒才聽了出來，原來是青時。

很快地，一條紅綢帶塞到了她手中，她被這紅綢帶牽引著走入喜堂。

葉如濛頭上蓋著紅蓋頭，不知高堂上坐著的竟是盛裝的大元帝后。葉長風和林氏各坐在帝后的下座，心中忐忑，誰承想皇上和皇后都駕臨了！

葉如濛只覺得外頭安靜得緊，氛圍莊重而森嚴，拜完天地後，連送入洞房也沒有人哄鬧一聲。

進入喜房後，祝融與葉如濛雙雙坐在喜床上，祝融將自己的衣襬壓在葉如濛的衣襬下，喜娘一見眼珠子都要瞪出來了，正欲開口，又連忙看向了一旁的青時，青時示意她不要多言。

祝融低低道：「以後，聽娘子的話。」

葉如濛抿嘴偷笑，不敢出聲。

喜娘面色有些古怪，哪有新郎將自己衣襬壓在新娘衣襬下的，不過她做了多年的喜娘，面色很快就恢復如常，喜氣洋洋地往床上撒了棗子、栗子、花生、桂圓等物，俗稱「撒帳」，寓意早生貴子。

喜娘撒帳後，祝融起身，用玉如意掀起葉如濛的垂珠大紅蓋頭，只見鳳冠下的新娘子面容嬌羞，唇脂殷紅，垂眸淺笑著。

祝融勾唇一笑，取過金托盤上的一對交杯酒，遞一杯給葉如濛。

葉如濛接過交杯酒，才敢抬眸看他一眼。她從未見過身穿紅衣的他，他眼角、眉梢盡是柔情的笑意，眉目間盡顯風流，五官美得令她移不開眼。她心中有些彆扭，哪有新郎比新娘子還漂亮的呢！

祝融抬手，將她鳳冠前垂掛著的珠簾挽起，輕掛在鳳冠上的鳳凰兩翅上。飲過交杯酒後，祝融便讓眾人都退了出去。顏多多已經趕去宋懷玉的喜宴，其餘人只有笑笑，不敢胡鬧，也就祝司恪敢調笑幾句。

門一關上，祝融便上前來，坐在一旁，仔細端詳著她。

葉如濛低垂著眼，小聲道：「看什麼？又不是沒看過。」

祝融笑，輕輕捧起她的臉，由衷道：「濛濛妳好美。」

葉如濛頭低了低，臉開始發燙。

祝融抬手，將她的鳳冠拿了下來。「重不重？」

「有點兒。」葉如濛小心地縮了縮脖子。

鳳冠一取下，祝融便放置在一邊，看了看她，忍不住吻了上去，將她壓在床上，天知道他等這一日等了多久。

「呀！」葉如濛小聲叫了一聲。

「怎麼了？」祝融忙從她身上爬起來，將她一併拉起。

「有東西。」葉如濛從身後摸出一把紅棗、桂圓來。

祝融笑，唇又湊了上去，坐著急不可耐地吻住了她。

「別。」葉如濛輕輕推著他，口裡含糊道：「唇脂……」

她不說還好，她這麼一說，祝融乾脆將她唇上的胭脂吃了個一乾二淨，不就是一些醃了幾日的花汁，清香得很。

祝融直吻得葉如濛喘不過氣來，好一會兒才鬆開她，意猶未盡地舔著唇。葉如濛瞪他，怎地今日這般猴急！她佯裝生氣，可一見到他唇邊還沾染著她的唇脂，又忍不住笑出聲來，連忙拿帕子輕輕幫他擦了擦，他這樣出去外面，丟臉的可不只是他了。

祝融唇又湊了上來，葉如濛連忙推開他。「不許了，你不用出去外面？」

「待會兒再出去。」反正皇上和皇后已經回宮了，外面那些人，青時和祝司恪應付得了。

「那……」葉如濛壓低聲音在他耳邊道：「容王爺呢？」

祝融頓了頓。「唔……他暫時還醒不了，現在他昏迷的時間已經越來越長了，還是……妳想去看看他？」

「不用、不用！」葉如濛連忙擺手，她知道容王爺就躺在這床後的密室裡，他曾經帶她去看過，容王爺直挺挺地躺在石床上，像死了一樣，差點沒把她魂都嚇沒了。

「嗯，妳放心，就算他醒了也出不來。」祝融安慰道，又摸了摸鼻子。「今晚是我們的洞房花燭夜，別提他了。」祝融說著，輕輕取下她的簪子，解開她的髮髻。

葉如濛皺了皺眉，容王爺就在一牆之隔的密室裡躺著，她怎麼想都覺得彆扭，若要讓她在這張容王爺睡過的床上與他……她過不了自己心裡這關。

剛剛他將她壓在床上的那一瞬間，她甚至感覺他被容王爺附體了！

祝融在她唇上輕啄了一下。「我先出去，很快回來，等一下我讓紫衣她們帶點吃的給妳，妳先吃點東西，補充一下體力。」

力活嗎？

「哦。」葉如濛乖乖點頭，待他走後，她覺得有些奇怪，補充體力？等一下要做什麼體

祝融剛走，紫衣她們便端著熱騰騰的膳食進來了，還囑咐她吃七分飽就成。

葉如濛吃飽後，忙著卸妝梳洗，梳洗後她換上一身紅色的中衣、中褲，外套一件大紅色的絲綢氅衣，長髮鬆鬆地打了一個髻。

見打理完畢，紫衣她們又退了出去。

葉如濛靜坐在床上，已有些犯睏，倚在床邊便睡著了，睡得迷迷糊糊的，覺得臉上有些癢，一睜眼醒來，便是容王爺放大的臉。

她嚇了一大跳，祝融笑道：「睡著了？」他已經偷了好幾個香吻。

葉如濛皺眉，只瞪著他，不說話。

「走，我帶妳去一個地方。」祝融笑著將她抱了起來，他抱起她後轉了個身，速度有些快，葉如濛一隻鞋子本就沒穿牢，一下子直接飛了出去。

「我的鞋！」葉如濛連忙道。

「不用穿鞋。」祝融索性將她另一隻鞋子也輕輕踢了下去，抱著她下暗道。

「我們去哪？」葉如濛摟著他的脖子，他也是剛梳洗完，身著中衣、中褲，外面只套了一件長袍，兩人總不能這樣出去外面吧？

「到了就知道。」祝融抱著她，略顯急躁地走在暗道中，第一次覺得這條路太長了。

走了一會兒，便來到暗道的盡頭，祝融要她閉上眼睛，葉如濛聽話地閉上眼，耳朵聽到機關咬合的聲音，感覺到他抱著她往上走了六、七階樓梯。

祝融停下來後，才將她放下來，葉如濛赤腳突然踩到一些涼滑的東西，她嚇了一跳，連忙睜開眼往地上一看，卻見地上鋪滿了紅豔豔的玫瑰花瓣。

她詫異地抬起頭來，只見整個屋裡，地板上、桌椅上、貴妃榻上，全都鋪滿了五顏六色的新鮮花瓣，一瞬間，她聞到了芬芳淡雅的花香。

等等，這間屋子她看著似乎有些眼熟？葉如濛忽然反應過來，這是她在忍冬院的房間！

「濛濛。」祝融將她抱了起來，脫下自己的鞋子，抱起她走進拔步床內，將她放在床上。

葉如濛屁股剛碰到床，祝融便吻了上來，將她整個人壓在床上。這床鋪了好幾層的軟被，柔軟得緊，葉如濛整個人都凹陷進去。

吻了一陣子，祝融撐起身來，氣息有些重，一雙眼直勾勾地看著她，他一手撐頭，另一隻手輕輕撫著她的臉，低低喚道：「濛濛……」聲音寵愛無邊。

「唔……」葉如濛輕輕應了一聲。這就要開始了？開始那畫冊上的事？她抬眼看他，見他目光灼灼，面色酡紅似醉，她一時間覺得他可愛得緊，不由得心生憐愛，抬起頭來輕啄了一下他的下巴。

祝融心一顫，呼吸當即重了幾分。他輕捧著她臉的手緩緩移到她腦後，五指插入她髮中，低頭在她額上親吻了一下，呢喃喚了聲。「濛濛……」

他的聲音，帶著無限的眷戀，還有慾望；他的吻，徐徐落在她眉眼間，流連在她眼角、眉梢處，他親吻著她的鬢髮，獨獨不吻她的唇；他吻得她好癢，給她一種求而不得的感覺。

他的唇，終於停在她的耳垂，她的耳垂瑩白而精緻，因耳環已經取下，上面只有一個小小的耳洞，越發顯得這耳垂可愛惹人憐。

他早已情動，迫不及待地含了上去，輕輕舔舐啃咬著，柔軟而溫熱的耳垂幾乎融化了他的心。葉如濛全身一顫，只覺得雙腿都有些發軟了。

她的耳垂已經被他含咬得滾燙發腫，祝融終於鬆了口，他低首看她一眼，見她雙眼已有些矇矓，怔怔地望著床板垂掛下來的花朵。

祝融不自覺地溫柔一笑，吻落在她耳根，徐徐往下……

這會兒已是半夜，她已經累得閉上了眼，而他明明是睏的，可是一抱住她，卻又整個人神采奕奕，精神得睡不著。好軟，她整個身子都好軟，他總忍不住這裡碰碰、那裡揉揉，一雙手閒不下來。

他偷偷地掀開被子，貪婪地看著她，她的身子就如同羊脂玉般完美無瑕，見她睡得香甜，祝融又憋了半夜。

天微光時，葉如濛終於翻了個身，祝融頓時又精神起來。「濛濛，妳醒了？」

葉如濛瞇著眼，迷糊聽到了些聲響，然後就覺得臉癢癢的，她以為是滾滾在舔她，一隻玉手從被中伸了出來，想要推開他。祝融順勢捉住她的手，像餓狼一樣親吻她的手背，徐徐往上，手腕、手肘、手臂，直親到肩膀，葉如濛睡意尚濃，可被他這麼如狼似虎地一頓折騰，漸漸甦醒過來，祝融纏著她，硬是又糾纏了一回。

她怎麼覺得，這一回似乎比昨夜還要漫長？直折騰到天大亮，兩個人都出了汗，祝融才抱住她心滿意足地睡過去，葉如濛累得眼皮都抬不起來，人昏昏沈睡了過去。

再醒來時，已是午後了。

葉如濛看見午後從窗櫺曬進來的陽光，大吃一驚，立刻爬起來，可一起來，身上的被子便滑落下來，又是一片春光無限。假寐的祝融一見，眼珠子又瞪得老大，一下就像狗皮藥膏似地黏了過來，葉如濛連忙縮回被子裡，覺得全身上下沒有一處不痠痛，想使點力，可是全身都軟綿綿的。她嬌瞪了他一眼，又覺得臊得厲害，整個人連頭都埋進了被子裡。

「濛濛……」祝融柔柔喚了一聲，鑽進被子裡胡亂親吻著她，逮到哪就親哪。

「別了……」葉如濛聲音有些顫，她都有些害怕了，這個傢伙，怎麼像是沒完沒了一樣。

「累的話就多睡一會兒。」祝融這會兒倒是認真，停止糾纏。

葉如濛嘟囔道：「睡這麼晚，桂嬤嬤說天一亮就要起身的，現在天都快黑了，都怪你。」

祝融笑著吻她，嘴都合不攏，低語笑道：「嗯，都怪我，妳起那麼早做什麼？如今整個王府裡就妳最大，我都聽妳的。」

葉如濛被他逗得低笑，輕捶他一下，他的肌膚光滑得緊，雖然光滑卻不像她那般軟軟的，而是硬邦邦的，剛硬中又帶著結實的彈性，而且還……滾燙著，其實被他這樣抱著挺舒服的。葉如濛想到這覺得有些羞，轉移話題道：「我、我們快回容王府吧，等等他們找不到人。」

「妳肚子餓嗎？」祝融問道。

他不提還好，一提她頓時就覺得餓得前胸貼後背了，可憐兮兮道：「餓。」

「那……我們先去洗個澡，洗完吃東西。」

「好。」葉如濛乖巧點了點頭，沒有注意到他說的是「我們」。

宋府這邊，全府上下還掛著喜慶的紅燈籠，葉如蓉已經午休醒了，她昨夜初經人事，非常疲累，今日一早醒來和黃氏請安，請安後整個上午也沒空閒著，一一見過了宋府的長輩們，給他們敬茶。中午用完午膳後，她睏得厲害，忍不住睡了個午覺。

她轉過頭來，看著枕邊睡得一臉滿足的宋懷玉，心隱隱生疼。昨夜她給他的時候她哭了，他以為她疼，眼中滿是憐惜，動作越加溫柔，可是他不知道的是，她是心疼，她給了他，便不再是清白的身子了；是啊！就算她是清白的身子，她也配不起他，他可是連中三元的狀元郎，風度儒雅，日後前程無量，她一個庶女如何配得起他？

許多人都羨慕她，說她一個妾生的，夫君卻是同進士出身的三甲傳臚，又對她一往情深。是啊，按理說她嫁了這麼好的一戶人家也該知足了；可是，她不滿足。

昨夜，她看著馳騁在自己身上的宋懷玉，心中慶幸他生得與宋懷遠有五分相似，她口中喚著他夫君，可心中卻默唸著宋懷遠的名字，她只能將他當成宋懷遠，才能強迫自己與他同房。

早上敬茶的時候，他沒有出現，小姑說他昨夜喝得酩酊大醉，今日起不來。她知道，他是為了另一人，為了那個該死的葉如濛，而不是她！葉如濛也在昨日成親，國公府上下都巴不得能去參加容王府的婚宴，可是容王府卻只請了他們當中的一些人，那些沒被邀請的才滿是遺憾地來宋府這邊參加她的婚宴。

同日的兩場婚禮啊，她的默默無聞，可葉如濛的，卻為京中所有人津津樂道，她心中哪能不嫉恨？唯一慶幸的，便是她嫁給了他弟弟，成為他的弟妹，就算她明面上喚他大伯，可在她心中，她卻是可以喚他做夫君的。

只要他們兄弟倆不分家，她就可以一生一世地陪在他身邊，她可以喚他的爹娘做爹娘，喚他的妹妹當小姑，這有什麼不一樣？就連同房的時候，她也可以將宋懷玉當成他。他們兩個人生得相似啊，只是……明明是同胞兄弟，為什麼她的夫君卻不及他的十分之一？

不、不，葉如蓉有些魔怔了，她要乖，她要孝敬他的爹娘，讓公公、婆婆滿意她，小姑也喜歡她，這樣，他也會喜歡她的吧？

葉如蓉連忙打起精神，起身打點了一下妝容，出了院子，帶著丫鬟去了宋懷雪的小院子。

「二少夫人。」宋懷雪院中的丫鬟看見她連忙行禮。

葉如蓉微微一笑。「免禮。小姑在嗎？」

「在的，二少夫人請稍等。」丫鬟福身後連忙進去稟報，心中暗道，這個二少夫人人真好，看見誰都是笑盈盈的，和顏悅色，一點架子都沒有。

沒一會兒，宋懷雪便迎了出來，笑咪咪的。她真喜歡這個二嫂，她沒想到，二嫂居然會手語，早上與她溝通得十分順利，她做什麼手語她都能看懂。

二嫂身邊的貼身丫鬟紅蓮告訴她，二嫂是為了她特意學手語的，連她們這些陪嫁的丫鬟也一併學了呢！這麼溫柔體貼的二嫂，實在讓她感動得緊。

葉如蓉面帶笑容，進去坐了一會兒，與宋懷雪聊了一會兒天，忽然想起來，問道：「對了，大伯醒了嗎？」

「這個……」宋懷雪想了想，搖搖頭，她並不知情。

她的丫鬟曉雲道：「我剛剛經過大少爺院子的時候，見他們那邊沒什麼動靜，想來是還未醒。」

「哦。」葉如蓉若有所思點了點頭。「如此醉酒，對身子不好。」

「可不是？」宋懷雪手語道：「我從未見過大哥這樣子，大哥以前每天天還沒亮就會起床唸書，是第一次睡這麼晚。」

葉如蓉微微一笑，提議道：「這麼晚了，也該起了，睡太晚對身子不好，我吩咐廚房煮了一些醒酒湯，要不小姑妳給大伯送過去吧？」

宋懷雪點了點頭。「那……二嫂妳要去哪裡？」

「我去娘那兒。」葉如蓉低著頭，有些嬌羞。「府中許多事情不太明白，要去和娘請教一下。」

「唔……二嫂妳陪我一起去吧？我們給大哥送完醒酒湯，我陪妳一起去找娘。」

葉如蓉面色有些為難，想了想，溫柔地點了點頭。

宋懷雪開心極了，有個二嫂真好！以前她沒什麼朋友，經常一個人悶在家裡，後來認識了濛濛她們，經常跑去葉府和她們聚在一塊兒，可是現在，思思和濛濛都成親了，以前丞相府她就不敢去了，更別提現在的容王府。她見過容王爺，生得真好看，可是冷冰冰的怪嚇人，也不知道濛濛為什麼喜歡他，她心中不止一次地想，要是濛濛嫁給她大哥多好啊！這樣她有兩個嫂子陪，想想都覺得好幸福！

葉如蓉和宋懷雪到宋懷遠院子時，宋懷遠已經醒了，只是頭疼得厲害，躺在床上還未梳洗，小廝安生在門口說道：「少爺現在不便見客，希望二少夫人見諒。」

葉如蓉低垂著頭。「說的什麼話，我只是陪小姑過來一趟，待會兒你讓大伯將這醒酒湯喝了，免得娘擔心。」

安生感激一笑。「謝二少夫人。」

宋懷雪吐了吐舌頭，手語道：「二嫂妳不知道，我大哥自小就容易害羞，沒在屋裡梳好頭、穿戴整齊，就不肯出來見人，我都沒見過他披頭散髮的樣子呢！」

葉如蓉掩嘴一笑，似並不在意。「我們去找娘吧！」

宋懷雪連連點頭，甜甜一笑，挽著她的手朝她娘的院子走去。

葉如蓉微微斂笑，眼神落寞。

第三十六章

兩日後，葉如濛歸寧，葉府與容王府極近，只一小炷香的時間便到了。

此次歸寧宴，葉長風還請了葉如思夫婦兩人。葉如濛到了後，和林氏還有葉如思去側廳說話，客堂上，賀知君恭敬地喚了祝融一聲姊夫，祝融淡淡應了一聲，兩人相繼落坐在葉長風下座。

祝融安安靜靜的，聽著葉長風與賀知君兩人說話。這賀知君初入翰林院，葉長風在翰林院待過多年，無非叮嚀他一些官場之道。賀知君全神貫注地聽著，時不時點點頭，祝融靜靜地喝著茶，似有些出神，嘴角噙著若有似無的微笑。

側廳那兒，林氏坐在上座，葉如濛和葉如思兩人坐在下座的八仙椅上，隔著一個小茶桌。幾人說了些話後，安靜下來，葉如濛手肘撐在茶桌上，托著腮隨口問葉如思道：「七妹妹的婚事有著落了嗎？」

葉如思有些無奈地搖了搖頭。七妹妹原先是定在下個月許給賀爾俊作妾，誰知後來賀爾俊出了那事，他們國公府怎麼可能讓自家姑娘許給丞相府一個庶子作妾？好在丞相府識相，沒兩日便主動上門來，客客氣氣地提出退親，還賠了不少重禮給七妹妹。

其實說來，七妹妹也算是因禍得福，若不是因為嬌寧郡主不同意她那麼快入門，說不定丞相府鬧出事的時候，她才剛入門沒幾日呢！就是苦了平南王府的嬌寧郡主，她前幾日才下定決心與賀爾俊和離，可和離過的婦人，前夫又是個庶子，再嫁只能低嫁了，現在平南王府都成了京城裡的笑話。

林氏輕聲道：「這個倒不急，巧巧明年才及笄，妳二嬸定會給她留意適合人家的。」其實，七姑娘當時也是因為落水才會急著許給賀爾俊，如今這會兒，誰還記得落水的事？此次再訂親，定會將她許配給庶子當正妻，若是門戶低些的，給嫡子當正妻也不無可能。

葉如思點了點頭，只是不知道七妹妹的生母姜姨娘有沒有在國公府鬧騰了，想來二嬸也招架得住。現在七房裡，風頭最盛的莫過於生下唯一一個兒子的柳姨娘了，母親生下九妹妹後低調許多，每日只專心照顧九妹妹，很少過問別的事；就連以前驕縱的三姊姊也是，經常待在自己院子裡，像是認命了，安心待嫁的模樣。

三姊姊與二皇子的婚事定在六月初六，只怕最遲五月初，母親就要重新執掌國公府的中饋了。

葉如思思量許多，葉如濛也是安安靜靜的沒有說話，只是坐了一會兒有些犯睏，忍不住掩嘴打了個呵欠，手下意識地揉了揉腰身。

林氏看在眼中，垂眸不語。女兒氣色尚可，或者說比平日還要紅潤些，剛剛初次見她時可以說是氣色極好，面如桃花，她都有些被驚豔到了，新婚燕爾，滿臉的幸福嬌氣都寫在臉上呢！

只是如今安靜下來細看，卻發現她雙眼下有著用妝粉遮掩住的淡淡疲累，看樣子是不夠睡，而且女兒坐著時手總忍不住撐住一旁的扶手，想來是……已經和容王爺同房了，而且兩人還不是很克制。林氏心中哀嘆一聲，容王爺想來是二十年來都沒碰過姑娘，一得到其中滋味便纏住她女兒了，林氏心中頓時喜憂參半，不知濛濛能受寵多久。

此時在客堂裡，葉長風絮絮交代了許多話，賀知君一一頷首。「學生知道了，謝先生指教。」

祝融看了賀知君一眼，終於開口說了句話。「有事就去容王府找青時。」

他說這話時面目一如既往地冷酷，賀知君頗有些受寵若驚，低頭道：「謝姊夫。」

「嗯。」祝融站起身來，看向側廳，濛濛怎麼還沒回來？

正想著，一言便過來了，福了福身恭敬道：「老爺、姑爺、六姑爺，夫人請你們移步食廳用膳。」

祝融聞言，抬腳便走，剛走出一步又停了下來，踅回來在葉長風面前微微彎腰。「岳父大人請。」

葉長風挺了挺背，「嗯」了一聲便抬腳走了。其實這容王爺，除了在私下裡對他威逼利誘過以外，在別人面前都是給足了他面子，十足一副好女婿的模樣。其實他早該知道了，能讓不可一世的他如此放低身段乖順地喚他一聲岳父，想來他對濛濛是動了真心的；可是，他還是不喜歡他！

今日也是葉如蓉的歸寧日，宋懷玉也陪她回了一趟葉國公府。

葉如蓉雖是庶出，可卻是給新科進士當了正妻，國公府這陣子正好處於谷底，難得有這般好事，自然是好生相迎。

歸寧宴上，柳若是、葉如瑤以及老夫人都出來一起用膳了。

葉如瑤心中腹誹，沒想到葉如蓉反倒成了最後的贏家，嫁給進士當正妻，大伯還是狀元郎，只怕宋家離飛黃騰達也不遠了。宴席上，宋懷玉為她體貼挾菜、噓寒問暖，想來是個耳根子極軟之人，日後少不了被這心機重的葉如蓉拿捏。

葉如瑤沒什麼胃口，吃了一點便藉故離席，融哥哥娶葉如濛那天，她可是哭了整整一日，到現在還沒恢復過來，整個人形容憔悴，若不是臉上抹了許多妝粉，只怕會嚇死人。

這會兒，葉如瑤一個人孤零零地坐在長廊的美人靠上，神色落寞。如果她到時真成了二皇子的側妃，二皇子會不會陪她歸寧還不一定呢！若不回來，她到時不是很丟人？

葉如瑤轉念一想，若她嫁給了朱長寒，朱長寒肯定會把她捧在手心裡，別說歸寧了，她讓他往東他絕不敢往西；可是，她也不是很喜歡朱長寒。她在長廊上坐了一會兒，覺得無聊，便想去忘憂院看看她的妹妹，王管家給她妹妹尋了一個大夫，專治燒燙傷的，如今她妹妹的腳已經好了八、九成，估計再十來日就會全好了。

如意和吉祥兩人跟在葉如瑤身後，她們走進忘憂院時靜悄悄的，這個時辰，說不定九姑娘正在午睡呢！

葉如瑤剛進葉如芝的房間，就聽見奶娘在和她娘院裡的丫鬟交代道：「妳得注意著些，九姑娘這一、兩個月當會翻身了，若是翻身時嚇到了，得好生安撫著；妳得時不時來看一下，有時翻身面朝下，很容易捂到口鼻，可別出了什麼差錯。」

「您就放心吧，我們兩個人天天在一旁守著呢！」丫鬟們嘴皮子伶俐著，連忙應和。

葉如瑤沒有在意，逕自走進來。奶娘和丫鬟看見她，連忙行禮。

「起來吧！」葉如瑤沒好氣道，走到搖籃旁看了看剛睡著的葉如芝。這個妹妹確實生得很好看，皮膚晶瑩剔透，嫩得像能掐出水來似的，可愛得緊，說實話，她其實滿喜歡她的，畢竟是與自己一母所出。

葉如瑤忍不住伸手摸了摸她的小臉蛋，奶娘有些為難，在一旁小聲提醒道：「三姑娘，九姑娘剛睡著呢，這般逗弄容易醒。」九姑娘嬌氣得緊，愛哭，她好不容易才哄睡的。

葉如瑤有些不快，不耐煩道：「這是我親妹妹，還用得著妳說？我疼她還來不及！」

她說這話時聲音有些大，連帶著手上的動作，小如芝一下子就驚醒了，放聲哇哇大哭起來。

「這是怎麼了？」門外突然傳來了柳若是的聲音，柳若是快步走了進來，連忙抱起葉如芝，好生哄著。

「這個……」奶娘有些為難，看了葉如瑤一眼不敢說話。

柳若是心中了然，頗為埋怨。「瑤瑤，妳看看妳，平日不來抱抱妳妹妹，妳一來就弄得她哭。」

葉如瑤聽了，有些委屈。「誰讓我一抱她她就哭，上次還尿到我衣服，髒死了！」這個妹妹她也是有心疼的，可是卻嬌氣得緊，比她還嬌氣，她一抱就哭，她可是她的親妹妹啊，卻和她一點都不親！葉如瑤想到這，不由得賭氣道：「也不知道是不是我的親妹妹！」

柳若是一聽，心頓時「咯噔」一聲，有些來氣。「妳胡說什麼！她是妳娘十月懷胎生下來的，不是妳親妹妹還會是誰的妹妹？」

葉如瑤頓時啞口無言，她不過隨口抱怨一下，娘這麼凶做什麼？

柳若是拉下臉冷道：「這麼大的人，再不到兩個月就要成親了，什麼話當說、不當說還分不清楚，到時去了二皇子府，有得妳受的！」二皇子府中侍妾不少，什麼人都有。

葉如瑤聽了她這冷言冷語，忍不住跺了一下腳，急道：「娘，我這是在家裡，在外面我當然不會亂說話了！」她在她娘面前說些胡話還不成嗎？難道在她娘面前還得謹言慎行嗎？

「在家裡也一樣！」柳若是斥道：「不管在任何地方，就算是在床上睡著了說夢話，也要知道什麼話該說不該說！」

想來宮中那些姑姑們都是白教了，教了那麼長的時間，這個女兒竟然一點也不上心。有時最安全的地方，反而是最危險、最能致人於死地的，可是這個道理她還是不懂，一點警覺之心都沒有。

葉如瑤咬唇，什麼叫夢話還要知道該不該說？睡著了怎麼會知道？可是她知道，她娘遠沒有以前疼她了，是以不敢發脾氣頂嘴，葉如瑤有些看透了，只撇了撇嘴，福了福身。「瑤瑤回去了。」

柳若是搖了搖頭，只專心哄著懷中的小女兒，看也沒看她。「去吧！」

葉府這邊，祝融與葉如濛直待到下午，用過晚膳才回去。

兩人回到王府沐浴後，祝融立刻就拉著葉如濛上床，葉如濛不樂意了，現在才什麼時辰？才戌時呢，要是讓他折騰到天亮，那她明天哪還爬得起來？

這幾日她都睡到日上三竿後才起來，就今天回門起得早，還好中午在娘家睡了一覺，她娘都看出來了，還悄悄囑咐她要節制些，她都羞得沒臉了。

「娘子。」祝融厚著臉皮道：「我明日就要上朝了，今天也就比平時提早一個時辰睡而已。」

其實他平日都要到子時才會入睡，只是從前兩日開始，他就每天提前一個時辰睡。這不，他得留些時間和濛濛「培養」一下感情，雖然一「培養」下來，還比平日要晚睡一些。

葉如濛想了想，坐在床邊抱住了他，有些依依不捨。「明日就要上朝了啊？」

「嗯。」祝融連連點頭。

「那我們今晚要早點睡？」

「是啊、是啊！」祝融又連連點頭，就差兩隻爪子舉在胸前搖著尾巴了。

葉如濛眨了眨眼。「那……你得保證，亥時一定得睡。」

祝融想了想，一個時辰應該夠了，就算一個時辰多一點，她也會聽話的，又連連點頭，將她抱起來，滾到床內側去了。

「等等……」葉如濛推開他。「帳子沒放呢！」

祝融連忙起身放下三層的帷幔，葉如濛看見他鼓起的褲襠，羞得直捂臉，怎麼和滾滾發情差不多。

祝融立即撲了過去，撐在她身上，吻輕輕落在她眼睛上，葉如濛閉上了眼，又睜了開來，柔柔喚道：「容。」

「嗯？」祝融應了一聲，吻她的鬢髮。

「我娘說……」葉如濛小小聲的。「我們要節制。」

「唔……」祝融聞言，頭從她耳邊抬了起來，點了點頭，一臉認真道：「知道了。」說完又埋入她髮間，深深嗅了一口，賣乖道：「濛濛，妳身上好香。」

「節制啊！」葉如濛推了推他的胸膛。

「知道了，我今晚兩回。」祝融咬著她的耳垂，熱熱的氣往她耳窩裡噴著。「明日起一回，好不好？」

「好癢……」葉如濛抬手搓了搓耳朵，祝融逮著她的手，連連親吻。

葉如濛張手掩住他的口鼻欲阻止他，他二話不說便伸出舌頭舔了舔她的掌心，她手心癢得厲害，連忙收回手，低笑不止。祝融也笑，封住了她的唇。她笑著閉眼，手攀上了他的背。

青時從屋頂上路過，見祝融院中透出曖昧的微光，不由得感慨，爺是睡得越來越早，起得越來越晚了啊！

他搖了搖頭，幾個起躍穿過屋頂，去竹林會他的佳人去了。

次日，祝融下朝回來，還不到午時。

一回到院子，便去睡臥看葉如濛，見紫衣她們還守在門口，輕聲問道：「還沒醒？」

紫衣福了福身。「回稟王爺，王妃還未醒。」

祝融勾唇一笑，輕輕推門進去，他抬手挽起淡紫色的紗幔，見葉如濛窩在被裡，臉蛋桃粉桃粉的，睡得正香。他臉上露出心滿意足的笑，悄聲退了出去，在側臥換了一身便服，才輕輕躺上床將她吻醒。

祝融在府中用完午膳後，又去了大理寺，葉如濛也不怕無聊，她昨兒個便約了葉如思和顏寶兒她們過來喝茶，祝融剛走不久，兩人就過來了。

典雅的茶室裡，葉如濛品著茶，問葉如思道：「你們在新宅子住得還習慣嗎？」

葉如思點了點頭。「挺好的，宅子挺大，過陣子我還想將我姨娘接來住幾日。」

「那好。」葉如濛道：「如果是二嬸當家的話，她一定會同意的，讓她和七叔、七嬸說一聲就行了。」

「咦。」顏寶兒忍不住問道：「那那個賀爾俊呢？」她聽說了嬌寧郡主的事，嬌寧郡主與賀爾俊和離，去了幽州平南王的封地，想來這幾年都不會再踏入京城了，想想都覺得可憐。

聽顏寶兒提起賀爾俊，葉如思面上閃過一絲驚恐，她面色有些不自然，悄聲道來。「那日之後，他和謝姨娘都被送到別院去了，前幾日，公公將他送去郊外的莊子，說是讓他好好養傷。我聽夫君說，沒有三、五年是不會讓他回來的，而且，他那腿是折了的，以後走路會跛得厲害。謝姨娘挨了板子後被剪了頭髮，送到庵裡，想是以後都出不來的。」

顏寶兒不知葉如思身上發生的事，自然也不知葉如思的恐懼，只連連點頭。「那就好，也算他們惡有惡報。」

顏寶兒和葉如思待到差不多黃昏才回去，臨走前顏寶兒又喚葉如濛明日去將軍府玩，說是宋懷雪也會來，葉如濛一口答應了。

次日下午，祝融去大理寺應卯時順便帶著葉如濛出門，將她送到將軍府後，祝融叮囑道：「下午我會來接妳，乖乖在將軍府待著，沒事別亂跑。」

「知道啦。」葉如濛朝他笑了笑，轉身步上將軍府的臺階。

祝融目送著她入府，這才上馬離開。

葉如濛去到顏寶兒院子時，葉如思已經等在那兒了，顏寶兒快步迎出來，癟著嘴。「濛姊姊，不好了。」

「怎麼啦？」葉如濛看見寶兒這神色不禁有些擔憂，是發生了什麼不好的事嗎？

「小雪不能過來了。」顏寶兒悶悶不樂道。

「為什麼？」

葉如思憂心忡忡道：「小雪她二哥摔跤了。」

「摔跤了？」葉如濛不解問道：「好端端怎麼會摔跤？摔到哪了？」看她們兩個這副樣子，好像摔得還挺嚴重的。

顏寶兒苦著臉。「他在自己屋裡摔的，聽說是不小心踩到了一顆珠子，向後滑了一跤，後腦勺直接磕在花几上，當時血流如注，到現在還昏迷不醒呢！」

葉如濛聽得「嘶」了一聲，想想都覺得疼，沒想到竟然會摔得這麼嚴重。

顏寶兒無奈道：「我五哥剛剛已經過去宋府看他了。」他聽到這個消息後，心中很不好過。

葉如思皺眉。「早上我和夫君去看過了，他人躺在床上，還昏迷不醒，整張臉還有唇色都是白的，也不知流了多少血。」

葉如濛關切問道：「大夫怎麼說？」摔得這般嚴重，是個人聽了都覺得揪心。

葉如思無奈搖了搖頭。「大夫說還要觀察幾日，如果這幾日能醒來自然是好，醒不來的話……」她嘆了口氣。「我看五姊姊哭得厲害，難過得緊。」

葉如濛頓了頓，前世葉如蓉確實是嫁給宋懷玉，以她的心計，連續兩世都選擇嫁同一人，想來是對他動了真情的。葉如濛想了想，提議道：「要不，我明天讓六嬸去給他看看？」她說的六嬸，自然是忘憂姊姊，先前已改口許久。

葉如思想了想，點點頭。

「就這樣吧，我爹娘明天應該會去看五妹夫，到時讓我六嬸和他們一起去；至於我，我就不過去了吧！」

她現在與葉如蓉並不交好，而且她已嫁作他人婦，容王爺和宋懷玉沒什麼交情，無端去一趟宋府，只怕會給宋叔叔他們添麻煩。

葉如思道：「五姊夫現在需要靜養，太多人去恐多有打擾，我看過幾日等姊夫醒了，我們再一起去看看他吧！」

葉如濛點了點頭，表示贊同。

隔日，葉如濛窩在王府中，下午香南從她娘家過來，轉達了忘憂的就診情況——恐不樂觀，若這兩日還不能醒來，只怕以後都醒不過來了。

葉如濛一聽，當即心就沈了下去，這情況遠比她想像中的還要嚴重啊！

晚上她和祝融提起這事，祝融道：「宋懷遠這幾日請假在家照顧，太子得知後，今天還給他請了宮中的御醫。」

「哦？那御醫怎麼說？」葉如濛連忙問道。

「御醫也是束手無策，只開了一些保守的方子。」祝融忽然念頭一轉。「妳怎麼這麼關心他？」難道因為他是那宋和尚的弟弟？

葉如濛一臉坦誠。「其實我和宋二哥關係說來還是挺親近的，你看啊，我們兩家算是世交了吧，他還是我的妹夫、小雪的哥哥。」

沒聽她提起宋和尚，祝融點了點頭，對她這個回答尚算滿意，可是葉如濛緊接著道：「宋大哥剛出仕，家中就發生這樣的事，想來對他也有不少影響。容……要不你平日在朝中，多多照顧他一下？」

祝融微微斂垂下眸子，一臉不開心。他自己就曾經和葉長風許諾會照顧他，可是他自己同意說出來，和濛濛提出來，可是大大的不一樣。

「容？」葉如濛見他臉色有些冷漠，忽然覺得他像生氣了一樣，連忙摟住他的脖子，在他唇邊親了一下。

祝融皺著的眉略舒展了些。

葉如濛又「啵」的親了一下。

嗯，他眉宇間又舒展了幾分。

葉如濛失笑，抱住他「啵啵」連親了好幾下，剛想鬆手，一下子就被他噙住了唇，給抱到了床上去。

「不要！」葉如濛連忙掙扎。「不去啦，現在還好早。」

「不早了……」祝融親著她含糊道。今晚估計是這陣子的最後一頓了，他得吃飽點，因為他打算──明晚就向她坦白。

坦白過後，不知道要熬上多久才能……祝融一想到這，就覺得餓得慌，未開葷之前，幾十年都能忍，開過葷後，幾天都忍不了。

宋府，已是夜深人靜時分。

黃花梨木月洞門架子床上，宋懷玉靜靜地躺在上面，雙眼緊閉，臉色蒼白如雪。床邊的葉如蓉像一座雕像般木然地坐著，神色呆滯、眼神空洞。

忽然，宋懷玉的手指微微動了一下，葉如蓉瞳孔猛地收縮，她瞪大了雙眼，看向他的手指──他的食指又動了一動，這是真的，她沒有眼花。

葉如蓉突然整個人跳了起來，像是身子被燙了一下，她惶恐地看向他的臉，死死地盯著他閉著的雙眼。

他的眼珠子在眼皮下不停轉動著，睫毛、眼周顫抖得厲害，像是在做極大的努力，拚了命地想要睜開眼睛……終於，他猛地睜開眼，瞪著葉如蓉。

葉如蓉驚恐萬分、忍不住後退幾步，直到撞上身後的床柱才停下來，她難以置信地捂住自己的嘴巴，生怕自己尖叫出聲。

宋懷玉的眼淚從他的眼眶裡不斷地湧出，他的臉上雖然毫無表情，可是卻能從他的雙眼裡看到莫大的悲哀，他瞪著她，唇抖動著，想要開口說話。

「對不起！對不起！」葉如蓉突然爬到他身邊，顫抖道：「我真的不是故意的……我沒有想到會這樣……你原諒我！原諒我！」他為什麼要發現她的秘密，又為什麼要試探她！

宋懷玉瞪著她，雙目決絕，滿是恨意。

葉如蓉痛苦地閉上了眼，連連掉淚，他為什麼要醒過來！為什麼！他若是清醒過來，一定會休了她，就算他不會說出理由，可宋懷遠、宋懷遠一定會以為她做了什麼不守婦道的事！她被他弟弟休棄，他定然不會喜歡她了！她在他心目中溫婉賢淑的形象也會轟然倒塌！一時間，她陷入了無邊的恐懼。

「大少爺，您怎麼過來了？」門外，忽然響起丫鬟紅蓮的聲音。

葉如蓉嚇了一大跳，瞬間震驚得全身顫抖，宋懷玉的眼珠子迫切地轉向門口的方向，他死死瞪著眼，唇顫抖得厲害，艱難地開口，卻喊不出聲來。

葉如蓉也從他的嘴形看了出來，他想喚他大哥。她的眼淚不停往下掉，抓住他的袖子苦苦哀求著。「別……我求求你，你別告訴他……我真不是故意推你的……我只是不小心，不小心！」

宋懷玉唇越加顫抖，葉如蓉絕望得連連搖頭，忽然，她的目光落在他枕邊的大紅色鴛鴦繡枕上——這是她的枕頭。

她就像是抓到了一根救命的稻草，她猛地起身，抓起枕頭重重地捂在他的臉上，她雙手用力往下壓，像是拚盡了全身的、所有的力氣！

她甚至不知道自己在做什麼，只知道用力！用力！再用力！紅色的枕巾上，一雙白皙的手青筋暴起，她原本看起來和善溫柔的面容，此時此刻是從未有過的猙獰，她大腦一片空白，雙手甚至能感覺到枕頭下他面目五官的輪廓……

可是她不能鬆手，她若是鬆開手她就沒有活路了，她只能拚了命地摁著，那魔鬼般的力道，似能將他整個人都摁進地獄裡。

宋懷玉全身都不能動彈，只有幾根手指竭盡全力地動了一動，又靜止下來。

葉如蓉整個大腦嗡嗡作響，像是什麼也聽不到，什麼也看不到了。

門外，紅蓮已經敲了幾次門，喚了她幾次，她像是聽到紅蓮的聲音，可她的聲音又像是離她很遠很遠。

紅蓮有些納悶，二少夫人不是在裡面嗎？怎麼裡面沒有聲響？宋懷遠覺得有些不對勁，吩咐道：「妳先進去看一下。」

「是。」紅蓮連忙推門而入，小碎步走了進去，剛一拐到屏風後，忽然驚叫了一聲。

葉如蓉回過神來，幾乎是一瞬間，她就將枕頭放回了原位，雙目凶狠地看向紅蓮，胸口還起伏著。

門外的宋懷遠聽到聲音，心不由得一沈，慌忙踏進房。「怎麼了？」他拐過屏風後，便見紅蓮慘白著臉站在原地，葉如蓉坐在床邊，抓著他弟弟的手，一臉淚痕。

宋懷遠微微鬆了口氣，又有些莫名其妙。「紅蓮，發生了什麼事？」

紅蓮整個人緊繃起來，她剛剛是不是眼花了？她好像看到二少夫人……拿著枕頭……拿著枕頭！

葉如蓉吸了吸鼻子，看向紅蓮，哭泣道：「妳無端叫什麼？嚇了我一跳，可別嚇到了夫君。」她抓著宋懷玉的手都有些顫抖。

紅蓮慌忙低下頭來，嚥了嚥口水。「不是，奴婢只是……奴婢剛剛眼花了，奴婢知錯了。」

葉如蓉神色哀痛，含淚看著床上的宋懷玉，不願看她，哽咽道：「妳下去吧！」

「是，夫人。」紅蓮連忙退下，心驚膽戰。

紅蓮一退下，宋懷遠當即有些不自在，現在這麼晚了，他的小廝還在院子裡，屋裡只有他和弟妹兩人，他弟弟又昏迷不醒，他當有所迴避。

宋懷遠退到屏風外，輕聲道：「弟妹，妳別太難過了，莫哭壞了身子，現在這麼晚了，妳先去書房裡休息吧，今晚我來照看玉兒。」

不得不說，他剛剛聽到紅蓮的聲音真的嚇了一跳，才不顧禮儀闖了進來，剛剛……他第一反應便是以為弟妹想不開自盡了。

屏風內，只傳來她的哭泣聲。

宋懷遠頓了頓，往外喚紅蓮進來，紅蓮隔了好一會兒才走進來，站在屏風處，只低頭看著地上，不敢言語。

宋懷遠見紅蓮進來了，才上前一步，站在屏風處勸道：「弟妹，妳快去休息吧，今夜我來照顧玉兒就好。」

葉如蓉捂著臉哭泣。「大伯，我就想在這陪陪夫君，和他說說話。」她抬起頭來看他。

宋懷遠見她哭得雙目紅腫，心生不忍。

葉如蓉啜泣道：「大伯，你初入翰林院，不要告假太長時日，夫君有妾身，還有公公、婆婆照顧，你今晚還是先去休息吧！」

「無礙，我過兩日就要回去當值，只是這幾日才有空閒，妳白日已經守了他一天，還是妳去休息吧！」宋懷遠勸道。

葉如蓉搖頭，雙手緊緊抓著宋懷玉不能動彈的手，哭得肝腸寸斷，聲淚俱下。「妾身……真的不想離開夫君半步。」

宋懷遠為難，看她這模樣確實難勸，父親和母親這兩日勞心傷神，妹妹今日也守了半日，這會兒才剛入睡，本就商量好今晚由他來守夜的。罷了，宋懷遠讓步道：「那今晚就辛苦妳了，明日早上我讓小雪早些過來。」

葉如蓉哭泣著點了點頭，哭得說不出話來。

宋懷遠默了默。「我看看玉兒。」
葉如蓉心一沈，唇線不自主地抿了一下，她停止啜泣，擦著眼淚起身，退到床腳去。
宋懷遠上前，察看了下宋懷玉，伸手摸了摸他的額頭，見他髮鬢有些凌亂，忙輕柔地給他理了理。葉如蓉偷偷抬眼看他，心都快跳出來了。
宋懷遠站在床邊，看了宋懷玉好一會兒，她聽見他微微嘆了口氣。葉如蓉抬眼看他，只不過一眼，便讓她移不開眼了。他的側影是那麼地儒雅，柔和的側臉輪廓，讓她分外地著迷，她忽然意識到，他難得地離她這麼近，就這麼安安靜靜地站在她面前，如果她能離他近一點，再近一點呢？
葉如蓉這麼想著，不由自主地上前了一步。
宋懷遠抬頭看她，葉如蓉連忙慌亂地收回癡迷的目光，宋懷遠並無注意到，只後退了一步。「弟妹，我先回去，妳也不要太勞累了。」
葉如蓉吸了吸鼻子，點點頭。
宋懷遠朝她微微頷首，退了出去。他原本想多陪陪玉兒，可是因為弟妹也在，這麼晚了兩人實在不便共處，便先行離開了。
他一出去，葉如蓉連忙緊緊抓住了宋懷玉的手，用自己的袖袍遮掩著，偷偷測他的脈搏，有脈搏，他沒死。
葉如蓉頓時整顆心都安靜下來，沒死，沒死，沒死是好的。她忽地側過頭來看了一眼站在原地低著頭的紅蓮，她的眼神一掃過來，紅蓮便瑟瑟發抖。

容王府。

今日下午，祝融下值得早，葉如濛陪他用完晚膳後，天邊晚霞還未散盡。祝融拉著她的手在後花園裡散步，走了足足兩圈，絮絮同她說了不少話，葉如濛覺得今日的他和平時不太一樣，似乎有些……多愁善感？

天黑後，葉如濛去淨室泡了個澡，泡完澡出來，卻見祝融已經沐浴完，穿著純白色的中衣等在床上了。

葉如濛瞪了他一眼，雙手插腰，凶巴巴道：「也不看看現在才什麼時辰？」別以為她不知道他打什麼主意，這個傢伙明天不用當值，今天還想這麼早上床？哼！她抱滾滾睡都不抱他睡。

祝融淡淡一笑，下床來拉她。「不羞羞，就想陪妳聊聊天。」

「呸！」葉如濛霸道道：「銀儀說了，蓋上被子純聊天那都是騙人的！」

祝融歪了歪頭，想了想。「她怎麼會和妳說這個？」

「啊？」葉如濛被他問得一怔。

祝融摸了摸下巴，有些懷疑到青時頭上，很快又回過神來，將葉如濛按在梳妝凳上，拿過月梳輕輕幫她梳理著被濕氣打得略顯濕潤的長髮，一邊梳一邊道：「濛濛，我有件事情想告訴妳。」

葉如濛看見他認真的神色，頓了頓。「什麼事啊？」她直覺覺得，他要說的事情好像不太好。

祝融一隻手捧起她的臉，極其留戀地在她唇上吻了一下，將她抱上床。

葉如濛乖乖的，被他抱上床後在床上盤腿坐好，看著他。

祝融起身放下帷幔，也盤腿坐好，與她面對面互望著。

葉如濛與他對視了一會兒，忍不住笑出來，脈脈望著他，眸中帶笑，她真喜歡他。

祝融淡淡一笑，拉起她的小手放在自己手心裡。「濛濛，妳還記得我們第一次見面的時候嗎？」

葉如濛笑靨如花，一雙眸子都亮了。「當然記得啦，那個時候我在祈願，希望容王爺早登極樂，誰知道你就藏在幢幡裡，嚇死我了！」

祝融輕咳了一聲。「不是這一次，是我們小時候。」他的聲音輕輕柔柔的。

葉如濛一怔，恍然大悟笑道：「記得啊！」她說著輕輕刮了一下他的下巴。「真是個小美人！」他小時候生得那麼好看，長大後的模樣……若是長成容王爺這副模樣，倒是和小時候一樣漂亮了。

葉如濛還沒往下細想，祝融便俯身在她唇上親啄了一下。「那個時候，我覺得這個小丫頭真可愛。」

「那還用說！我娘說我小時候長得可好看了，當然，長大後也不差！」葉如濛喜孜孜的，捏了捏自己鼓鼓的臉。

「濛濛。」祝融嚥了嚥口水，認真問道：「妳會怕我嗎？」

「怕你？哈！看我的無敵螃蟹功！」葉如濛覺得他這話問得可笑，忽然來了興致，她雙手撐在自己身後，往後壓了壓重心，一雙白淨的腳像螃蟹一樣張開來，往前伸夾住了祝融的臉。

祝融淡淡一笑，雙手捧住她覆在自己臉上的兩隻腳，一臉溫順無害。

葉如濛笑咪咪的，用腳丫子捧著他的臉使勁揉捏著，變化出各種鬼臉。

祝融微笑，聲音沈靜溫柔。「後來，我派人去找妳，可是當時妳只留下了一件斗篷，我們遇見的地方與你們國公府只有一牆之隔，結果陰差陽錯之下，我找到了葉如瑤，把她當成了妳，當成那個時候給了我溫暖的妳。」

葉如濛的動作隨著他的說話漸漸慢了下來，等到他說完，她雙腳已經僵在他的臉上，他說的是什麼意思？

「對不起濛濛，我騙了妳許久，這是我真正的臉，我就是容王爺。」

葉如濛只不過目瞪口呆了一瞬，突然痛苦地喊叫起來。「好疼！好疼！」她身形不穩，顫抖著抽回腳。

「濛濛妳怎麼了？」祝融嚇了一跳，連忙抱著她。

「我的腳、我的腳！」葉如濛疼得臉色都青了。「腳抽筋了！」

祝融連忙將她的腿平壓在床上，手掌用力撐直她的腳底，手指抓住她的腳趾用力往腳背方向壓。

一會兒後，葉如濛抽筋的那隻腳漸漸舒緩下來，人也安靜下來。

祝融一抬眼，便見葉如濛瞪大了眼睛看著他，她一見他抬起頭來，迅速地低下了頭，好一會兒後，她才有些顫巍巍地收回腳，整個人跪坐在床上，一動不動，渾身僵硬。

「濛濛……」祝融試探性地喚了聲。

葉如濛忽然打了個響嗝。

「濛濛……」

「呃！」

「濛……」祝融頓住了，果然，她又打了個嗝，整個身子都跟著顫了顫。

「濛濛妳別怕……」

「呃！」

「濛濛！」

「呃！」

祝融垂頭喪氣。「請妳無論如何，一定要聽我解釋下去。」

「呃！」

祝融抿了抿唇。「當時，我的眼睛雪盲未癒，根本看不見妳的樣子，只知道妳是個小丫頭，後來找到葉如瑤時，她口口聲聲說她是妳，還說出我們當時遇見的情況和地點，那個時候我有些懷疑，可是當時的情況卻不便多問。後來我尋了機會，試探問了她幾次詳細的情況，她都回答得一清二楚；我也派管家去查過，冬至那天你們國公府確實走失了一位小姑娘，在那之後，我就再也沒有懷疑過她了。」

葉如濛不知道什麼時候停止打嗝，她眨了一下眼，眼淚忽然掉了下來，她低聲道：「蓉蓉，那個時候我把這件事告訴蓉蓉了。」

祝融點頭，用手捧著她的臉，輕輕擦拭她的眼淚。「我還要再告訴妳一個秘密，我和妳一樣。」

「什麼？」葉如濛抬眼，她明明沒有淚意，可是一眨眼便能掉幾顆眼淚下來，眼淚像是積蓄了許久，莫名地決堤，她有些怔地看著他，不明白他說的是什麼意思。

「對不起，七月初六，我拒絕了妳的香囊。」他看著她，一字一句地說出口。「對不起，當妳被瑤瑤欺負的時候，我沒有第一時間為妳作主。」

葉如濛的臉在這一瞬間褪去血色，她眼睛眨也不眨，呆呆地看著他。

這些……是發生在前世的事！她突然明白了，百步橋的事！那個時候，她就開始懷疑有人和她一樣，可是她從未想到，那個人竟然會是容王爺，容王爺！

意識到這件事，她的胸口一下子沈悶得有些喘不過氣來，像是無法呼吸了，她連忙捂住自己的心口，一手撐在床上，整個人都有些坐不穩了。

「濛濛！」祝融連忙伸手扶她。

「你別碰我！」葉如濛突然喊了起來，她打掉他觸碰她的手，難以置信地看著他，雙眼噙淚，連連搖頭。

一時之間叫她如何接受？他說了什麼？原來他也是重生的，他前世是因為將三姊姊當成了她，所以才會寵了三姊姊那麼多年，然後眼睜睜地看著三姊姊害死她？三姊姊就這麼仗著他的寵愛，肆無忌憚地對她下毒手！

就算她能原諒他這件事，可是，她原諒不了——當初他為什麼對她如此絕情？在她最需要他的時候，為什麼不救她？為什麼要讓她經歷那麼、那麼多的絕望！

「濛濛……」祝融隱忍，眸色複雜而痛苦地看著她。

「如果不是你，三姊姊才不會那樣欺負我，都是因為你！」葉如濛朝他吼著，雖然明知道他本性如此，對誰都是一樣冷漠，對她……不過是沒有例外罷了。可是現在不一樣，以前的他，她可以不氣不恨，但知道他是誰，知道容王爺就是他之後，她怎能不恨、不氣？

前世三姊姊因為有他的寵愛，日常行事多麼任性驕縱可想而知，可再如何欺負她她都可以不在意，唯獨其中一件事，過分得不能原諒，那也是她前生今世都想遺忘的一件事。

當時，父母雙亡的她住在國公府，某日三姊姊先是找了機會將桂嬤嬤和旁人支開，葉如蓉則將她騙到一間少有人去的小屋，目的是要讓一個小廝玷污她，想毀她清白！

天知道她當時有多害怕！她被那個小廝緊緊地抱在懷裡，她奮力掙扎，情急之下拔下頭上的簪子，一下子刺進了那個小廝的胸口，她永遠都忘不了那種扎入皮肉的感覺，那個小廝倒在地上流了好多好多的血，她害怕極了，哭喊著跑了出去，像個瘋婆子一樣，手上全是血。

一路上，所有見到她的丫鬟都尖叫起來，她不知要跟誰求救，最後直接摔倒在他跟前，發現是他，她哭著爬起來，抓住他下襬的袍角。

他神情冷漠，淡淡地看了她一眼，沈聲問道：「怎麼回事？」

她哭喊著說，她殺了人，求他救救她！可是他卻一句話也沒說，好一會兒後，面無表情地越過她離開。後來，葉如瑤找到她，派人將她關起來。

這件事之後，她就被趕離葉國公府，桂嬤嬤帶著她住進庵堂裡。因出了這事，她連續作了好幾個月的惡夢，每天晚上都要桂嬤嬤抱著才敢睡。後來她才知道，那個小廝雖然受了傷，但並沒有死，直到某一天六妹妹來看她時，不經意提起那個小廝被瘋狗咬死了，說來也怪，自那日起，她竟可以安心睡覺了。她第一次發現，原來自己是那麼的殘忍，佛經都無法慰藉她的心，反而是壞人的死亡讓她得到救贖。

就是這件事改變了她，讓她明白這世間的殘忍，也讓她徹底地看清了葉如瑤、葉如蓉的真面目。從那之後，葉如蓉便不再與她虛偽了，趾高氣揚地來看過她幾次；她也看清了，原來葉國公府沒一個人是真心待她的，七叔、七嬸，還有三姊姊，他們都巴不得她去死！

想到這段重生以來最不願意回憶的往事，眼淚便不住地往下掉，可是與以往不同，她這回哭得很安靜，只是安安靜靜地掉著眼淚，緊緊地抱住自己。

「濛濛……」祝融心疼得像刀割似的，終於忍不住一把抱住她。

他的觸碰就像是一條導火線，猛地激怒了她，她使勁掙扎著，哭喊道：「你放開我、放開我！」她打他、踢他、咬他，感到既生氣又委屈，他是個壞蛋，容王爺是壞蛋就算了，他是她愛的人啊，她愛的人怎麼能是壞蛋呢？他前世縱容三姊姊各種欺負她呀！

「對不起，濛濛！」祝融緊緊地抱住她，任她怎麼拳打腳踢也不肯鬆開半分，他希望她打得用力些、更用力些，彷彿這樣，他的心就沒那麼疼了。

「你當時為什麼不救我？」葉如濛被他抱著，朝他聲嘶力竭吼道：「我求你了啊！你為什麼不救我？」她哭喊著，脹得臉都紅了。他為什麼不能保護她，那個時候……她有多麼喜歡他，她暗戀愛慕了他多久呀！

「濛濛。」祝融抱住她，將她緊緊扣在自己懷中，大聲道：「因為我喜歡妳，那個時候，我就喜歡妳了！」祝融閉眼，這也是他極不願意回首的往事。「可是我從來沒有這樣過，我刻意忽視妳，因為我不敢、不敢接近妳……我從來沒有喜歡過人，我不懂……而葉如瑤，我知道她驕縱任性，可我當時沒想到她會做得那麼過分……」

他記得那一次，當她摔倒在他面前，他下意識地就想伸手將她扶起來，可是他從未觸碰過別人，在眾目睽睽之下，他還是過不了自己心裡那一關，於是他離開了，順著她來時的血路尋到了出事的小屋子，那個小廝當場就招認一切。

得知前因後果之後，他怒火中燒，立時叫來葉如瑤，當場狠斥一頓直接甩袖走人，葉如瑤一下子就被他嚇哭了。他對葉如瑤的厭惡突然到了極致，他其實知道葉如瑤在外的所作所為，只是因為救命恩人的情分而勉強包容，可再超過，他也不允許，這次發生這種事，他知道不能再這樣下去了。

再次見面時，他直接同葉如瑤開出了條件——我可以答應妳最後一件事，還清妳救我一命的恩情。

她最後選擇成為皇貴妃，或者說，當時的她也沒得選擇了吧！

後來那個小廝，他派青時將他處理了，青時建議打斷腿，可是他卻想也不想便脫口而出。「死，生不如死地死。」

青時有疑惑，卻沒有多問。那個時候的他也想不明白自己為何會那般憤怒，那個小廝說他只是抱了她一下。

抱了一下……他當時聽了只覺得心中暴怒無比，恨不得當場一掌就將那小廝給打死。也就是這件事之後，他開始派人去調查國公府的事，才知道她所受的委屈。

祝融抱住她，將前世種種一一道來，這是他積壓在心底兩輩子的痛苦與思念，他終於可以當著她的面吐露傾訴，而不是繼續沈重地壓在自己的心上。

已是夜深人靜時分，葉如濛縮著身子朝裡側臥著，無聲的眼淚已經打濕了半個枕頭，她哭得雙眼紅腫疼痛，都快睜不開了。

祝融安靜地平躺在她身邊，雙眼通紅，眼睛直直地盯著床頂，不知道在想什麼。

到了下半夜，葉如濛忍不住睡著了，察覺到她漸漸平靜的呼吸，他終於側過身子，將身體彎成她身子的模樣，就像是從後面抱住她。他不敢觸碰她了，他終於向她坦白了，希望他沒有做錯，他可以隱瞞她一輩子，可是他不想，他希望她知道一切事實。

天微光時，葉如濛翻了個身，依偎到他懷裡。她是眷戀他的，睡夢中的她毫無遮掩，往他懷裡鑽，還吸了吸鼻子，嗅了嗅他身上的味道。

祝融呼吸重了一分，小心翼翼地環住她，嗅著她身上的味道，這是他想聞一輩子的味道。她身上有一股淡淡的香氣，聞起來溫馨而舒服，他吻著她的長髮，終於閉上眼睡著了。

天大亮時，葉如濛動了一下，極眷戀地環住他的腰，在他胸口蹭了蹭，抱緊了他。

唔……容今天不用上朝呢！

忽然，葉如濛瞪大了眼，瞬間睡意全無，昨晚的事……是真的還是她作惡夢了？葉如濛忽然鬆開他，對上他的眼，見他一雙眼中滿是紅血絲。

葉如濛心一疼，這是真的，不是在作夢。她有些難以接受，一把推開他，猛地轉過身，誰知道一轉過身頭便「砰」的一聲撞到了牆。

「啊！」葉如濛捂住額頭，疼得眼淚都快流出來了。

「濛濛！」祝融連忙將她身子扳過來，手掌按住她的額頭，心疼地揉了揉。

葉如濛吃疼，用力推開他。「不用你管！」現在磕一下、碰一下他就心疼了？前世的時候呢？

「濛濛，我看看！」祝融腿一抬將她壓在身下，強行按住她，只見她額頭通紅一片，他連忙吹了吹，用手掌給她輕輕地揉著。

葉如濛吸了吸鼻子，哭得一臉委屈，要不是因為他，她怎麼會撞到牆？

她狠狠推開他，這時，祝融突然動手脫掉自己的上衣。

葉如濛愣了一愣。「你幹什麼？」

「向妳請罪。」祝融正色道，一下子趴到床邊，從床底抽出一個硬木洗衣板，看得葉如濛一臉呆滯。

等她回過神來，祝融已經拿著洗衣板跑出去了。

葉如濛心急如焚，他不會……不會真的跑出去跪洗衣板吧？這是兩人之前的玩笑話，有一次他問她，若是惹她生氣了怎麼辦？她當時開玩笑說那你就去跪洗衣板，跪到我原諒你為止。

她連忙跑下床，卻見他已經赤著上身跪在正房的大門口前，抬頭挺胸地跪在洗衣板上了！

葉如濛只覺得臉都丟盡了，他丟臉，她身為他的夫人不也跟著一起丟臉嗎？這要是傳了出去，她以後還怎麼見人，他不要臉，她可是還要的！

葉如濛想出去，可突然意識到身上只穿著中衣，連忙回內室拿了一件外袍套上，可剛一穿上又轉念一想，難不成這傢伙是在施展苦肉計？

冷靜想想，這院子只有紫衣、青時他們才進得來，誰敢將這事傳出去呀？他一個當主子的，不介意在紫衣他們面前丟臉，那她還介意什麼？反正……她就裝作不知道！

葉如濛咬牙，乾脆俐落地給自己梳洗好，直接換了一套衣裳，爬下暗道回娘家去了，她眼不見、心不疼，讓他跪去！

葉如濛從暗道裡爬出來，整個忍冬院都靜悄悄的，一個人影也沒有。其實現在想想，她爹應該早就知道容王爺的身分了吧？所以之前才會那般反對他們兩人的婚事，她真不懂事，難怪會將爹氣成那樣。想到這，葉如濛是又氣又惱，決意狠下心讓他跪，她自個兒則乾脆蓋上被子蒙頭大睡了。

出乎意料的是，她不知不覺地在自己房裡睡著了，一覺醒來，見窗外都快黃昏了。

葉如濛連忙爬了起來，他不會一直跪到現在吧？她一跑出去，便見外面的圓桌上放著一堆用溫碗溫著的飯菜，葉如濛有些驚訝，走過去將碗蓋打開，見全都是吃的，四菜一湯，有東坡肉、手撕蒜油雞、燜南瓜、油潑菜心，還有一大碗翡翠白玉湯。

葉如濛看得肚子咕嚕直叫，連忙收回目光，忍住食慾將房門打開來。

一打開門，便見紫衣和藍衣兩人守在門口。

葉如濛看見她們也有些來氣，二話不說就把門給關上了，紫衣和藍衣兩人面面相覷。

哼！還記得讓人給她送飯菜，那他應該……沒事吧？她才不管他，她肚子可餓了。

葉如濛乾脆坐了下來，拿湯勺喝了兩口湯後捧起熱呼呼的米飯，這米飯香噴噴的，用的是珍珠小米，粒粒分明，入口後彈而不黏，不配菜吃她都能吃一大碗。吃了幾口白米飯後，她目光才落在四碟菜上，她挾起一塊燒得通紅晶瑩的東坡肉，這東坡肉色香味俱全，入口後豬皮膠軟糯彈牙，肥肉香而不膩，瘦肉香醇美味，真是太好吃了！

葉如濛吃得直舔舌頭，她從來沒吃過這麼好吃的東坡肉，連續吃了四大塊，還吃下大半碗米飯。

飽食一頓後，她原本以為她會開開心心，可是吃完後心情卻很落寞，她開心不起來。他不會還跪著吧？他都讓人給她送飯過來了，應該起來了吧？可是……以他固執認真的性子，說不定還跪著呢？

葉如濛起身，在屋子裡胡亂轉了好幾圈，都定不下心來，滿腦子都是他，她真沒出息，她想他了。

夜幕降臨，她點亮了燭火。

百無聊賴之下，她乾脆在書案前坐下練起字來，可是一提筆，又是一陣心亂如麻，好不容易寫出個字，還是個「容」字。

葉如濛氣得將筆擱下，紙全給揉爛了，就這麼一個人坐在書案前生著悶氣，可心中又在想，若是他在，她還可以打他洩氣；若是他在，他一定會哄她笑的。

她根本就離不開他，葉如濛想到這，只覺得悲從中來，忍不住痛哭了一場。

她正哭得滿臉眼淚、鼻涕，忽然，外面響起了敲門聲。

「誰呀？」她連忙拿帕子擦了擦臉。

「王妃，是我。」門外，傳來青時略顯焦慮的聲音。

葉如濛一怔。「你來幹什麼？」

「王妃，您能不能去看看王爺？」

葉如濛聽了他這話，心中一沈，連忙站起來朝門口走去，可是走到門邊又停住。「他怎麼了？」

「王爺今日不吃不喝在洗衣板上跪了一天，膝蓋都磨得流血了，再這樣下去屬下怕他會傷了筋骨，以後走路可能會……」青時說到這裡，沒有再往下說。

葉如濛聞言一慌，跪個洗衣板怎麼會這麼嚴重？她下意識地就往暗道口跑去，下了暗道，在暗道裡狂奔如飛。

第三十七章

容王府。

祝融垂著眼眸，抿唇跪在洗衣板上，一天一夜不吃不喝，他的唇色已經開始變白，因為膝蓋處越來越重的疼痛，額上已經冒出不少冷汗，可他還是一動也不動，全身上下僵硬得像塊木頭。

忽然，他耳朵動了動，眸光一亮，抬起眼來，似看到了希望。

果然，下一刻她便推門而出，朝他飛奔而來。

祝融的嘴慢慢地咧開，笑了，有些傻傻地看著她，她回來了。

他雪白的中褲膝處已經被鮮血染紅，葉如濛一看見便心疼得眼淚奪眶而出，她恨不得打他一個耳光，讓他清醒清醒，可是那手掌落到他臉上，卻是輕輕的，輕得像撫摸。

她氣極，斥道：「你這是做什麼！我有讓你跪嗎？你快給我起來！」她想將他拉起來，可是他身子沈重，她根本就拉不動。「你快給我起來！」她急得聲音都變了。

「濛濛。」她的拉拽使得他膝蓋的傷口在洗衣板上磨了又磨，雖然吃痛，可他還是執意不肯起。「妳別離開我好不好？妳原諒我好不好？」

葉如濛哭道：「不離開，你快起來。」看他這副模樣她心都要碎了，她怎麼捨得離開他。

「那妳原諒我了？」祝融小心翼翼問道。

「原諒你就是了，你快起來！」

祝融歡喜地笑了，可又疼得齜牙咧嘴。「妳別碰，我自己起來。」

葉如濛連忙鬆開他。

祝融放斜了身子，雙掌撐在地上，反轉一下身子，身子各處關節「咯吱」作響，他坐在地上，鬆了一口氣，可是好疼，全身像散架了一樣。

葉如濛看見他這模樣，心疼得不得了，哭著警告他。「你下次再這樣，我就生氣了！」

祝融笑，一把將她拉了過來，她一下子摔坐在他大腿上，雖然牽扯到他膝蓋上的傷口，可他面上仍是掛著笑，只有眉間難以自抑地皺了一下。

葉如濛嚇了一大跳，欲爬起來。

「濛濛，別動，疼。」祝融抱住她。

「你現在知道疼了？」葉如濛連忙抹了把眼淚。

「親一下就不疼了。」祝融說著，湊上來吻住她的唇，他現在受的苦痛，比起她前世的算得了什麼。

「哎呀！」剛躍上屋頂的青時連忙遮住眼睛。

葉如濛卻聽到了，連忙推開他，朝屋頂喊道：「青時！」

剛背過身的青時又踅了回來，站在屋頂上。「王妃。」

「你快來扶他進屋上藥呀！」葉如濛急道，這人怎麼還不下來。

「來咧。」青時輕飄飄落地，祝融瞪了他一眼，他有些心虛地移開了眼，剛剛不小心壞了爺的好事，爺可別在他和銀儀的婚事上給他穿小鞋。

貴妃榻上，青時專心地幫祝融處理傷口，那洗衣板是新的，溝槽還有些鋒利，主子又跪得直挺挺，全身重量都壓在兩處膝蓋上，膝蓋都給割出兩道口子，時間一久，洗衣板都嵌進肉裡去了。

青時灑藥上去時，祝融倒吸了一口氣，連連呼著氣。

葉如濛心疼地別過臉去不敢看，血肉模糊啊！她真的沒這麼氣過，比發現他欺騙她時還要生氣，青時一出去，葉如濛整張臉都黑了。

祝融看得心驚膽戰，大氣都不敢喘一下，這是什麼情況？濛濛這是在生氣還是怎樣？

葉如濛衝上前將門關上後，回頭一把揪起他的衣領，狠狠警告道：「容王爺我告訴你，以後你若是再這樣……」她頓了頓，想不出威脅的話來，最後一咬牙，拔下髮上的簪子就欲往自己脖間比劃。

祝融心驚，忙出手迅速奪下簪子，斥道：「妳做什麼！」他驚恐萬分，一下子控制不住聲音，第一次這麼大聲地朝她說話。

葉如濛瞬間就紅了眼眶，一臉委屈地放聲大哭。「你凶我！」

祝融一愣，連忙將簪子丟遠了，放低聲音，一臉無奈。「妳這是做什麼？」

「你還丟我的簪子！」葉如濛哭得更厲害了，可是哭得太誇張，像是有三分假哭。

祝融頭疼，一把抱住她，將她緊緊地摟在懷裡，柔聲斥道：「妳到底在做什麼？」

葉如濛這才停止哭泣，霸道地說：「你以後要是再敢這樣傷害自己，我就讓自己和你一樣！」她這話可不是說著玩的，她氣他的所作所為，可是她卻拿他沒辦法！

「不會了。」祝融連忙抱住她，放軟了語氣道：「我以後再也不會傷害自己了，就好像……以後再也不會欺騙妳一樣。濛濛……」祝融抓起她的手認真道：「妳原諒我好嗎？給我時間，不要離開我。」

葉如濛有些彆扭，就這樣原諒他也太容易了點，她面子還有些下不來，憋了半日她才凶巴巴道：「那你以後……要聽我的話。」

「聽，什麼話都聽。」祝融連忙點頭。

「不許欺負我！」

「只有妳欺負我的分，我保證，妳怎麼打我罵我，我都打不還手、罵不還口。」

「那、那你不許欺負我的人，我爹娘、我弟弟們、還有滾滾，都不許欺負他們！」

「不敢，只有他們欺負我的分。」祝融乖得像個孫子。

「我爹娘哪裡敢欺負你？」葉如濛氣得臉鼓鼓的。「滾滾這麼聽你的話，牠還能咬你不成？我弟弟們也還沒長牙呢！」

「那以後就只有妳欺負我、咬我。」

「我就咬！」葉如濛說著張口便在他肩上狠狠咬了一大口，可是一咬卻覺得口中鹹鹹的，連忙「呸」一聲。「怎麼那麼鹹？」

祝融低頭，小聲道：「出汗了。」他疼得滿身大汗。

葉如濛一臉嫌棄。「你今天還沒沐浴對不對？」

祝融像做錯了事的小孩子一樣不敢看她。「我現在就去洗。」

「還沒吃飯喝水對不對？」她看他唇色就覺得不對勁，像個病人一樣。

「現在就吃。」他乖巧道。

「以後你要是不按時吃飯、沐浴、睡覺，我真的要生氣的。」

「嗯。」祝融彎唇一笑，幸福地點了點頭。

葉如濛眼裡也有了笑意，卻硬是收起笑容，雙手抱胸道：「想要我原諒你，可沒那麼簡單。」

祝融的笑僵在臉上，小心翼翼討好地問道：「濛濛……妳不是說……原諒我了嗎？」

「我不可以說話不算話嗎？」葉如濛凶巴巴瞪著他。

「可以！」祝融連忙點頭。

葉如濛撇了撇嘴，看了他一眼，快步走了出去，吩咐青時給他送飯。吩咐好後，葉如濛大搖大擺走了進來，雙手插腰站在榻邊。「我先提一個條件。」

「嗯，請說。」

「三個月內，不許……」葉如濛說著，嘴往床上的方向努了努。

祝融心一沈，瞪大了眼，搖搖頭裝作不知道，一定是他誤會了她的意思。

「不許……」葉如濛咬了咬唇，湊近他小聲道：「不許上我的床羞羞，這張床是我的，以後你就睡書房！」

祝融低頭，猶豫了片刻，一臉沈痛地點頭答應了。

「還有，這三個月內，沒有我的允許，不許碰我、不許親我、不許抱我！」葉如濛一下連提三個要求。

祝融閉眼，一會兒後又答應了，小聲問道：「那三個月後呢？」

葉如濛一驚，突然想到三個月後她還不給他啃得連骨頭都不剩了？連忙道：「三個月後，看情況再說，不能動手動腳的啊！」

祝融吸了吸鼻子，沒有說話。

「叩、叩。」門外突然響起敲門聲。

「這麼快？」葉如濛愣了愣神，忙前去開門。

青時笑咪咪地端著托盤站在門口，這副模樣像足了酒樓裡油嘴滑舌的青年掌櫃。

葉如濛沒說話，直接回去搬了個楠木小几放在貴妃榻上。青時將托盤放下，一臉眼瞎似地走了出去，他什麼都沒看見，他只能幫主子到這裡了。

「還不吃？」她不滿道。

「哦。」祝融不敢表現出悶悶不樂，將碗蓋掀開，青時準備的是一碗花生排骨山藥粥，還有幾小碟東坡肉、手撕雞肉、小白菜。

葉如濛瞄了一眼，這菜色就是她下午吃的那些嘛！

祝融乖乖的，喝了小半碗粥後，挾起一塊東坡肉，葉如濛眼珠子跟了過去，見他看她，連忙收回眼，又忍不住悄悄嚥了嚥口水，這東坡肉可好吃了！

祝融見狀，連忙道：「濛濛，我吃不完，要不妳幫我吃一塊？」

「我才不要。」

「我不能吃太油膩的東西。」祝融正經道。

葉如濛眼珠子轉了轉，有些不情不願地移動腳步過去，坐在他旁邊，「啊」地張開嘴，示意他餵她。

祝融笑，忙挑了一塊肥瘦適宜的送入她口中，這一刻，他的心暖暖的，其實他最想看的，便是她心滿意足地吃喜歡吃的東西。

葉如濛吞下東坡肉後舔了舔唇，努了努嘴。「給我喝一口粥。」吃完甜鹹的東坡肉，當然要吃點清淡的主食。

祝融還是笑，舀了一勺粥餵她。

葉如濛吃完，拿手帕擦了擦嘴巴，也不搭理他，跑到書案前隨手抓了本書就看起來。

祝融一邊繼續吃，一邊伴著她看書。她時不時翻頁，可是翻頁的時間卻忽長忽短，有時還連翻幾頁，顯然沒有用心看。祝融悄悄抬眸看了她一眼，書還是拿反的，真好，他心中歡喜，因為她心中有他。

直到聽見祝融放下碗筷的聲音，葉如濛才裝模作樣地放下書本，抬頭看他。

「濛濛，我要沐浴了。」

「自己去。」葉如濛板著臉。

「我腿疼。」

「青時！」葉如濛朝外面喊了一聲。

外面，無聲無息。

一會兒後，門被人打開，推進來一張輪椅，門又緩緩關上。

葉如濛忙上前去將房門打開，可門前已經空無一人，連個丫鬟影子都沒有。她無奈，只能將輪椅推到貴妃榻旁，雙手抱在胸前看著他，想她服侍他？哼！門兒都沒有！

「濛濛，我腿疼。」被她瞪了許久，祝融終於忍不住主動開口。

「那你手沒事吧？」她歪著腦袋看他，他可是臂力了得。

祝融默了默，雙手撐著起身，艱難地挪到輪椅上，他疼得齜牙咧嘴，毫不遮掩，葉如濛冷著臉看著，不為所動。哼！她一定不能心軟。

「濛濛，我洗不了，要不……妳幫我洗？」祝融小心翼翼問道，雖然明知是癡人說夢，可到底還是得厚著臉皮嘗試一下，說不定濛濛就心軟了呢！

「叫青時幫你洗！」葉如濛氣得臉鼓鼓的，想她幫他洗澡？那還不羞死人了！

祝融面色有些難堪，低頭小聲道：「除了妳，沒人見過我的身子。」他說這話時，還故作害羞了一下。

「胡說！」葉如濛被他說得紅了臉，她、她可沒仔細看過他的身子呢！她哪裡敢看啊？每次她都會移開眼，就有一次……不小心瞄了一眼，還沒看清呢！想到要幫他洗澡，她一下子臉紅得都發燙了，甩手就往暗道口走。

「濛濛，妳別走，我現在就去洗！」祝融連忙喊道，二話不說推動輪椅往淨室裡挪去。

葉如濛見他進了淨室，這才有些消氣，去隔壁耳房盥洗，盥洗回來後，逕自爬上床睡覺，而祝融一個人，直在淨室裡折騰了一個多時辰才推著輪椅回來。

回來後，見葉如濛已經躺在床上睡了，他本欲自覺去睡書房，可一見門口那個高高的門檻，心懷僥倖，悄聲回貴妃榻上睡了；只要濛濛不說，他就要厚著臉皮和她共處一室。

葉如濛並沒睡著，聽著他動作的聲音，也不搭理他，自顧自睡自己的。

祝融低低嘆了口氣，閉眼睡了，他這會兒已是睏得不行。

直到下半夜，葉如濛才睡著，可剛睡著不久，就聽見祝融在喚她。

她一下子驚醒過來，下意識以為他在她身邊，可是手一摸，床邊是空的，她的心好像也摸了個空，好一會兒才明白，他是睡在貴妃榻上喚她，可是聲音卻不甚清醒，像在夢囈。

她仔細一聽，他一直在喚自己的名字，喚得有些急躁，像是在作惡夢。

不知為何，他的聲音淒涼中還帶著可怕的絕望，葉如濛聽得揪心，忍不住坐起來，跑過去一看，見薄毯已經掉在地上，聲音又叫喚得越加可憐。她一時心軟，想過去安撫一下，可才剛踏出幾步，又轉念一想，難不成這傢伙在裝可憐騙她？一想到這，她便來氣了，踏著步子凶巴巴地走過去，將毛毯撿起來往他胸口一丟，怒道：「去書房睡！」

祝融還閉著眼，被她砸得喘了口氣，眉頭都皺成川字了，喃喃喚道：「濛濛別走……」

葉如濛定睛一看，見他面色潮紅，顯然臉色有些不對勁，連忙伸手探了一下他額頭。「呀！」她驚得收回了手，怎麼這麼燙？再仔細一摸，發現他整個頭臉、脖子、還有身子都是燙的。

葉如濛連忙呼喚青時，連喚了幾聲，門外皆沒聲響，她心急地想跑出去叫人，祝融卻緊緊地抓住她的手。「濛濛別走……」他半睜著眼，卻什麼也看不入眼，神智似有些不清醒了。

「你發燒了，我去叫青時過來。」葉如濛心疼地捧著他的臉，怎麼燒成這樣啊，全身都像火爐似的。

「濛濛，我錯了……妳別走好不好？」祝融哀求道。

「好好好。」葉如濛急言應下，安撫道：「你乖乖的，我去找青時來。」

「娘，妳別死，融兒會乖的……」祝融又突然緊閉著眼，一臉惶恐無助。

葉如濛聽得一怔，她低下頭來認真看著他，她從未見過他這般脆弱的樣子。在她的心目中，他可以是那個冷漠的、不可一世的容王爺，也可以是那個無賴的、所向披靡的容，可是他不應該是現在這副模樣，這副模樣，像極了一個被人拋棄的、無家可歸的小孩。

祝融忽地鬆開了她，緊緊抱著自己身前的那團軟毯，身子縮成一團。

葉如濛心一軟，連忙輕輕地抱住他，柔聲哄道：「濛濛不走，濛濛會永遠陪在你身邊的，永遠不離開。」

祝融皺了皺眉，窩在她懷中，噘起嘴似有些委屈地嘟囔了一句。「娘，爹要殺我。」

「什麼？」葉如濛聽得心中一驚，忙低頭看他，卻見他眼皮漸漸合上，整個人安安靜靜的，已經睡著了。

她一慌，連忙朝外尖聲喊道：「青時！你快來啊！」

片刻後，青時才趕了過來，進來後一探祝融額頭，皺了皺眉，一把脈，神色變得有些嚴肅，連忙動手為他施起針來。

「青時，他、他嚴重嗎？」葉如濛這會兒有些懊悔，她不應該趕他睡外面的，他今天在外面跪了一天，這種天氣乍暖還寒的，只怕是冷到了；而且剛剛他腿腳不方便，在淨室裡沐浴了那麼久，想來是給凍壞了。

青時正想讓葉如濛不用擔心，畢竟爺的身子骨一直都很結實，可話到嘴邊，拐了彎又吞回肚子裡去了，青時一臉擔憂道：「這個……真不好說，看能不能挨過今晚了。」

「什麼？」葉如濛聽了身子一個踉蹌。

青時輕咳一下，他好像說得太過了，連忙又解釋道：「這個……如果燒久了，恐怕會燒壞腦子，醒來後不大記得事，燒得厲害啊！」說著煞有介事地點了點頭，這情況也是屬實，爺從小就少有生病的時刻，還是第一次高燒成這樣。

葉如濛聽得臉都皺了，青時命人送一盆白酒過來，囑咐道：「王妃，您替爺擦擦身子，擦的時候記得避開傷口，免得刺激到，下身直接擦足部即可。另外，記得多餵些水。」

「好。」葉如濛連忙應承。

「今晚就煩勞王妃多費心，我去給爺熬藥了。」青時見差不多了，便起身退了出去。

青時一退出去，葉如濛連忙脫下祝融的衣裳，用帕子沾酒給他裡裡外外擦了好幾遍，小心地照顧了他一個多時辰。

天微光時，青時端著熱呼呼的藥來了，他替祝融把了把脈，嚴肅地道：「如果天亮能退燒就好，可若是退不了……」他皺了皺眉，搖了搖頭。

葉如濛心一緊。「會怎樣？」

「到時您通知我，我入宮請御醫。」青時一臉嚴肅，沒有往日的笑容。

「要不你現在就去請？」葉如濛急切道。

青時搖了搖頭。「御醫豈是能隨便請的？再說了，王爺受傷生病的消息，不能傳出去。」

葉如濛皺眉，遲疑了片刻才點點頭，他們總是有他們的原因。

青時走後，葉如濛對著一碗黑漆漆的湯藥犯愁，她嗅了嗅，這湯藥味重腥苦，只怕不像白水好餵。先前他口渴，白水還肯主動吮幾口，可若換了這苦藥，不知灌不灌得下去。

葉如濛試著餵了半勺，果然，祝融下意識地抿著唇不肯吞食，濃黑的藥汁順著他的唇角流了不少出來，葉如濛連忙抓起帕子給他擦拭，猶豫了一下，她自己試著含了一口，餵入他口中。

祝融吃苦，下意識地想要吐出來，她連忙按住他，捧著他的臉強行將藥餵入他口中。真沒想到，有朝一日她也會有強吻他的時候，而且這個傢伙，居然怕吃苦？葉如濛心中嘀咕著，終是將這碗藥餵完了，自己也苦得臉都皺成一團。

餵完後，她將被子仔細蓋好，又使勁地將他往裡推了推，挪出一個足夠她側躺的位置，這才躺下抱著他一隻胳膊睡了。

她一直沒睡著，只是睜著眼抱著他，好不容易終於盼到天大亮，可也摸不出他退燒了沒，連忙將青時喚來。

青時立刻就趕來了，來了後說是退燒了，只是還得休養幾日，葉如濛總算鬆了一大口氣，見他還沒醒來，便先在一旁的羅漢榻上補眠。

待她一覺醒來後，已經將近午時，她連忙看向一旁貴妃榻上的祝融。

祝融也是剛醒來不久，一直呆呆地望著她，見她看了過來，忙低下頭不說話。

「你醒了？」葉如濛穿上鞋子走了過來。

「嗯。」祝融情緒有些低落，精神看起來極差。

「用膳了嗎？」葉如濛第一次看到他這麼萎靡的模樣，人也凶不起來了。

祝融搖頭，悶悶不樂。

「怎麼不吃？」

祝融這才抬起頭來，帶著希望地看著她。「等妳啊！」

葉如濛沒好氣地瞪了他一眼，這個傻瓜，怎麼這麼不懂得照顧自己？這都快中午了，肚子餓了不會先吃嗎？她連忙吩咐紫衣她們上菜，自己先去盥洗。

待她盥洗回來後，見他面前小几上的飯菜仍沒有動過的痕跡，她有些不滿。

祝融見她不高興，連忙討好地朝她笑了笑。「一起吃，濛濛。」他的笑，顯然有些不自在。

他說完見葉如濛仍然黑著臉，又朝她笑了笑，可是這一次笑，卻是擠出來的一種有些尷尬的笑。

葉如濛看見他這笑，心突然沒來由地一疼，他這是怎麼了？似乎和平日有些不一樣，像是……卑微到了極致。

「濛濛……我可以抱抱妳嗎？」他低垂著眼眸，忍不住開口，聲音近乎哀求，他說完這話甚至不敢看她，他現在提出這個要求很荒謬吧，她怎麼會允許他抱一抱她？

可是……就給他抱一抱吧，讓他知道她還在，她還是溫熱的，她沒有離開他，那只是一場惡夢罷了。

這一刻，葉如濛像是與他心有靈犀似的，彷彿感受到他的絕望，她朝他走了過去。

就在這時，門外忽然響起藍衣的聲音。「王爺、王妃，太子殿下和金儀公主過來了。」

葉如濛聞言，看了看他，他仍是低著頭，一動不動。她回過神來，連忙迎了出去。

祝司恪和金儀進來的時候，祝融斜斜躺在貴妃榻上，一如既往地一臉漠然，只是臉上頗有病態，面色是潮紅的，唇色卻慘白得厲害。

祝司恪一進屋看見他這模樣，皺了皺眉，看來是真病了，還病得挺嚴重。

他看見他几上的飯菜，道：「還沒用膳？」

祝融點了點頭，眼睛卻看向葉如濛，柔聲詢問道：「妳要不要吃？」

葉如濛連忙搖頭。「不吃，我肚子不餓，沒什麼胃口。」

祝融見狀，便命人先將几上的飯菜撤了下去。

祝司恪在一旁的鼓凳上坐下。「聽說你膝蓋受傷了？我看看。」

「不必了，一點小傷。」祝融淡淡道。

「小傷？」祝司恪說著欲掀開他腿上的薄被，祝融直起身子迅速按住，警告地看了他一眼。

祝司恪見狀，這才作罷。

金儀有些擔心他，問了他一些話，祝融皆是淡淡回應。

葉如濛看得有些陌生，她都忘了，其實這才是他在人前的樣子，他在自己面前要過的那些無賴、博同情、扮委屈、隱忍受傷，似乎只給她一人看，不會在外人面前顯露一分。

葉如濛垂眸不語，只覺得心中難受得緊。

貴妃榻上的小几換上幾杯熱茶，祝司恪喝了半盞茶，看了金儀一眼，金儀會意，對葉如濛溫和一笑。「嫂嫂，我聽說你們這兒園子裡的牡丹花開得比御花園的還漂亮，能不能帶我去看一看？」

葉如濛眨眨眼，點了點頭，知道太子有話和祝融說，便自覺地和金儀退了出去。

葉如濛帶著金儀安安靜靜地走在花園裡，此時正值春日，園中百花盛開，奼紫嫣紅一片，可是兩人都無心欣賞。

金儀似有些感慨。「嫂嫂，其實我覺得，表哥對妳真的特別、特別好。」她說這話時聲音輕輕柔柔的，一臉羨慕地看著她。

葉如濛有些受寵若驚，朝她莞爾一笑。「我知道。」可是，她怎麼突然和她提這個呢？

「我從小到大，從沒見表哥對一個人這麼上心過，銀儀跟我說，你們感情很好的。」金儀頓了頓。「不過你們兩個是吵架了嗎？」剛剛的情形，她總覺得有幾分不對勁，表哥與表嫂兩人似乎沒怎麼說話，而且她來的時候在馬車上便聽太子有些怒氣，似乎表哥受傷還是因為做錯事為了討好表嫂才受傷的？

「啊？」葉如濛聽得一愣，這都讓她看出來啦？她連忙道：「沒有啦，只是……有一點點，我們快和好了。」要她當著她的面睜眼說瞎話，她也說不來。

金儀微微笑了笑，面容溫婉。「我聽太子說，嫂嫂小時候救過表哥？」

葉如濛聽她提起這事，有些難為情地笑了笑，點了點頭。

金儀回憶起往事，腳步放慢下來。「我記得是姑母去世的那一天，表哥很傷心，趁著府中人沒注意跑了出去，姑丈發現之後派人遍尋不著，以為他又被壞人綁走，差點便要請旨封城徹查……」

葉如濛聞言突然停下了腳步，一臉驚訝。「又被壞人綁走？」發生過這種事嗎？她兩世為人，聽都沒聽說過。

金儀無奈一笑。「天子腳下，堂堂容王府的世子被人擄走，這種事是不能外傳的。」

葉如濛聞言，停了好久才低低開口道：「我……我還真不知道。」她又忍不住心疼起他來了。

「其實表哥很可憐的。」金儀說著垂下眼眸，重重嘆了一口氣。「以前姑丈和姑母十分恩愛，很疼我們姊妹倆，也很疼表哥；可是自從姑母去世後，姑丈就像變了個人似的，變得好可怕……」金儀想到這忍不住皺了皺眉。「記得有一次，因為姑母去世後，表哥一直悶悶不樂，我和銀儀便在園子裡逗表哥玩，表哥好不容易笑了，姑丈卻不知道從哪裡冒出來，突然緊緊掐住了表哥的脖子，將他整個人提了起來，表哥掙扎得厲害，一直踢姑丈，當時我和銀儀都嚇傻了，暗衛們想上前去救他，可是他們都打不過姑丈，後來還是墨辰趕到，才將表哥給救了下來，可那個時候表哥已經被掐斷氣了，救下來後直翻白眼，我和銀儀兩個人都嚇哭了。

「姑丈當時被暗衛擒住，像瘋了一樣，一直說著什麼一家三口好好團聚的胡話。表哥被救醒後，姑丈還一直朝他咆哮，說他沒良心，娘親死了還笑得出來，一直吼著，不准他笑。表哥就坐在地上呆呆地看著他，兩隻眼睛都紅了……我們第二天就被送回小元了，等到我們再來的時候，表哥就變成了現在的模樣，冷冰冰的，不再笑了。」

金儀說到這裡，忍不住吸了吸鼻子，神色哀傷。葉如濛難過得說不出話來，她從不知道祝融承受過這些，對一個小小孩兒來說，父親的仇視是多大的打擊，也難怪他對外人總是那麼冷酷疏離了……

葉如濛和金儀回到屋裡時，祝司恪坐在八仙椅上，面色有些不悅，看見葉如濛，眸色沈了幾分。

祝融察覺到他的不滿，微垂眸子瞪了他一眼，祝司恪有些沒好氣，站起身來。「本宮先回去了，你好好休養吧！」

「青時。」祝融冷淡吩咐。「送殿下。」

「是。」青時立即冒了出來，畢恭畢敬地彎著腰。「殿下請。」

金儀頷首，與他們告辭。

他們出去後，祝融抿了抿唇，看向葉如濛，有些有氣無力地問道：「濛濛，妳肚子餓了嗎？要不要喝粥？青時說妳也可以喝點薑末粥，以免風寒。對了，要不……我、我這幾晚先去睡書房，但是等我好了，能不能回來這裡？」祝融指了指身下的貴妃榻。

葉如濛垂眸，想要強忍住眼中的淚意。

「濛濛，妳怎麼了？誰欺負妳了？」祝融見她眼眶發紅，挪著腿便想下榻，他的腿剛剛青時已經幫他重新包紮過了。

「你別動！」葉如濛連忙幾步上前去，她一眨眼便掉了兩串眼淚，朝他委屈道：「除了你，還有誰敢欺負我？」

「濛濛……」祝融低著頭，神色哀傷，他會努力的，直到她願意原諒他的那一天。

就在他落寞感傷的時候，葉如濛突然撲到他懷裡，緊緊地抱住了他，祝融目瞪口呆，不知發生了什麼事，甚至不敢抬手回抱她。「濛濛……妳怎麼了？」她的反常使得他心中慌亂，彷彿是她決心離開他的前兆。

葉如濛抱著他，眼淚像斷線的珠子不住地往下掉，她強忍住，不想讓自己哭出來，哽咽道：「容，以後我們再也不分開了好不好？」這是她第一次萌生想要保護他的念頭，他負責保護她，而她來守護他，守護他那顆從不在人前展示的柔軟的心。
祝融受寵若驚，好一會兒才點了點頭，仍有些不敢相信，小心翼翼問道：「濛濛，妳是說……以後再也不和我分開了？」
「嗯。」葉如濛重重地點頭，此生此世，她再也離不開他了。
「那……」祝融想了想。「要不妳立個字據？」
「幹麼？」葉如濛鬆開他，淚眼怒瞪。「你不相信我？」
祝融垂眸不語，被她吼得一臉受傷。這話今天誰說的——我不可以說話不算話嗎？
葉如濛看見他這模樣，忍不住有些心疼，連忙擦了擦眼淚，伸出小指來。
祝融看見，唇角微微露出一抹謹慎的微笑，伸出小指。這樣勾住她，就好了嗎？
打勾勾後，葉如濛重新抱著他，柔聲道：「你剛剛不是說要抱抱嗎？現在准許你抱抱了。」
祝融笑，生怕她反悔似的，連忙緊緊抱住她，他閉上眼，深深地嗅著她身上的芳香。他滿足了，真好，真想這樣抱著她抱一輩子。
青時進來時，葉如濛正餵祝融吃薑末粥，完全是賢妻良母的模樣，祝融則是一臉享受，乖順得……像條狗。
青時輕咳了一聲，稟報道：「王妃，賀大少夫人派丫鬟過來，說是想約您下午一起去宋府看望宋懷玉。」

祝融一聽，登時抬眼看向青時。

青時傳送了一個「您就放心吧」的眼神，祝融於是便明白——那宋和尚今天不在家。

葉如濛想了想，點點頭。「好。」

青時從容退下。

祝融吃完最後一口粥，輕輕咳了兩聲，小聲道：「濛濛，那妳下午要早些回來。」這模樣，就像一個被大人們獨自留在家中的小孩子。

「嗯，你在家裡好好休息。」葉如濛邊說著邊起身。

祝融輕輕拉了拉她的袖子，一臉病容地道：「濛濛，妳再陪我一會兒好不好？」

葉如濛心軟，在他身側躺下。

祝融的頭輕輕靠在貴妃榻上，有些不放心地看了她一眼。「濛濛，妳真原諒我了？」

葉如濛輕輕捏了捏他的臉。「不原諒你還能怎樣？和離？」

她一提這兩個字，祝融一下子臉上笑意全無。

葉如濛發現自己說錯話了，連忙輕輕摸了摸他的臉，柔聲喚了他一聲。「容。」

祝融抬眼看她。

葉如濛抓著他的手，微笑道：「以後，我們要幸福。前世……三姊姊欠我的，我會親自向她討還，我心中有分寸的；至於蓉蓉欠我的……」她頓了頓。「今世我不想計較了。」

她是討厭葉如蓉，可是今世蓉蓉已經嫁到宋家，她看在宋叔叔、宋嬸嬸的面子上，宋大哥、宋二哥、還有小雪的分上，都不該再和她計較了；只要蓉蓉以後安安分分的，不要再像以前那樣心機歹毒、謀害他人，她是不會主動對她出手的。而且，現在葉如蓉的夫君出了那種事，也算是她前世的報應了吧！

祝融點了點頭，有紫衣、藍衣護著她，他放心。

下午，葉如濛起身前往賀府接了葉如思，兩人往宋府去了。到了之後，宋府只有女眷在家。

宋嬸嬸、葉如蓉還有小雪三人皆是形容憔悴。葉如濛看得感慨，沒想到五妹妹也會為了自己心愛的人憔悴成這樣。

葉如濛和葉如思只隔著帳子看望了下宋懷玉，宋懷雪憂心忡忡，手語道：「昨晚二哥醒了一次，不過只睜了睜眼看我們，又閉眼睡了。」二哥神智是清醒的，可是身子卻不能動彈，他昨晚醒了，一直流淚看著她，她心中不知有多難過。

葉如濛勸慰道：「醒了就好，會慢慢好起來的。」

宋懷雪沒有回答，大夫說還得再觀察幾日看看，情形不是很樂觀。

葉如蓉坐在床邊，袖子下的手緊緊攥著帕子，心中忐忑不安。忽然，宋懷玉的手指動了一動，她眸光一緊，猛地對上了宋懷玉的眼睛！

床帳外，黃氏和宋懷雪正打算帶著葉如濛她們去客廳，黃氏神傷，臨走前下意識地往床帳內看了一眼，忽而欣喜喚道：「玉兒醒了！玉兒！」她連忙奔了過去。

葉如濛等人聽到黃氏的話也止步踅了回去，果見床上的宋懷玉睜著眼看著眾人。葉如濛這才意識到，宋懷玉現在身子不能動彈，只有眼珠子能動，一直來來回回地看著眾人，尤其一直看著宋懷雪和黃氏，一雙眼睛一直瞪著她們兩個人，似有話要說。

宋懷雪上前扯了扯她娘的袖子，手語道：「二哥好像有話想和我們說。」

可還未待她們細看，葉如蓉便歡喜地撲在宋懷玉身上，一下子就擋住了他強烈而殷切的目光，葉如蓉哭道：「夫君，你終於醒了！」她說這話的同時，背對著眾人狠狠地瞪了他一眼。

黃氏連忙拿手帕擦了擦眼淚，坐了下來，葉如蓉見狀，連忙給她挪了個位置。黃氏拉起宋懷玉的手，動容道：「玉兒，你醒了就好，醒了就好，沒事的，大夫說你會好起來，一定會好起來的。」

宋懷玉看著她，眨了一下眼，掉下兩滴眼淚。

「玉兒，娘在這兒。」黃氏輕輕擦著他的眼淚。「蓉蓉也在這兒，我們都會在你身邊的。」

宋懷玉眼淚直往下掉，看向他娘身後的葉如蓉，葉如蓉一雙原本溫婉的眼睛，驀地變得凶惡起來，連同眉間的那顆硃砂痣也變得血腥可怕。

宋懷玉惶恐地收回眼，不敢看她，只死死地看著黃氏，一雙眼睛聚滿眼淚。

「夫君，你別怕。」葉如蓉抓起他的手捧著自己的臉蛋。「蓉蓉一定會陪在你身邊的，日日夜夜，無時無刻，都陪在你身邊，永遠都不離開你身邊半步。」

宋懷玉眼淚掉得更凶了，可在旁人看來，不過是感動得掉淚罷了。

「是啊，姊夫。」葉如思也上前一步，柔聲道：「你一定要快點好起來，姊姊為了你愁得寢食難安，整個人都瘦了一大圈了。」

宋懷玉眼珠子轉到一邊來，看著宋懷雪，他的眼珠子一直在她和葉如蓉之間看來看去。他竭盡全力，唇終於動了一下，宋懷雪看見，知他是想說話，連忙湊了過去。

宋懷玉終於艱難地吐出了一個字。「蓉……」

離他最近的黃氏勉強聽清了，連忙給葉如蓉讓了讓。「蓉蓉，玉兒有話和妳說。」

葉如蓉熱淚盈眶，連忙殷切地湊了過去，宋懷玉瞪著她，哽咽吐出兩字。「毒……毒……婦……」

可是他的聲音極輕又含糊，葉如蓉聽了，直起身子來拿帕子抹了抹眼淚，哽咽道：「夫君讓……讓妳們先出去，夫君不想……他不想讓妳們見到他這副模樣。」

葉如蓉說完這話，宋懷玉喉間突然發出一種很可怕的聲音，眼珠子瞪著眾人，在眾人之間來來回回瞪著。

葉如思有些嚇到了，後退了一步，葉如濛連忙和她先退出去，想來她們的圍觀讓他很難堪吧，她們也覺得有些唐突了。宋懷雪心中難受，忍不住跑了出去。

黃氏不願意走，留下來哽咽道：「玉兒，沒事的，你一定會好起來的，娘會一直陪著你。」

宋懷玉喉間又發出「咕咕」的可怕聲音來，葉如蓉面容悲痛，哀慟勸道：「母親，您還是先出去吧，兒媳留在這兒陪著夫君就好，兒媳會好好勸他的。」

黃氏看見宋懷玉這模樣，心如刀割，她真恨不得替他承受這些苦痛，她的孩兒今年還不到二十歲啊！黃氏承受不住，轉過臉去，忍不住淚流，葉如蓉又低著聲音勸了幾句。「母親，您別讓夫君看見您這模樣，他會傷心自責的，您還是先出去，兒媳陪他說說話吧！」

黃氏流淚點了點頭，她知道玉兒一直最聽蓉蓉的話的。

眾人一走，葉如蓉臉上的憐憫和哀痛一下子消散無蹤，猛地轉過臉來，陰狠地瞪著宋懷玉。

宋懷玉心中驚恐萬分，不敢看她。

客堂外，宋懷雪送走葉如濛等人後，又去了宋懷玉的院子，剛入院子，便見紅蓮守在門口。

紅蓮福了福身，道：「姑娘，二少夫人正在給二少爺擦身子呢！」

宋懷雪手語問道：「我娘呢？」

「夫人難受著，回了自己的院子。」

宋懷雪點了點頭，準備穿過後院去黃氏院子看看她，離開的時候正好經過正室的窗邊，東窗的窗未掩實，宋懷雪不知為何，心中忽然有些異樣，忍不住慢下了腳步，悄悄往裡探頭看了一眼。

葉如蓉正坐在床邊背對著她，身邊放著一個冒著熱氣的臉盆，從她的角度看來，葉如蓉正動作輕柔地在給宋懷玉擦著身子呢！宋懷雪雖然口不能言，但耳朵卻是挺靈敏的，她收回了目光，側在窗邊傾耳細聽。

屋內，葉如蓉面帶微笑，柔聲道：「夫君你放心，蓉蓉會一直陪在你身邊，照顧你一輩子的，永遠都不會離開你……」

宋懷雪聽見她這些話，頓時有些懊惱，不知為何，她剛剛看見二哥那樣痛苦的眼神，竟有些懷疑她二嫂，可是她懷疑什麼自己也不知道，只直覺地認為二哥似乎有話想和她說。

宋懷雪覺得自己真是壞透了，二嫂這麼好她怎麼能懷疑她呢？她連忙快步離開了。

她離開後，葉如蓉微微側首，嘴唇勾起一抹微笑。她面容溫婉，輕柔地從宋懷玉腋下緩緩拔出一根帶血的銀針來，她淡淡一笑，用剛擰好的濕毛巾將銀針擦拭乾淨，小心地放在床鋪上，拿起毛巾，輕柔細心地給宋懷玉擦著身子。

她俯下身子，用毛巾擦拭著他的脖子，用只有他們兩人才能聽到的聲音在他耳邊警告道：「我告訴過你不止一次了吧？」她抬起頭，溫柔地看著他。「夫君，你這樣會讓我很難過的，你只要乖乖的，我就可以照顧你一輩子啊！」

葉如蓉說完直起了身子，將毛巾放在臉盆裡洗淨後擰乾，柔聲道：「夫君，幫你洗腳了哦！」

葉如蓉轉過身子，輕輕脫掉了他的襪子，宋懷玉垂著眼眸，看著她面帶笑容地拾起床鋪上的那根銀針，在床腳落坐，一隻手分開了他的大拇趾和食趾，將寸長的銀針慢慢地、慢慢地扎入他的趾間……

宋懷玉的眼淚隨著她動作的深入溢了出來，眼淚滑過眼角，很快便浸濕了鋪在他腦後的乾巾，喉嚨發出「咯咯」的聲音來，像骷髏一般。

葉如蓉閉眼，她很享受銀針緩緩扎入他趾間的快感，當銀針全部沒入的時候她才停了下來，又緩緩地抽了出來，趾間便溢出了一顆小小的血珠，真漂亮。葉如蓉繼續扒開他的其他腳趾，重新將銀針緩緩地推送進去……

葉如蓉扎完八針，十分耐心地將銀針洗淨，小心地放入針線包中，收回腰間，那溫婉體貼的神色彷彿是剛為自己深愛的夫君縫補完衣服似的。

葉如蓉又給他細心地擦了腳，將毛巾放回水盆裡，這盆水已經有些涼了。

她看了他的臉一眼，見他眼角都是眼淚，淚水順著他的眼角滑到他的耳裡，還打濕了他的鬢髮。葉如蓉搖了搖頭，從水盆裡拿起毛巾擰乾，給他擦了擦臉，仔細地擦乾他耳窩裡的淚水，將他枕下的乾巾收起來丟進水盆裡，她看著乾巾沈入水中，上面的兩塊淚漬淹沒在水裡，會心一笑。

待紅蓮將水盆端出去後，她俯下身來，在他耳邊叮囑道：「夫君，你一定要乖哦，要是再有第三次，就不只是這兩個地方了。」她的手緩緩地摸到他大腿根部，輕輕揉了揉，壓低聲音道：「這個地方扎進去，應該很疼吧？」

宋懷玉閉眼，不知是不想，還是不敢看她。

葉如蓉優雅地收回了手，拿過枕邊的牛角梳幫他輕輕梳理著鬢角的墨髮，她忽然有些歡喜起來，溫柔道：「懷遠應該要回來了，他要來看你了。」他可疼弟弟了，一回來就會來看他。

葉如蓉從宋懷玉枕下抽出了一本詩集，有些仰慕地捧在懷中，好一會兒才捨得將它打開，雀躍地道：「玉兒，嫂嫂唸懷遠的詩給你聽好不好？」葉如蓉忽地放下詩集，抬手摸了摸自己的髮髻。「我頭髮亂了嗎？好看嗎？」

宋懷玉眼皮下的眼珠子，一動也不動。

葉如蓉有些不滿，不再搭理他，跑到鏡前仔細地看了看，給自己補了一個看起來略顯憔悴卻難掩姿色的妝容。

第三十八章

幾日後，祝融的傷風已經好了，只是膝上的傷還未痊癒，葉如濛一直待在府裡陪著他，直到初一才回了一趟娘家，陪林氏帶著弟弟們去臨淵寺拜佛。

在寺裡，正好碰到將軍府的女眷們，林氏與孫氏一碰上面，總有聊不完的話題，葉如濛便和顏寶兒兩人拉著手去外面蹓躂了。

兩人在寺裡逛了小半圈，回來時恰好遇到了宋懷遠和宋懷雪兄妹倆。

這是葉如濛婚後第一次見到宋懷遠，她看見他，只朝他微微頷首，略帶迴避之意。宋懷遠目光在她面容上流連了片刻，收回目光，溫文做了一揖。「見過容王妃。」

「宋大哥不必多禮。」葉如濛輕垂眼眸，不敢看他。她覺得對不起他，好端端一個才子，被她退了兩次玉珮，想想都覺得虧欠於他。

宋懷遠相較於葉如濛，倒是顯得坦蕩許多，他站在一旁，看向長廊下的禪室。很快地，一小沙彌迎了出來，恭敬道：「宋施主，了塵大師有請。」

宋懷遠頷首，對葉如濛做了一揖，跟著小沙彌離去。

葉如濛眉毛一跳，宋懷遠不會……準備出家了吧？她不由得看向宋懷雪，宋懷雪則有些迫切地看著她大哥離去的背影，雙手合十，似在期待什麼。意識到葉如濛在看她後，她轉過頭來，朝葉如濛微微一笑，手語解釋道：「我大哥想請了塵大師為我二哥診治，希望了塵大師可以治好我二哥。」

葉如濛恍然大悟，點了點頭，沒想到宋懷遠竟然與了塵大師有交情？嘖嘖嘖，難道宋大哥又要走上前世出家之路？令她不禁扼腕嘆息，可惜啊可惜。

「妳二哥好些了嗎？」顏寶兒關懷道。

宋懷雪搖了搖頭，有些失望，手語道：「是有醒來幾次，可是每次醒了都開不了口，也動不了，只分外黏我二嫂，一直都是我二嫂在貼身照顧著。」她一臉悶悶不樂，突然想到了什麼，皺了皺眉，忍不住看向葉如濛。「濛姊姊，我能不能問妳一個問題？」

「什麼問題？」

宋懷雪咬了咬唇，將葉如濛拉到一邊，手語問道：「妳覺得我二嫂人怎麼樣？」

葉如濛被她問得一愣。「為什麼這麼問？」

宋懷雪想了想，如實相告。「前天……我不小心看見我二嫂在瞪我二哥。」宋懷雪想到這，眉眼間都有些惶恐。「我二哥醒了過來，我在一旁照顧，當時二嫂在幫我二哥蓋被子，我不小心從鏡子裡看到了，她瞪著我二哥，用一種很凶的眼神。」說到這，她手停下來，絞著手上的帕子。「我和我娘說了，我娘說我是看花眼，我……其實我也不確定；可是不知道為什麼，就感覺我二哥好像有點怕我二嫂，他都不敢看她。濛姊姊，我是不是想多了？我二嫂人很好啊，見了誰都和和氣氣的。」可她就是忍不住懷疑，那個眼神太凶了，她怎麼都忘不了，真不是她眼花；而且，二哥摔倒當下只有她二嫂一個人在場，當然，他們都不會往這方面想，可是自從二嫂那個可怕的眼神之後，她便忍不住開始往這方面去想了，會不會是二嫂不小心推倒了她二哥？她想想都覺得可怕。

葉如濛愣怔了片刻，猶豫了好久才有些遲疑道：「小雪，我知道我這樣說可能很不好，可是……我覺得蓉蓉不好。」葉如濛低著頭，有些慚愧。「我不確定她是不是真心喜歡妳二哥，不過，如果她是真心喜歡妳二哥，我想她會好好對待你們的。我覺得，妳不如多留個心眼，觀察她一下。」葉如濛支吾說完，都不敢看宋懷雪了，她這樣在背後說自己妹妹的壞話，要是傳出去，不知道別人會怎麼看待她。

宋懷雪聽完，眉間憂慮更甚。

葉如濛想了想，提議道：「如果妳真的懷疑蓉蓉的話，妳可以將這件事告訴妳大哥。」她覺得，宋嬸嬸心軟，或許會受蓉蓉的蒙蔽，可是宋大哥，他向來是個明智之人。

「我知道了，謝謝濛姊姊，今天妳告訴我的話我一定不會告訴別人的，我說的話妳也保密好不好？」

葉如濛連忙點頭，伸出手指與她打勾勾。

次日傍晚，宋府——

宋懷遠下值歸來後，家中已備好熱飯，黃氏對宋懷雪道：「快去喚妳二嫂來吃飯吧！」

宋懷雪點了點頭，和丫鬟曉雲往宋懷玉院子去了。

昨晚了塵大師來過，了塵大師說腦後瘀血散盡便可動彈，逐日便會恢復過來，他當場為宋懷玉施了數針，不知今日會不會醒來。

宋懷雪到了二哥房間後，葉如蓉吩咐丫鬟紅蓮留下來照看宋懷玉，拉著宋懷雪準備去食廳用膳。

宋懷雪搖了搖頭，手語道：「我不餓，我想在這裡陪陪二哥，二嫂妳先去吃吧！」

葉如蓉一愣，很快反應過來，溫婉道：「不用，妳二哥有紅蓮看著，若是醒了，紅蓮會第一時間通知我們的。」

「二嫂，妳先去吃吧，我今天下午吃多了糕點，這會兒還有些脹食呢，妳可別告訴娘，我等妳吃完就會去吃了。」宋懷雪說著自然而然地坐在宋懷玉床邊。

葉如蓉猶豫了片刻，終於點頭同意了，臨走前又對紅蓮吩咐道：「若是夫君醒了，妳一定要讓曉雲第一時間通知我們。」她眸色帶著警告。

「奴婢知道了。」紅蓮連忙福身。

葉如蓉出了房門後，腳步有些快地往食廳走去。她一天中最感幸福的時刻就是他下值歸來的時候，她可以陪他一起用晚膳，就好像是他的妻子一樣；而晚上他來探望他弟弟的時候，她也可以在離他很近的地方站著，就好像他們即將同床共寢一樣，這多幸福啊！

葉如蓉走後，宋懷雪便讓她的丫鬟曉雲跟紅蓮在外面守著，曉雲先前便得到宋懷雪的吩咐，拉著紅蓮出去了，在門口一直和她家長裡短地聊著天。

宋懷雪看著床上緊閉著眼的宋懷玉，不知該從何下手。她抓著他的手，可她說不了話啊，她取出懷中的銀鈴，放在他耳邊輕輕搖著——二哥，你聽到了嗎？小時候一聽到這個聲音就要起床的，不能再睡了。

可是她搖了許久，宋懷玉仍是緊閉著雙眼。宋懷雪不死心，掐他的人中、按他的明眼穴，心中迫切地希望他能快些醒來，時間不多了，二嫂很快就會吃完飯回來了。其實她也心虛，她是不是誤會二嫂了？若是讓二嫂知道了，她一定會很傷心吧？宋懷雪只能緊緊抓住宋懷玉的手，祈求菩薩保佑，讓他快些醒來，讓她打消心中這個可怕的疑慮。

時間一點一滴地過去，宋懷雪越來越失望，看來二哥今晚是醒不過來了，就在她準備放棄的時候，宋懷玉的手忽然動了一下，宋懷雪眼睛一亮，分外驚喜地看著他，連忙在他耳邊輕輕搖著鈴。

宋懷玉似在昏睡中聽到了她的召喚，竟緩緩睜開了眼，他醒來後有些驚訝，一雙眼珠子四處轉了轉，出乎意料地沒有發現葉如蓉。

宋懷雪一臉欣喜，連忙手語道：「二哥，你終於醒了？」見宋懷玉眼珠子還在到處亂轉，她又補充道：「你在找二嫂嗎？二嫂去吃飯了，現在屋裡只有我一個人。」

宋懷玉眼珠子睜了睜，瞬間瞳孔有些放大。

宋懷雪有些不解，她怎麼覺得二哥似有些驚喜？她連忙問道：「二哥，我、我想問問你，你是自己摔倒的嗎？」

宋懷玉唇翕動著，卻開不了口。

「二哥。」宋懷雪手語道：「我問你問題，是的話你就眨一下眼，不是就眨兩下，好不好？」

宋懷玉連忙眨了一下眼。

「你是自己摔倒的嗎？」

宋懷玉眨了兩下眼，眼淚一下子就流出來了。

宋懷雪嚇了一跳，連忙給他擦眼淚，繼續問道：「是有人推你的？」

他眨了一下眼。

「是……二嫂？」宋懷雪雖然不敢相信，可還是遲疑著問了出來。

宋懷玉眨了一下眼，眼淚順著他的眼角蜿蜒而下。

宋懷雪震驚不已，整個人都呆住了，一下子竟有些不知如何是好，是、是二嫂推二哥的？可是、這怎麼可能？難道，二嫂推了二哥後，是因為內疚，所以才一直這麼寸步不離地照顧二哥？還是……宋懷雪心中閃過一個更可怕的念頭，她二嫂不想二哥說出事實真相，所以一直守在他身邊，不願意讓他醒過來！

宋懷雪難以置信，像是受到了極大的打擊，癱坐在床邊重重地喘息著。

宋懷玉手顫抖著，他有一根食指勉強能動彈，開始在床鋪上艱難地劃著什麼。宋懷雪看見了，連忙將自己的手心伸到他手指下，這是他們小時候經常玩的遊戲，你寫我猜；可是宋懷玉的動作極小，劃了半日，她也猜不出他寫的是什麼字。

宋懷雪有些急了，這個時辰二嫂該吃完飯回來了，她忍不住手語問道：「二嫂快回來了，二哥你能說話嗎？究竟發生了什麼事？是二嫂在欺負你嗎？」

宋懷玉眼淚直往下掉，唇顫動著，艱難吐出字來。「救……救……」

宋懷雪有些聽不清，忙俯下身子，將耳朵湊到了他嘴邊。

宋懷玉唇顫動得幾乎抽筋，終於艱難說出口。「救……救我……」

宋懷雪一聽到這話，登時就落下眼淚，這、這怎麼可能？說不清是心疼還是恐懼，她只覺得像是天塌下來了似的，她根本想像不出來，二哥究竟是受了多大的委屈，才會說出這兩個字，她哆嗦著打出手語。「是二嫂在欺負你？」

宋懷玉掉淚，眨了一下眼睛。

宋懷雪同樣淚流不止，一時間無邊的恐懼就像是黑暗降臨般突然地籠罩住她，讓她無處可逃，宋懷雪連忙擦乾眼淚，手語告訴他。「我現在就去告訴娘！」

她轉身便往外跑，可是剛一跑到門前，就聽見院子裡傳來葉如蓉的聲音。

她嚇得整個人呆愣住，按在門上的手竟下意識地將門給反鎖起來。她二嫂就與她隔著一道門，剎那嚇得連連後退，拔腿便跑回宋懷玉床邊，哭著手語道：「二嫂回來了。」

宋懷玉整個手都顫抖起來，艱難喊道：「走……走……快……」

宋懷雪嚇得手足無措，眼淚拚命往下掉，她一把抱住宋懷玉，這個時候心中只有一個念頭：她想將她二哥帶走。

門外，葉如蓉正想推門進來，卻發現門從裡面反鎖住了，不由得心中一沈，連忙喚道：「小雪？妳在裡面嗎？」

可是門內卻一點聲音都沒有，安安靜靜的。葉如蓉當機立斷，命紅蓮爬窗進去，從裡面將門打開，可是當她們趕進去的時候，卻發現裡面除了躺在床上的宋懷玉外，空無一人。

曉雲一臉納悶，在屋裡呼喚著宋懷雪，奇怪，小姐跑哪去了？

「曉雲。」葉如蓉微微皺眉，吩咐道：「妳去外面找找，看小姑是不是出去了？」

「可是……」曉雲有些不解。「剛剛我和紅蓮一直在外面啊！」

「可是這裡面也沒人呀！」葉如蓉皺了皺眉，有些擔憂。「妳去屋外找一下，看是不是跑到院子哪裡去了，對了，先別告訴夫人他們，免得他們擔心。」

曉雲點了點頭。「奴婢知道了。」

曉雲出去後，葉如蓉站在床邊，看著宋懷玉，宋懷玉雖然緊閉著眼，可是眼角卻滿是淚痕，葉如蓉拿起帕子輕輕幫他擦淚，柔聲道：「夫君怎麼哭了？」

宋懷玉仍是緊閉著眼，一動不動。

葉如蓉從容不迫起身，在屋內走動起來，柔聲喚道：「小雪？小雪？妳在這兒嗎？」

紅蓮有些心慌，連忙跟著四處找起來。

「小雪！」葉如蓉突然蹲了下來，盯著床底，可是床底卻是空空如也。葉如蓉微微撇了撇嘴，仍是極有耐心地繼續呼喚著。「小雪快出來，不要玩了哦！這麼大個人，不能調皮了。」

「小姐，妳在哪兒啊！」窗外曉雲的聲音，已經越來越遠。

衣櫃內的宋懷雪緊緊地捂住了嘴巴，生怕自己哭出聲來。曉雲已經走了，她錯過了跑出來的最佳時機，可是她聽到二嫂拍門的聲音大腦便一片空白，第一個反應就是先找個地方躲起來，不然她哭成這樣，如何能瞞得過她？此時聽著她柔柔呼喚自己的聲音，宋懷雪害怕得全身瑟瑟發抖。

葉如蓉眼角一瞥，忽然看到了衣櫃門縫夾著的一塊裙角，朝紅蓮示意一眼，紅蓮會意，悄悄從另一邊圍了上去，葉如蓉從懷中掏出一小罐東西，從裡面倒了些水在自己手帕裡，悄悄地靠了過去。

宋懷雪大氣不敢喘一口，外面一點聲音都沒有，安安靜靜的，寂靜得可怕，她好害怕。

宋懷玉瞪著眼，死死盯著朝衣櫃靠近的主僕兩人，哽咽開口。「住……住……手……」他手指青筋暴起，整隻手緊緊抓住身下的床褥。「雪……雪……走！」

屋外，曉雲已經在院子裡繞一圈了，可沒見著人，便跑了回來。「二少夫……啊——」她的聲音戛然而止，取而代之的是一聲尖叫。

屋內傳來花瓶破碎的聲音，一聲悶沈的棍棒聲響起後，有重物倒地。

一陣混亂過後，宋懷雪被迷倒，不醒人事地躺在地上，而意外回頭闖入的曉雲也被一棒打昏。床上的宋懷玉使勁想起來，整個身子繃得緊緊的，那截細白的脖頸變得粗壯，青筋暴起，終於，他的上身勉強離開了床褥，卻一下子摔到了床下，整張臉朝下趴著，頭和手用力地撐著地面，可是卻連翻個身都翻不起來。

葉如蓉閉眼，深呼吸了一口氣，與紅蓮合力將宋懷玉扶回床上，紅蓮緊張得手都在顫抖。「二、二少夫人，我們該怎麼辦？」

現在事情好像變得越來越可怕了，二少夫人像入了魔似的，已經停不下來了；而她身為幫凶，也根本回不了頭了！

葉如蓉冷靜吩咐道：「將我那幾條披帛拿出來。」現在，得將她們捆綁起來才行。

「放……放了小雪……」宋懷玉雙手顫抖著。「求……妳……」

葉如蓉原本沈靜的面容忽地一變，目露凶光，她雙眼通紅地瞪著他，揪起他的衣領朝他低吼道：「我有沒有告訴過你，讓你老老實實的，讓你乖乖地聽話？是你自己害死了你妹妹，你害死了他的妹妹你知道嗎？」

宋懷玉哽咽得難以言語。

葉如蓉喘了幾口大氣，忽地又冷靜下來，連忙拍了拍他被弄縐的衣領，顫著手幫他撫平，低語碎碎唸道：「沒事的，沒事的，我會處理好的，你不用擔心。」她打量著整間屋子，心中開始有了一個計謀，沒有辦法了，她要放火燒了這裡。

「求妳……」宋懷玉的手緊緊抓住了她的手。「放了……小雪。」

葉如蓉低頭，看著他緊緊抓住自己的這隻手，流淚道：「你現在恢復得越來越好了，你就快要醒了，我該怎麼辦？」她反過來緊緊地抓著他的手，她該怎麼辦？他……他要和小雪一起死嗎？可是死了，她和宋懷遠的關係、唯一的牽連彷彿就這麼斷了。不對，不對！葉如蓉忽地想到，如果他死了，她會成為寡婦，她可以為他守節啊，她可以一輩子都待在他們家！

葉如蓉閉眼，她回不去了，她現在沒有別的路可以走了，她重新睜開眼，雖然流著淚，卻雙目清明，她拿起沾了蒙汗藥的帕子，捂住了他的口鼻……

當宋懷玉停止掙扎後，她看向紅蓮，在她耳邊低聲吩咐了幾句，紅蓮驚恐萬分，葉如蓉緊緊扣住她的手臂，指甲幾乎嵌進她的肉裡，咬牙道：「妳的賣身契還在我這兒，我若出事，妳以為妳活得了？」

院子外，宋懷遠正帶著顏多多往這邊走來。

幾人到了院子前，宋懷遠的小廝安生在院子外面喚了幾聲，可是裡面都沒有人答應，幾人面面相覷，這時，院外正好路過一個婆子，安生連忙喚住她，那婆子進去敲了好一會兒門，裡面才有人應答。

一會兒後，紅蓮迎了出來，臉色有些不對勁，宋懷遠多看了她一眼，輕聲問道：「怎麼了？」

紅蓮連忙笑了一聲。「沒有，奴婢……奴婢剛剛不小心摔了一跤，有些疼。」

宋懷遠沒有多疑，微微頷首。「小心些。」

「謝大少爺關心。」紅蓮連忙開門引他和顏多多進去，雖然時間倉促，可是她已經收拾好了。

葉如蓉從屏風後迎了出來，一臉溫婉，只是面色略顯憔悴。「見過大伯，見過顏五公子。」

「弟妹不必多禮。」宋懷遠轉過屏風後，發現妹妹不在這兒，不由得問道：「小雪呢？」

葉如蓉低頭道：「剛剛回去了，說是給我帶點好玩的東西過來。」

宋懷遠點了點頭，沒有懷疑。

顏多多湊了過去，看著躺在床上的宋懷玉，皺眉道：「怎地還不醒？那了塵大師不是很厲害嗎？」

葉如蓉站在一邊道：「剛剛夫君倒是醒了一會兒，我還餵他喝了一些水，這會兒又睡著了。」

顏多多點了點頭。「不知道他聽不聽得到我們說話，我聽我二嫂說，可以在他床邊陪他多說說話。」顏多多這人自來熟，自個兒搬了張凳子就坐在床邊，與宋懷玉說起話來。

宋懷遠看著沈睡的弟弟，心中有些思量，昨晚妹妹和他說的那些話雖然荒謬，可他已放在了心上。他剛剛進來時，發現門邊花几上擺著的青花瓷蓮口大花瓶不見了，昨日來還有，他注意了一下，倒是在腳下看到一塊青瓷碎片，想來是才打碎沒多久。

剛剛看紅蓮的神色有些不對勁，他心中不由得有一個猜想，難道是紅蓮打破了花瓶，受到弟妹的責罰？倘若弟妹會因這事責罰平日看起來與她情同姊妹的紅蓮，是不是證明她並沒有表面上看來的那般溫婉善良？所以說，小雪說看見她瞪著玉兒，也不是沒有這個可能。她年紀輕輕，剛嫁過來不久玉兒就出事，倘若沒這個耐心照顧玉兒，也在情理之中。

想了這麼多，他忍不住看向葉如蓉，她站在床腳，雖然低著頭一臉溫婉，但神色卻略顯凝重，舉止也有些緊張，宋懷遠不由得多留了個心眼。

而床邊的顏多多還一直在聒噪著，和宋懷玉說著國子監裡的事。葉如蓉的耐心早已耗盡了，這顏多多話怎麼這麼多！

床底下的宋懷雪，只覺得周圍黑漆漆的，一直有個熟悉的聲音在她耳邊念叨個不停，她有些煩躁；而且身上好沈啊，不知道什麼東西壓著她，沈甸甸的，極不舒服，她忍不住掙扎了一下，可是卻覺得渾身發疼，像是被人緊緊禁錮著。

她終於迷迷糊糊地睜開了眼，這……她這是在哪兒？好一會兒之後，宋懷雪清醒過來，這會兒才意識到，自己是被人捆住了，和背上壓著的那個人緊緊地捆綁在一起。

宋懷雪呆愣了片刻，回想起自己暈倒前的情形，突然反應過來背上這人應該是曉雲，而這裡，是床底下！她們將她和曉雲塞到了床底下，床邊是顏多多在說話，那是顏多多的聲音，她能看見他紅色的袍角和黑色的靴子！

宋懷雪使勁掙扎著，可是她和曉雲被綁得極結實，繩子勒得她的肉生疼，她根本就無法動彈，只有頭能勉強動一下，可必須很用力將曉雲的頭給頂起來，才能磕在地上，可即便如此，發出的聲音也不大。她磕了幾下，額頭已經生疼，忽然，她感覺有什麼黏膩的東西從自己耳後流了下來，她聞到一股血腥味……

是、是曉雲頭上的血！曉雲……死了嗎？

顏多多見天色漸晚，起身準備走人了，與葉如蓉辭別後剛轉過身，突然聽到地上好像傳來砰的一聲，他是習武之人，耳力自然過人，不由得停下了腳步，問身邊的宋懷遠道：「你有沒有聽到什麼聲音？」

宋懷雪淚流滿面，她額頭重重地磕在地上，起了一個大包。

宋懷遠正欲傾耳細聽，葉如蓉馬上接道：「沒有吧？是不是這床的聲音？這床似乎有些不穩，而且我聽夫君說過，我們這地底下似乎連著一口水井，可能是底下傳來的聲音。」

宋懷遠點了點頭，有時會傳來一些這樣的聲音，確實不奇怪。

顏多多「哦」了一聲，不再多問，與宋懷遠兩人轉身便走，可是剛踏出一步，身後又突然傳來一聲含糊而堅定的女聲——「哥哥！」

屋內眾人皆是一愣，停下了腳步。

顏多多轉過身子，一臉莫名。「誰在說話？」

「哥哥！救、救……」床底下，又傳來了一聲含糊不清、帶著啜泣的聲音。

宋懷遠吃了一驚，唇張了張。「小雪？」

「哥哥……」

這回，宋懷遠和顏多多兩人聽清了，連忙快步回到床邊，兩人趴了下來看向床底。

葉如蓉臉色煞白，顫抖著身子站在原地，雙手緊握成拳，不可能，不可能……

「小雪！」顏多多與宋懷遠兩人看見床底下的情形，皆是驚詫萬分。

「小雪！」顏多多連忙鑽了進去。

「哥哥……」宋懷雪哭得厲害，情緒很激動，她的臉貼在地面上，口中含糊不清地說著一些話，宋懷遠依稀聽到了「二嫂」兩個字，忽地想起了身後的葉如蓉。

他連忙轉過頭來，就在此時，葉如蓉突然從他身後撲上來緊抱住他，一隻手抓著帕子捂住了他的口鼻，宋懷遠心驚，下意識地屏住呼吸一把推開她，站了起來。

床底下的顏多多正在給宋懷雪和曉雲兩人鬆綁，忽然聽見外頭聲音不對，連忙要爬出來，可才剛從床底下探出頭來，後腦勺便結結實實地挨了一棍子，顏多多吃疼，捂著流血的後腦勺。「誰打我！」他抬起頭來，見是一臉震驚的紅蓮，雙手抓著棍子呆呆地看著他。

顏多多有些生氣，俐落地爬出來，一把奪過她手中的棍子，怒道：「妳打我幹麼？」

「弟妹，妳這是在做什麼！」宋懷遠後退數步，朝葉如蓉怒斥道。

葉如蓉淚流滿面，她一雙手捧著帕子，不斷地在發抖，她不知道該說些什麼。毀了，一切都毀了，她又衝了上去，想要掩住他的口鼻，不能讓他知道這一切，不能讓他知道，她在他心目中必須是完美的，溫柔善良體貼的，而不是傷害他弟弟、妹妹的人！

宋懷遠一把抓住她的手將她反手擒住，順手扯過桌上的一條披帛將她捆綁在床柱上，不解地看著她，弟妹這是得了失心瘋不成？

另一邊，宋懷雪也從床底下顫巍巍地爬了出來，顏多多見了，連忙朝她張開雙手，可是她卻哭著撲到宋懷遠懷中，宋懷遠連忙抱住她，憐愛地摸著她的頭。「別怕，小雪別怕，大哥在這兒。」

宋懷雪埋在他懷中，嗚嗚哭個不停，看也沒看顏多多一眼。顏多多伸出去的手連忙收了回來，抓了抓自己的頭，為什麼他下意識地以為她會撲到自己懷裡來？

紅蓮見了這情形，拔腿就想往外跑，顏多多瞄了一眼，連忙伸手擒住了她，追問道：「妳打我幹什麼！」這丫鬟沒毛病吧？

紅蓮害怕極了，跪下來對顏多多和宋懷遠兩人哀求道：「奴婢知錯了，奴婢是被迫的，這些事情都是二少夫人逼奴婢做的！」

「逼妳什麼？」宋懷遠詫異道。

紅蓮跪下連連磕頭。「其實二少爺早就醒了，每次一醒過來少夫人就給他捂蒙汗藥，不肯讓他清醒過來，因為二少爺是二少夫人推倒的，二少夫人怕他說出去，她就一直恐嚇二少爺，我看見……我看見二少夫人一直拿針扎二少爺！」紅蓮激動得全身都在顫抖。「剛剛小姐發現了，少夫人就把小姐弄暈了，她、她還想放火燒死小姐和曉雲，連同二少爺一起燒死！奴婢不敢了，求大少爺救救奴婢！奴婢不想殺人啊！」紅蓮拚命地磕著頭，害怕極了。

宋懷遠及顏多多兩人聽得震驚不已，看向臉色慘白的葉如蓉。宋懷遠懷中的宋懷雪，早已是全身瑟瑟發抖，害怕極了，看也不敢看葉如蓉。

「不是、不是……」葉如蓉整個人精神都有些恍惚了，忽而她像是想到了什麼，瞪著紅蓮。「不是！是紅蓮逼我的，這些事是紅蓮逼我做的！懷遠你聽我解釋，懷遠！」

宋懷遠唇張了張，弟妹是真的瘋了不成？無端這般呼喚他的名字，他與她什麼時候這般親近？要是讓旁人聽見，只怕還會產生什麼誤會。

「不是！」紅蓮尖叫道：「奴婢沒有說謊，二少夫人心腸最惡毒了！她好可怕！以前她未出閣的時候，就經常幫著三小姐欺負四小姐，她一直都在騙四小姐，博取四小姐的信任，其實她一直都聽三小姐的話，四小姐被她騙得團團轉，經常在別人面前出糗，還對她掏心掏肺！」

「紅蓮妳在胡說什麼！」葉如蓉淚流滿面。「我自問待妳不薄，妳為什麼要這樣誣衊我？」

「妳閉嘴！」顏多多聽這兩個女人嚷嚷聽得一把火，上前一步點了葉如蓉的啞穴，對紅蓮道：「妳繼續說！」

紅蓮連忙擦乾眼淚，繼續道：「現在四小姐都不跟少夫人在一起玩了，因為她看清了二少夫人的真面目，還有六小姐也是。」紅蓮生怕他們不相信她，情急之下將葉如蓉以前做過的所有壞事，像竹筒倒豆子一樣全部倒了出來，雖然說得語無倫次，可宋懷遠他們卻也聽懂了七七八八。

葉如蓉淚流滿面，若不是她身上還有披帛捆綁著，只怕整個人都如一堆爛泥般癱倒在地。她唇翕動著，鼓起勇氣抬頭看著宋懷遠，但他的眼神讓她害怕，讓她感到一種從未有過的恐懼，她承受不了，突然像瘋了一般發出一聲像惡鬼般淒厲的慘叫，啞穴點得淺，激動之下便這麼自解了，那原本觀音般和善的面目霎時凶惡如夜叉，朝他悲慘地嘶吼著。

宋懷雪害怕極了，雙手緊緊捂住自己的耳朵，往宋懷遠懷裡鑽，宋懷遠連忙抱緊她朝門邊走去，遠離葉如蓉。

葉如蓉苦苦哀求著，又哭又喊。「懷遠！懷遠！你聽我解釋！」

「這女人是瘋了不成？」顏多多厭惡地看了她一眼，沒想到葉如蓉表面上看起來溫柔體貼，實際竟是這麼一個蛇蠍婦人！

他看了一眼床上昏睡的宋懷玉，將還在哭哭啼啼的紅蓮與葉如蓉捆在一起，葉如蓉哭得暈厥過去，紅蓮連連求饒，她死也不想與葉如蓉綁在一起啊！顏多多嫌紅蓮話多，一掌劈暈了她，算是報她剛剛打自己的一棍之仇。

第二日下午，宋江才鄭重地將葉國公府眾人都請了過來，包括葉老夫人、當家的二房季氏、七房的葉長澤夫婦、葉如蓉的生母芙姨娘，還有在外的葉長風，通通都被請到了宋府。外人都不知道發生了什麼事，只知道國公府的人離去的時候神色沈重嚴肅。

又隔了一日，葉如濛早上回娘家後聽爹爹提到此事，聽得心驚肉跳。

「這實在是不可能。」林氏仍是不肯相信。「蓉蓉這麼溫婉的一個姑娘，怎麼可能會做出這種事情來？她向來懂事，行事說話妥當得體，你們說會不會是中邪了？」林氏一臉擔憂，若說是瑤瑤做的，說不定她還能信上幾分，可若說是蓉蓉，那絕對不可能。

葉長風搖頭道：「還好妳沒去，妳若是見到了玉兒趾間的那些針孔，恐怕晚上都睡不著。」

昨日在宋家廳堂，宋懷遠扶著頭上帶著傷的宋懷雪和丫鬟曉雲出面，指證歷歷，加上紅蓮將葉如蓉的所作所為說了一遍，事情是怎麼回事已經十分清楚了；而宋懷玉口不能言，但光看其被折磨得不成人形的淒慘模樣，在場的葉家人都羞慚得說不出話來。

濛濛以前就說過，蓉蓉在她落魄時曾對她落井下石，他一直對這孩子提防著，卻沒承想她的心腸竟能狠毒到這種地步，這哪是一個普通的閨中小姐做得出來的事？

葉如濛心情沈重，低聲道：「這真是太可怕了。」她真沒想到五妹妹竟做得出這般殘忍可怕的事情，如今想來，她前生今世對她已經是手下留情了，如果她沒有遇到容，而是選擇嫁給了宋大哥，與蓉蓉成了妯娌，那麼——躺在床上受盡折磨的那個人可能就是她了！

葉如濛一想到這頓時後怕得緊，臉色都有些白了。她不由得慶幸，慶幸前世她沒有遇到宋大哥，若是像今世這樣，宋大哥也喜歡她，而蓉蓉又得知了他的心意……她不敢再往下想了。

「濛濛，真是委屈妳了。」葉長風心疼地看著女兒，抬手摸了摸她的頭；若不是紅蓮都說了，他真不知道女兒以前在國公府受過那麼多的委屈。

「什麼？」林氏不明白，濛濛怎麼了？

葉長風猶豫了下，終是將紅蓮說的那些事與她坦白了，林氏邊聽邊看著女兒直抹眼淚。

「娘，我沒事。」葉如濛被她看得極不自然，現在想想，以前也是她自己笨得厲害。

林氏站了起來，低著頭語帶哽咽道：「我去看看妳弟弟們。」說著便轉身離開了，她怕自己在女兒面前失控。

葉長風連忙跟了上去。

林氏實在是難以置信，從小那麼乖巧懂事的蓉蓉怎麼會變成這樣？她以前還經常囑咐濛濛要和蓉蓉好好相處，因為她覺得那麼多姊妹中，蓉蓉是最溫柔善良的一個，真沒想到……蓉蓉竟然比瑤瑤還要歹毒上千百倍，一時間，她心中既自責又懊悔。

「柔兒。」葉長風跟了上來，好生安撫一番，最後道：「妳說，我們重掌國公府可好？」

林氏一怔，抬頭看著他。葉長風嘆了一口氣，示意她一起到書房商議。

將近午時，林氏才紅著眼睛在葉長風的陪伴下走出書房，一走出來便抱住了濛濛，一時間情緒又上來，哽咽得說不出話來。

葉如濛心情也有些沈重，問爹爹道：「對了，宋大哥現在怎麼樣了？」以宋大哥的心性，發生了這樣的事情，只怕會覺得萬分難堪。她的心忽地一沈，宋大哥不會就這樣跑去出家了吧？

葉長風搖了搖頭。「這件事遠兒也是無辜，誰承想蓉蓉會這般癡迷於他？他現在……只怕是無顏見玉兒了，只是如今家中還需要他打點啊！」葉長風嘆了口氣。「此事小雪也算因禍得福，已能開口說話，雖然還有些含糊，但假以時日定能如常人一般言語。顏多多兄妹倆這段時間會先搬去宋府照顧他們，妳若有空閒，也可以去多陪陪小雪。」

「那，我今日過去看一下小雪吧！」葉如濛應道。

「嗯，妳去看看有沒有什麼需要幫忙的地方，明日妳六嬸和妳娘也會過去宋府探望。」葉長風道。

現在宋府已是一團亂，宋江才要照顧其妻，而宋懷遠本應陪在宋懷玉身邊，可是葉如蓉對他近乎瘋狂的癡迷卻讓他慚愧自責，自覺無顏見弟弟，只能託顏多多代為照顧，他負責打理府中其他事務。

「好。」葉如濛道：「那我明日也一起去。」

對於宋府，葉如濛一家人心中是感激的。宋叔叔他們沒有選擇報官，其實是給他們長房面子，這事若是如實報官，只怕以後他們國公府的人在外面都抬不起頭來了，先有葉如瑤心狠手辣、迫害姊妹，再有葉如蓉覬覦大伯、謀害親夫，這些事傳出去，只怕連她和思思這些已出嫁的姊妹也免不了受人指指點點。

昨日宋家休書已下，七房的人已將葉如蓉帶回國公府，只是不知會如何處置。葉如蓉，只怕沒人保得下她。

下午，葉長風一家三口回了一趟葉國公府。

紅蓮已經被打斷腿逐出京城，葉如蓉則被關在後院柴房裡，丫鬟、婆子們看管得嚴嚴實實的。

葉如濛來到柴房時，婆子們剛給葉如蓉剃完髮，她原先一頭烏黑柔順的長髮，如今都散落在柴房地上，任人踐踏。她的光頭上還有不少傷痕，顯然是剃髮的時候掙扎得厲害，婆子們不小心給刮傷的。

葉如蓉看見她，整個人安靜下來，只呆坐在地上，看也不看她。

「妳們都退下吧！」葉如濛開口道。

「是，容王妃。」婆子們來不及打掃地上剪下來的亂髮，紛紛退了出去。

「容王妃？」葉如蓉抬眸看她，嘲諷一笑。

「嗯？」葉如濛看著她，面上沒有絲毫畏懼，若說她來之前還有一分憐憫的話，這會兒見到她，憐憫便徹底地消散了。

「容王爺找的人是妳……妳早就知道了是吧？容王爺也知道了？」葉如蓉冷笑問道。

葉如濛知道她指的是什麼，面色不喜不悲。「我一直將妳當成好姊妹，可我沒想到妳居然會那樣對我。」葉如濛的聲音有了一絲哀戚。「那個時候，妳才六歲啊！」

「六歲又如何？」葉如蓉諷笑道：「我自小便聰慧，不像妳，笨得要死，白占著嫡女的身分，卻將一切拱手讓人！」她說著，面容忽而變得陰狠。「我若是嫡女，定將妳們收拾得服服貼貼的！」

「我以為，妳已經將我們收拾得服服貼貼的了。」葉如濛冷淡地看她。「除了三姊姊。」

「葉如瑤？哈！」葉如蓉失聲笑了起來，此時的她面容慘烈，又光著頭，頭上血跡斑斑，這副模樣看起來實在是可怕得緊，可是現在的葉如濛，已經不怕她了。

「妳恨我嗎？」葉如濛忍不住開口問，她自問待她不薄，她真的想不通她為什麼要這樣對待她？

「因為妳笨啊！」葉如蓉得意笑道：「你們一家人都笨，把該得的一切都拱手讓了人，什麼都給了葉如瑤……」她癡癡笑了幾聲。「可是她現在……也好不到哪去了。」

葉如濛沒有說話，她實在不懂她，就因為她是嫡女？所謂白占著嫡女的身分？可是如今，她已經沒必要與她計較這些了，只有差不多的人才會互相比較、爭個高低上下，如今她成了容王妃，以她現在的身分、地位，無須與任何人再做任何計較。

「罷了，妳好自為之吧！」葉如濛淡淡道。

可是她眼中的無奈與不在意，到了葉如蓉眼中，盡是不屑與鄙夷，葉如蓉忽地朝她撲了過去。「賤人！妳也好不到哪去！」

葉如濛一驚，連忙後退，她身後的紫衣迅速上前一步抬腿踢了葉如蓉一腳，葉如蓉整個人飛了起來，摔進柴堆中，吐出一口血。

外面守門的婆子們聽到了聲響，連忙趕進來，葉如蓉口中滿是鮮血，笑得瘋狂，指著葉如濛詛咒道：「妳不得好死，和葉如瑤一樣不得好死！不過就是一個容王妃，說不定哪日就下堂了，妳以為容王爺會喜歡妳多久？他不過就是喜歡當年的那個小女孩罷了！」

「不巧。」葉如濛微微一笑，面上沒有顯露出絲毫的畏懼。「我就是當年的那個小女孩。」

葉如蓉笑得花枝亂顫，忽然，她的笑僵在臉上，因為她看見了一個人，他從圍觀的丫鬟、婆子中走了出來，那一雙溫潤的眼，憐憫而慈悲地看著她。

葉如蓉惶恐至極，連忙張開雙手擋住自己的光頭，整個人往柴堆裡躲去。「不要看！不要看！不要看我！」她顧不得柴枝劃破她的衣裳、劃破她細膩的皮膚，她像是感覺不到疼痛似的，拚了命地往柴堆裡鑽，不想被他看見自己這副樣子。

葉如濛轉過頭一看，微微一愣，他怎麼過來了？哦，想來是來國公府討要一個「說法」的吧？

宋懷遠靜靜地看著葉如濛，眸中是隱忍的憐愛。他心疼她，他從來都不知道，原來她受過那麼多的委屈，當年那個可愛的小迷糊，不應該那樣任人欺負。宋懷遠上前一步，正欲開口，忽而被身後一個人重重地撞了一下，那人無禮地撞了他之後，越過他徑直朝葉如濛走去。

丫鬟、婆子們見了來人嚇了一跳，紛紛跪下行禮。「見過容王爺。」

「你怎麼來了？」葉如濛道，卻見他身後還跟著滾滾，滾滾見了她黏得很，一直在她裙邊繞來繞去。

祝融斜斜瞄了角落裡的葉如蓉一眼，一臉正經道：「怕妳被瘋狗咬。」他一得到消息，立時便趕來了。

葉如濛抿了抿嘴，瞪了他一眼。「胡說八道。」

「滾滾，咬她！」祝融喚了一聲，一個眼神掃向了葉如蓉。

滾滾聽了他的話，一改往日溫馴的模樣，瞬間全身炸毛，朝葉如蓉叫了幾聲，牠如今體形碩大，張開口來牙齒又鋒利，凶起來就像一頭黑獅子一般，圍觀的丫鬟、婆子們都嚇壞了，更何況是被牠咆哮的葉如蓉，一下子就給嚇哭了，抱住頭往角落裡躲了又躲，整個身子瑟瑟發抖。

「滾滾！回來！」葉如濛連忙喚了一聲，滾滾立刻就屁顛顛地跑了回來，圍著她轉，直搖尾巴，與剛才凶惡的模樣截然不同。其實滾滾哪會真咬人，就算把手放進牠嘴裡，牠也不敢咬，頂多只會叫幾聲，嚇唬一下別人罷了。

葉如濛瞪了祝融一眼。「別鬧。」

「她罵妳了。」祝融認真道，他剛剛在外面都聽到了。

葉如濛想了想，板著臉道：「來人，掌嘴十下。」就當是報前生今世的仇吧，她也落井下石一回。

「是，王妃。」婆子們得令，立刻上前架起葉如蓉，葉如蓉使勁掙扎著，她不想讓宋懷遠看見她這模樣，不想！可是她餓了一天，身子又瘦弱，哪裡抵得過婆子們的蠻力，她一下子就被婆子們架到眾人跟前，剛跪下還未哭喊出聲，一個粗重的巴掌便重重落在她臉上，響亮的巴掌聲緊接著一聲聲地響起，在這安靜的柴房裡顯得異常地響亮。

葉如濛側過頭去，沒有看她。

婆子們掌完嘴後，放開葉如蓉，葉如蓉一下子軟癱在地，臉頰腫得老高，趴在地上張著口直喘氣，口中不斷地流淌著血水，想歇斯底里地放聲痛哭，可她卻哭不出聲，連一滴眼淚也流不出來，就像是這個身體已經死了一樣。

葉如濛抿了抿唇，正想轉身離去，祝融忽而蹲下來，單膝跪地，掏出帕子輕輕擦了擦她的海棠花緞面繡花鞋的鞋面，輕聲道：「鞋子怎麼髒了？」

在場的丫鬟、婆子們皆目瞪口呆，面面相覷，容王爺竟然在給容王妃擦鞋！葉如濛有些難為情，連忙將他拉起來。「快起來。」

祝融從容不迫起身，將髒帕子往後一遞，青時恭敬地接過去，收了起來，神色如常。婆子們都瞪大了眼，想來容王爺這種事情沒少做過？

祝融拉著葉如濛的手朝外走去，經過宋懷遠身邊的時候，又對葉如濛道：「夫人，為夫用的可不是妳親手繡給我的那條帕子哦！」

祝融聲音之矯揉造作，讓宋懷遠起了一手的雞皮疙瘩。

葉如濛面子都有些掛不住了，匆匆說了句。「宋大哥，我們先走了。」

祝融聽了她這話，將她打橫抱了起來。「夫人妳腿疲不疲，我抱妳回去。」他毫不避諱，就這般在眾目睽睽之下與她展現恩愛，這副模樣簡直與平日冷若冰霜的他判若兩人，丫鬟、婆子們心中猶如掀起驚濤駭浪，這容王爺是被人換了嗎？還是他竟是個寵妻狂魔？

「別鬧！」葉如濛狠狠掐了他一下，可是他身子硬實，她掐不到肉，只能壓低聲音警告道：「你再這樣我就生氣了！」他不要臉她還要呢！

祝融這才將她放了下來，可是仍緊緊拉著她的手不肯放，這可是說好了，在家裡是一回事，在外面是一回事。

「你腿好了？」葉如濛問道，早上看他還躺在榻上呢！

「沒。」祝融說著有些委屈。「好疼呢！」

「那快回去休息！」葉如濛有些生氣了。

「可是……我怕夫人妳被人欺負。」

「誰敢欺負我？」葉如濛心疼他，沈下臉道：「你再不回去我就生氣了，我數三聲，三……」

「那我讓青時留下來。」

「二……」

「夫人妳別生氣，我現在就……」

「一。」葉如濛話一落音，祝融就瞬間消失在她眼前。

葉如濛有些怔，好一會兒才回過神來。這個傢伙，膝蓋上的傷口眼見這幾日就快好了，經過今日這麼一折騰，只怕又好不了了，剛剛，居然還又蹲又跪的，她暗自心疼，尋思著晚上回去再好好收拾他。

葉如濛撫了撫被他弄綴的長裙，調整了一下呼吸，才往外面客堂走去。

她走後，長廊轉角裡拐出一個人，一雙嫉恨的桃花眼緊緊地盯著她離去的背影。

當葉如濛的身影終於消失在長廊盡頭時，她收回了目光，往柴房走去，柴房外圍觀的丫鬟、婆子們都散了，只留下看守的人。

她沒有進去，只從窗外看了一眼，見葉如蓉像爛泥般癱倒在地上，滿臉血淚，眼神空洞無光。哀莫大於心死，而她已經心如死灰。

她從來沒有想過，葉如蓉會落得現在這個下場。忽然，她眸光一動，地上的葉如蓉抬頭看了她一眼，葉如蓉的面容腫脹難看清，可是她卻覺得……她似乎朝她露出了一個詭異的微笑，彷彿在說——下一個就是妳。

她不屑地嘲諷一笑，轉身離開。她和她不一樣，葉如蓉的生母不過是一個普通的姨娘，娘家也沒有任何背景，這會兒只能跪在葉老夫人面前哭著求情；而她，她的娘親還有外祖父家，可不是誰都能動得了的。

葉如濛到了客堂，看到客堂眾人面色沈重，葉老夫人還有七叔、七嬸都決定將葉如蓉送到庵堂秘密處死，葉如蓉的生母芙姨娘跪在林氏腳邊，哭得都說不出話來了。

林氏以前還在國公府時，便與芙姨娘交情不錯，芙姨娘現在只能將希望寄託在林氏身上了，林氏不忍，開口求情道：「這孩子雖有過錯……可是，好歹留她一命吧！」

眾人沈默不語，葉如蓉至今仍執迷不悔，倘若留下活口，以她的瘋癲只怕還會生出什麼么蛾子來。

「濛濛。」林氏看向葉如濛，她如今是容王妃，說話極有分量，便連葉老夫人也要給她幾分面子。

葉如濛想了想，看向宋懷遠。「宋大哥，你覺得如何？」

宋懷遠垂眸，他們宋家沒想過要葉如蓉的命，倘若報官，葉如蓉謀害親夫便是死路一條，他們願意私了，便是想著給葉如蓉一個活命的機會，只是他們沒有想到國公府會如此寡情。

宋懷遠抬眸看她。「以前她那般欺壓妳，妳可曾想過原諒她？」

葉如濛一怔，她沒想到宋懷遠會突然這般問她，頓了頓，才道：「談不上原不原諒，現在她於我不過是個外人罷了，是好是壞、是生是死，皆與我無關。」

宋懷遠微微頷首，看向葉老夫人，做出了決定。

國公府在宋家人的寬容之下，最終還是留下了葉如蓉的性命，葉如蓉當天就被送往靜華庵，終生不得出庵堂，罰她在佛祖面前懺悔其過錯。或許，這對葉如蓉來說已是最好的結局了。

葉如濛沒有多待，之後隨爹娘回到葉府，在娘家吃完晚飯後，天色已經有些晚了，便沒有過去宋府探望，準備明日再和她娘一起過去。

第三十九章

次日，葉如濛隨林氏還有忘憂去了宋府。

宋懷玉已經醒了，可以開口說話，只是身子還不大靈活，只有手勉強能移動，顏多多這個活寶一直在他身邊照顧、逗他開心；小雪也有顏寶兒陪伴，開始咿咿啞啞地說起了話，只是著急起來還是會忍不住打手語；宋懷遠今日已經去翰林院，有心迴避家人，若不是家中還有事情需要自己打點，只怕他恨不得搬出府去住。

京裡的人都知道葉如蓉被休棄送入靜華庵的消息，有好事者去官府察看休書，發現宋家是以葉如蓉身染惡疾為由休棄，於是開始有傳言，原來葉如蓉患了失心瘋，將自己的夫君和婆婆、小姑都打傷了，這還不只，連幾個丫鬟，還有上門來的將軍府五公子腦袋都挨了她的棍子，這真是太可怕了。外面的人紛紛指責葉國公府不厚道，明知道自家姑娘有病，還隱瞞著把她嫁出去，一下子禍害了別人全家。

葉如濛離開宋府時，正好碰到宋懷遠下值歸來，他今日穿著一身月白色儒服，神色略顯疲憊，雙眼下也有淡淡的烏青，失去了往日那種充沛的精神氣態，反而多了幾分形銷骨立的清寒。

他看見葉如濛，溫雅行了一禮。「草民見過容王妃。」

葉如濛微微頷首。「宋大哥不必多禮。」他的身上有一股文人特有的氣質，乾淨儒雅。

葉如濛頓了頓，她想寬慰他幾句，可是卻不知如何開口是好。

宋懷遠抬起頭來，朝她微微一笑。「容王爺對妳很好。」是很好，好到一種他不能達到的境界，他自愧弗如。

葉如濛低垂下頭。「嗯。」

宋懷遠莞爾一笑。「那就好。」幸好她沒有嫁給他，她若是嫁給了他，後果不敢想像。

「宋大哥，對不起。」葉如濛終於忍不住開口，她覺得很對不起他。

宋懷遠搖了搖頭，釋然笑道：「他比我更適合妳。」

「宋大哥，」葉如濛頓了頓。「你不會……出家吧？」

宋懷遠一怔，失笑搖了搖頭。「不會。」

葉如濛微微鬆了一口氣。「那就好。」

他眼裡有幾分笑意。「妳怎麼會突然問這個？」

葉如濛有些尷尬。「沒有，就是聽……好像聽誰說你與了塵大師，交情挺好的……經常去……臨淵寺。」她有些支支吾吾的，心中想著：你上輩子不是出家了嗎？難道不是初一、十五都跑去和他探討佛法，參禪悟道去了？

宋懷遠坦然地搖搖頭，微笑道：「不過一起品茶、下棋罷了。」

葉如濛鬆了一口氣，心中像是一塊大石頭落了地。

宋懷遠微微一笑。「怎麼?王妃覺得，我的樣子看起來像是看破紅塵的人?」

「啊?」葉如濛尷尬極了，連忙擺手。「不是啦……」

宋懷遠看著她，眼帶盈盈笑意。

「好吧，是有一點點。」葉如濛訕笑了一下。

宋懷遠淺笑不語，可是笑眼深處卻有著極深的孤獨與寂寞。他一雙靈慧的眼睛彷彿會說話，如果她能看懂，一定能看到他說——因為紅塵有妳，所以我不想遠離。

他想說些什麼，以慰藉她幼時遭受的那些委屈和傷害，可是話到嘴邊卻變成了……「草民先告退了。」他微微一笑，拱手行了一禮，神色落落大方，低垂著眼眸沒有看她。

她早已有人疼惜，那人會比他更寵愛她，也比他更能保護她，他又何必讓她知道他的心疼?她已為人婦，他現在能做的是與她保持適當距離，珍重她的名聲。

哪怕他心中很想問問她——那一年，她在花叢中害羞地接過自己訂親的那盆細文竹時，她的心中是不是有一點點喜歡他?他看到她臉紅了，他當時臉也發燙了，心中是歡喜而雀躍的，只是不敢表現出來，怕她覺得他浮誇不穩重。

偶爾在夜深人靜時，他也會看著那枚被她退回的玉珮發呆，他會幻想，如果沒有容王爺的阻攔，他們兩人會在一起嗎?他好想問問她，如果沒有他，妳會喜歡上我嗎?

可是如今，這些都不可以問出口了。以容王爺的心性，不論她怎麼回答，這些話若是傳到他耳中，只怕會在兩人間生出嫌隙。

宋懷遠回到自己房中，為書案上那盆細文竹輕輕澆了些水。

兩日後，祝融膝上的傷已經痊癒，這日晚上，祝融沐浴後自動站到葉如濛床邊，滿懷期望地看著她，一雙眼睛亮晶晶的。

葉如濛身著淡紫色的中衣，單手撐頭側躺在床上，嘴角似笑非笑地看著他，潑墨般的長髮鋪在腦後的百合花繡枕上，慵懶而魅惑。

祝融看得嚥了嚥口水，雙手老實地掩著某一處，剛剛在沐浴時，一想到待會兒即將發生的事，他渾身就已經躁熱得不行，畢竟兩人新婚不久，他又正是年輕氣盛之時，憋了這麼多日，哪裡還忍得住？

葉如濛嘴角勾了勾，一隻纖纖素手輕輕拍了拍軟床，祝融立刻跳上床，躺在她身旁，雙眼發亮，舔了舔唇。「濛濛，我可以碰妳嗎？」

葉如濛柔柔一笑，眸中似帶著嬌羞。「嗯。」

祝融只覺得口水都快流下來了，立即就捉住了她的手，繼而道：「抱抱妳？」

「嗯。」葉如濛嬌羞一笑，低垂眼眸。

祝融一下子翻身，重重地覆在她身上，他身子沈，似乎沒有克制自身的重量，葉如濛只覺得一瞬間就被壓得喘不過氣來，祝融連忙提了提身子，緊接著頭又埋下來，深嗅著她身上專屬的芬芳，在她唇邊緩緩問道：「親親妳？」他說出這話時，聲音已有些沙啞了。

抖。

葉如濛輕輕「嗯」了一聲，他的吻便迫不及待地落了下來，迅速封住了她的口，他的舌長驅直入，像暴風一般席捲著她的芳香。他緊緊地抱住她，激動得圈著她的雙手都有些顫抖。

葉如濛被他鋼鐵似的雙臂緊緊箍著，他激動起來全身緊繃，胸膛、手臂都硬實，硌得她生疼。葉如濛被他封住唇，好不容易掙扎開雙手想推開他，祝融卻一把抓住她的雙手，按在她頭的兩邊，繼而深吻她，忽而動作一頓，覺得自己似有些粗魯，連忙鬆開來，怔怔地看著她，朝她傻傻一笑，聲音柔柔的。「濛濛，妳今日好美，真好看。」

葉如濛垂眸，咬了咬唇，面色有些難堪，早知道他會這般「饑渴」，她就不招惹他了。

「濛濛，我輕一些。」祝融說著，吻落在她耳垂上，輕輕嚙咬著，葉如濛被他這麼一撩撥，似乎也起了些心意。

祝融嘴上說得溫柔，可是身體哪等得及，一雙手像長了眼睛似地拉開她身上的衣裳，葉如濛驚覺肩上一涼，連忙抬手，雙手撐在他硬邦邦的胸口上。

祝融迷醉的眼微微清醒了幾分。「濛濛？」她不肯嗎？反悔了？祝融怕她以為自己會要個沒完沒了，連忙道：「我會很輕的，妳累了我就停。」他說完這話忍不住嚥了嚥口水，他不確定自己到時停不停得下來。

葉如濛笑了一笑，覺得有些對不起他，低聲道：「要不……你回榻上睡吧？」

祝融一愣，心往下沈了沈，劍眉忍不住微微一皺，小聲道：「我輕一些，一次？」祝融不知自己哪裡不小心惹她不高興，眸色有些失落，將頭埋在她耳邊，柔聲低低道：「就一次好不好？我一定很輕。濛濛，我真的憋不住了。」他似在撒嬌，又似是哀求。他忍耐不住，一隻手緊緊地抓住她頭下的枕頭，鬆軟的枕頭一下子就被他掐破了，真的憋死他了，他懷疑自己可能沒兩下就交代了，可是又如何，憋了這麼久，他只想交代在她身上。

葉如濛的手攀上他硬實的背，祝融心中一喜，正欲繼續，卻沒承想她竟像隻小奶貓似的，軟軟說了一句。「我今日癸水來了。」

彷彿在三九寒天被人從頭到腳地潑了一盆冷水，祝融全身都僵住了，一動不動。

葉如濛低垂著眼眸，不敢看他。她承認自己是有意作弄他，她小日子向來很準時，前幾日她就已經算好了時日，可是誰知道……他竟會這般……難耐。

這會兒葉如濛竟有些心虛起來，有點怕他生氣，他應該知道她是故意逗弄他的吧？葉如濛咬著唇，心中有些難受，她現在不能與他同房，他會不會……想要碰別的女人？

好一會兒後，祝融才像洩了氣一般，不輕不重地壓在她的身上，葉如濛像是聽到他在她耳邊輕輕地嘆了口氣，兩人都沒有說話，一下子氣氛竟有些沈重。

許久之後，祝融才從她身上下來，側躺在一旁，開口沙啞問了句。「疼嗎？」聲音只有無奈的憐惜，沒有任何惱怒。

葉如濛一怔，好一會兒才反應過來。「有……有一點點墜痛。」她偶爾來癸水時會疼，有一次不小心讓他知道了。

「那……拿個手爐給妳熱一下？咳咳……」祝融說著，清了清有些沙啞的嗓子。

「沒事，不用。」她不覺得很疼，只是有些墜痛罷了，不太舒服。

「怎麼不用？不是不舒服嗎？」祝融聲音關切，似乎對剛剛發生的事忘了個一乾二淨。

葉如濛見他如此坦然，也不再糾結剛才的事，只是抬手摸了摸小腹。「手爐大了覺得沈，小了又覺得不夠。」她平日喜歡將手捂熱再放在小腹上，可是她的手放著又太輕了，而且沒一會兒就不熱了。

葉如濛想了想，忽而抓起他的手，他的手掌夠大，剛好覆住她的小腹，而且還沈沈的，也不會太重，輕重居然是剛剛好。最重要的是，他的手掌平日便是熱的，這會兒窩在被窩裡，整個手心像是會自動發熱似的，暖而不燙，她一下子像如獲至寶，忍不住一臉享受道：「真舒服……」

祝融聽了她這柔媚的話語，身子瞬間便難受起來，呼吸不自覺地重了起來。

「容，你的手放著真舒服，能不能借我捂捂？」葉如濛眨了眨眼，朝他討好問道。

「嗯。」祝融淡淡一笑，似帶著幾分苦澀，他的手在她扁平的小腹上輕輕地摸了摸，彷彿那裡面有寶貝似的。

「那你……難受嗎？」葉如濛見他笑容似有些牽強。

「嗯……還好。」祝融忽而輕鬆道：「不會。」他重重地在她鬢髮上落下一吻。「妳睏不睏？睏的話早點睡。」他知道，來癸水時要保持充足的睡眠才行。

「嗯。」葉如濛往他懷裡縮了縮，在他懷裡睡覺真舒服，安全又暖和。

她幾乎是一閉眼便睡著了，睡得很是香甜，卻苦了祝融。他軟玉溫香在懷，全身沒有一處不難受的，呼吸也一直調整不好，滿腦子都是新婚後與她旖旎的那些畫面。

憋了半夜，在百般無奈之下祝融終於使出殺手鐧——他想起了二皇子祝司慎。最近他們終於找到祝司慎私藏兵器的重地，幾乎占據了整整一座山脈，證明二皇子早有謀逆之心，只要能向聖上告發此事，祝司慎就永無翻身之日了；可是如何告發又是個問題了，必須計劃周全，否則就怕到時會被祝司慎反咬一口。

祝融想完政事後，已是冷靜不少，他鬆開葉如濛，翻了個身，只要不碰到軟軟的她，不聞到香香的她，他一定可以靜下心來睡著；可是他才剛躺好，葉如濛立刻就翻了個身，往他懷裡鑽，祝融身上原本只剩下星星之火，可是被她這麼一撩撥，即刻燎原。

祝融幾近失控，可是卻不敢將她抱得太緊，怕吵醒了她，只能緊緊扯住了她身下的床單，真恨不得跑到外面咆哮幾句，或找青時和墨辰兩人打上一場。

祝融第一次覺得，夜是如此地漫長。

次日，書房。

青時用手帕包著熱雞蛋，滾敷著青腫的左眼，有些不開心道：「正常都是三到七日，王妃是五日，建議五日後再同房。」爺一大早就來找他練功，他都沒睡醒呢，還沒過幾招就挨了一拳。
「昨日不算？」祝融面色如常，聲音也很沈靜，可青時卻聽出了平靜下的洶湧，頓了頓，誠實道：「建議是五日後，徹底結束了再同房。」
祝融沒有說話，靜靜翻看著面前的摺子。這些日子祝融告假不能上朝，許多政務都是送到容王府來給他處理。
沈默了許久，青時小心翼翼道：「爺，屬下想告假幾日。」
「為何？」祝融目光仍鎖在案上的摺子上。
「屬下近來有些頭疼。」
片刻後，祝融才抬眸看了他一眼。「還欠你幾日假？」
青時恭敬垂首道：「五年下來，共計四十八日。」
「你想告假幾日？」
「五日。」
「那就還欠你四十三日？」祝融玩味一笑，似帶著心計。
「是。」青時硬著頭皮，下定決心不能退讓半步。
「四十三日……」祝融忽而若有所思道：「五日怎麼足夠？考量你的辛苦勞累，那就准……」
「屬下頭又不疼了。」青時立即精神抖擻地抬起頭來。

「不疼了？」

「嗯，開幾副藥吃一下就好。」

「嗯，下去吃藥吧！」祝融手一抬。

「爺。」青時上前兩步，小聲問道：「那屬下和銀儀的婚……」

「吃你的藥去！」祝融失去往日的耐心，登時拉下臉來。

「屬下告退。」青時風似地閃了出去。

葉國公府這邊，葉如蓉被休棄剃頭送到靜華庵的晦氣事，使得整個府裡死氣沈沈，府裡的丫鬟、婆子沒人敢多說一句話。

葉如瑤也心生鬱悶，還有一個月便到她的婚期，她已經想清楚了，她要嫁給朱長寒表哥。表哥身為逍遙侯府唯一的嫡子，將來也要繼承爵位，到時候她就是逍遙侯夫人，就算地位低了些，比不上容王妃，可好歹是正妻，而且以表哥這麼聽話的性子，到時府裡還不是她說了算？二皇子那個人雖然看起來爽朗大方，但不知為何，她總感覺他有些陰沈，她實在是不喜歡。

今天她約了朱長寒前來商量此事，這事自然是不能讓吉祥、如意她們知道，吉祥和如意奉了母親之命，這陣子盯她盯得緊，她已經將兩人藥昏了，趁著府裡眾人午睡靜悄悄的時刻，偷偷溜到府裡僻靜的後院。

他居然還沒來？葉如瑤到了之後，朱長寒還沒來，她頓時有些生氣，又有些委屈，葉如瑤坐在假山後百無聊賴，等得有些不開心，她嫁給他後，他還會像現在這麼寵她嗎？他會不會也像她爹一樣，娶了娘之後又納很多侍妾呢？如果她不同意，他應該就不會納妾了吧？

葉如瑤正胡思亂想著，忽而聽到假山前面傳來了些許聲響，她頓時有些歡喜，又連忙拉下臉，雙手抱臂，板著臉等他出現。

可是等了好一會兒，那聲響卻是漸漸放輕，似是走遠了？葉如瑤有些納悶，探出頭來一看，竟看到一個身穿青色長衫的男子往牆角那邊走去，牆角那兒砌著幾塊大石頭，那男子俐落地踩上石塊，直接翻過了牆。

葉如瑤看得瞪大了眼，這個男的看起來怎麼有點像王管家呀？他爬牆做什麼？牆的那邊，不正是她妹妹的忘憂院側院嗎？她心下生疑，不自覺地跟了上去。

葉如瑤前腳剛走，朱長寒便匆匆趕了過來，平日他都會早來一刻鐘，可今日臨出門時被他娘攔了一會兒，便遲了差不多一刻鐘，這會兒沒見到葉如瑤，也不知是表妹遲到了還是等不到他生氣走了，不敢亂跑，便在假山這兒等她。

在假山後直等了將近半個時辰，他才聽到聲響，探頭一看，見表妹終於來了，卻是雙目失神、腳步凌亂，像無頭蒼蠅般往前走著。

「瑤瑤！」他喚了一聲，葉如瑤整個人嚇得猛地一震，待看清他後，一下子便哭了出來，猛地朝他撲過去，緊緊抱住了他。

「瑤瑤，妳怎麼了？」朱長寒心驚，連忙安慰她，他從未見過表妹這般失魂落魄的模樣。

葉如瑤只是搖頭流淚，不敢說話，她剛剛做了一件……很可怕、很可怕的事情。她回不去了，像是墮入了地獄……閉上眼睛任眼淚肆意奔流，那不堪的喘息聲不斷在她耳邊迴盪，為什麼？為什麼要讓她發現這個秘密，為什麼要讓她一個人承受？

她作夢也沒有想到，剛剛一時的好奇，竟讓她就此踏上一條不歸路。

當葉如芝夭折的消息傳到容王府時，葉如濛驚得摔破了手中的琉璃杯，茶水打濕她的裙襬，濺了滿地。

「怎麼會這樣？」葉如濛喃喃問道，忍不住痛心。

紫衣惋惜道：「聽說是午休時翻身，臉朝下被悶到了，發現時已經沒氣了。」

「都沒人照看嗎？」葉如濛不禁責怪。

「聽府上的人說九小姐淺眠，平日午休時都是由七夫人親自照看的，七夫人午休醒來後去了一趟恭房，回來後就發現……」紫衣說到這，壓低了聲音道：「不過，他們在隔壁的書房裡發現了本應被軟禁起來的芙姨娘。」

「芙姨娘？」

「對，芙姨娘被發現時驚慌失措，七夫人懷疑芙姨娘因為五小姐一事懷恨在心，悶死了九小姐。」

「這怎麼可能？」葉如濛想也不想便道，可是說完忽地一怔，真的不可能嗎？還是說芙姨娘一直以來也和蓉蓉一樣，表面上善良溫婉，實際卻陰狠毒辣？

葉國公府這邊，柳若是暈厥了幾次，癱在床上坐都坐不起來，丫鬟們將她扶了起來，她卻連一個字也說不出來，沒一會兒又暈死過去。

葉長澤趕回來後，看見那小小的屍體當場痛哭出聲，直奔關押芙姨娘的柴房而去。

芙姨娘跪在地上，髮鬢凌亂，連連喊冤，葉長澤將搖籃中發現的那串珠花砸到她臉上，咬牙痛恨道：「這串珠花妳怎麼解釋！」

芙姨娘一怔，捂住被珠花刮花的臉淚如雨下。「賤妾當時只是想去找夫人求情，想請夫人幫幫我，同情我這個做娘的，看能不能讓我也跟去靜華庵陪我那可憐的女兒；可是剛一進去九小姐就哭了，夫人不在，賤妾怕有人來，就抱了抱她，將她哄睡了，珠花想必是那時落在床褥之上，可那時九小姐已經睡了，一定是後來醒了翻身才會……才會如此不幸……」芙姨娘跪行至他跟前，抓住葉長澤的衣襬哀求道：「求國公爺一定要相信賤妾，賤妾就算再惡毒，如何能對一個襁褓中的嬰兒下此毒手？」

葉長澤心痛如刀割，說不出話來，也是，他認識她這麼多年，她怎麼可能做出這樣的事情來？可是……他最喜歡的小女兒，這樣說沒就沒了，他實在是痛心。

「老爺！」下人匆匆來稟。「仵作已經驗出來了，九小姐確實是被人悶死的，面上屍斑呈五指狀，生前口鼻曾被一個女子的手用力捂過。」

芙姨娘難以置信，身形一軟癱倒在地，喃喃道：「怎……怎麼可能？」

葉長澤痛心疾首，轉過身狠狠踢了芙姨娘一腳，斥道：「蛇蠍婦人！就說蓉蓉如何會變至如此，原來皆是妳這婦人所教，果真有其母必有其女！」

葉長澤甩袖而去，虧他剛剛還動了惻隱之心，差點就相信她了。

芙姨娘驚醒過來，連忙爬起來，朝著葉長澤離去的方向淒厲哭喊道：「國公爺，賤妾真的是冤枉的！」

可是葉長澤頭也不回地離開了，婆子們鄙夷萬分，將她狠狠拖了回來，啐道：「真狠的心！那麼小的一個孩子都下得了手！」

入夜了，形容枯槁的王英踏進關押芙姨娘的柴房。

芙姨娘猶如受驚的小兔般躲進角落裡，惶惶看著他。王管家的臉色實在是太可怕了，慘白無血色，那陰寒的眼神彷彿被他看一眼便會萬劫不復。

「王管家。」芙姨娘跪趴在地上怯弱哀求道：「求求你一定要相信我，我真的是冤枉的，我真的沒有……真的不是我做的……」

「證據確鑿，芙姨娘為何還如此狡辯？」王英聲音陰冷，面色似笑非笑，喃喃道，像是自言自語。「一個那麼小、那麼可愛的孩子，芙姨娘怎能下得了手？」

「真不是我做的……」芙姨娘連連磕頭。「求你們一定要相信我。」

「行刑。」王英沒給她再往下解釋的機會，冷言吩咐下去。他話一落音，就有兩個小廝拿著拶指走了進來。

芙姨娘驚得臉色都白了，連連搖頭，雙手下意識地藏到了腰後。「不、不！王管家你不能動用私刑！這要是傳到官府去……」

「芙姨娘是覺得……」王英打斷了她的話，聲音幽幽的，帶著陰森的詭異。「我們還會將妳送去官府？」

「不、不……」芙姨娘全身顫抖，連連後退。是啊，發生了這樣的事情，國公府怎麼可能會報官讓家醜外揚？

小廝們不顧她的掙扎，強行將她手指套入拶子中。在行刑前，小廝又往她口中塞入了一團髒兮兮的帕子，拶指一收緊，芙姨娘所有慘痛的哭喊聲都堵在了口中。

不過一瞬間，她便痛得淚流滿面，她喉嚨都快喊啞了，到最後只能發出痛苦沈悶的嗚咽聲。

「芙姨娘有一雙巧手，繡出來的蘇繡堪比宮中繡娘，只可惜了。」王英看著痛不欲生的芙姨娘，說出來的話似頗有遺憾，卻是面無表情。她的痛，比起他心中的痛又算得了什麼？比不上千萬分之一！王英眸光越加陰狠，聲音也越加沈冷。「芙姨娘不是想向夫人求情，希望能去靜華庵陪五小姐嗎？我想，夫人會成全妳的，妳的屍體，小的一定會幫妳送到五小姐身邊！」

芙姨娘雙目通紅，惶恐至極。

王英步步逼近，捏起她的下巴低聲道：「芙姨娘可有想過，妳做的錯事會牽連到自己的女兒？妳後悔了嗎？」

芙姨娘淚流滿面，嗚咽著搖頭。

小廝們將拶指越收越緊，芙姨娘雙手滿是鮮血，全身顫抖，終於承受不住，暈死過去。可是很快，她便被一盆冷水潑醒了，直折騰到天微光，芙姨娘口中的髒布不知什麼時候早已吐了出來，撕裂的嘴角滿是鮮血，一雙巧手血肉模糊，整個人淚汗斑斑，奄奄一息，早沒了呼救的力氣。

王英站在窗前，看著漸漸照入院中的晨曦，眸色黯淡，就像是失去了生命中所有的光。

「王管家。」小廝上前來。「再折騰下去恐怕就沒氣了。」

王英一動不動，就在小廝以為他不會開口時，突然出聲了。「找幾個粗魯的漢子，將她送到五小姐跟前去，隨他們折騰，只要送到庵裡，還有一口氣活著就成了。」

九小姐夭折次日，芙姨娘人也不見了，外傳七房的芙姨娘因思女心切，自請上靜華庵照顧其患了瘋症的女兒，只是何時動身的，沒人知道，府外的人並未將九小姐和芙姨娘的事聯想在一起，整個國公府都沈浸在九小姐早夭的悲痛中，無人顧及一個小小的姨娘被送上山後發生了什麼事、是生是死。

不過數日，國公府接連發生了幾樁不幸的事，令人不勝唏噓。其中最悲痛的當數國公府老夫人，兩日後，葉老夫人受娘家一位老姊妹之邀，去京城外的一處承德山莊久住，一來是為了早夭的孫女吃齋唸佛，二來是夏日將至，到那兒避暑。因為路途遙遠，只怕沒有數月不會歸來。

自從經此喪女之痛，葉長澤每日藉酒澆愁，葉老夫人已離京，府內無人敢約束他，他開始夜夜流連煙花之地，很快便遭朝中百官彈劾，然他未曾收斂，反而越加肆無忌憚。這一日晚上，酒醉後還與一個多年前的同僚在醉煙樓爭一清倌人大打出手。

那同僚醉得比他還厲害，被他打得頭破血流，卻是一臉得意，嘲諷笑道：「你難過什麼？死了的女兒又不是你的，還不是你家夫人與姘頭生的！」

葉長澤聞言，頓時怒從心起，揪起他的衣領對準他的臉便是一拳，怒斥道：「胡說八道！你可知誣衊誥命夫人是何罪！」

「哈！」同僚酒醉不覺痛，癡癡笑道：「祖傳絕子丹，不可能會生子，我當年明明……明明見你喝了那杯被我下了藥的茶。」

「你胡說什麼？」葉長澤一怔，緊緊抓住了他。

「十三年無子嗣，一懷就兩個，哈哈……你這綠帽，可戴了不止一頂啊！」同僚癲狂一笑，想伸手摸他的頭，卻醉死過去。

葉長澤又出手打他一拳，卻撲了個空，摔倒在地。他爬起來，見周圍有不少人在圍觀，彷彿是裡三層、外三層地圍滿了，面孔有的熟悉、有的陌生，像是有無數根長長短短的手指在對他指指點點。

冷風吹來，他清醒了幾分，搖搖晃晃地出了醉煙樓，朝國公府的方向走去，只是走沒幾步，便摔倒在大街上，國公府的小廝連忙追了上來，將他扶上馬車送回府。

次日醒來，葉長澤頭痛欲裂，忽地想起昨夜醉酒之事，連忙命小廝出去打探，昨夜之事終究還是傳了些閒言碎語出來。因為柳若是的身分，外面的人不敢多言，可紛紛都在說柳姨娘生的庶子非他親生，葉長澤氣得頭又痛了幾分。

小廝誠惶誠恐，跪在地上不敢抬頭看葉長澤，從懷裡掏出一封書信。「國公爺，剛剛有人遞給奴才一封信，說務必讓小的轉交給國公爺，請國公爺親眼過目。」

葉長澤有些沒好氣地接了過來，打開來一看，臉色又青了幾分，凝神片刻，他將書信納入懷中，快速洗漱完，便出門去了。

這一晚，葉長澤沒有回來，直到第二日黃昏，他才面如死灰地回來了，和他一起回來的還有葉長風和一干侍衛。

柳若是被人喚去客堂時，已心生強烈的不祥之感，她因為身體抱恙，來得有些遲，還未踏入客堂，便看到堂上跪著柳姨娘，還有……瑟瑟發抖的史管事。她心不住地往下墜，可是舉止卻越加地從容不迫，反正她現在什麼都沒有了，還有什麼可失去的呢？
葉長風和葉長澤兩人陰沈著臉坐在上座，看著她弱柳扶風地走進來，柳若是對兩人款款行了一禮。「妾身見過夫君、大伯。」
葉長澤沒有說話，葉長風見她形容憔悴，倒是揮了揮手。她站了起來，自行落坐。
葉長風看著跪在堂下的史管事，繼續冷言審問道：「你還不肯承認？」
史管事顫抖著身子，連連磕頭。「小人真的冤枉啊！小人與柳姨娘兩人之間清清白白，蒼天可鑑！」
葉長風冷笑一聲。「你還嘴硬？你原名周綿，早已在黃家鎮上成親，後來一次酒醉誤殺妻子，便逃回京城改名換姓，可有此事？」
柳姨娘聞言，震驚地看向史海。史海一聽，登時出了一身冷汗，愍了許久，終於道：「小人認罪，可是與柳姨娘私通一事，小人實在未曾做過，還望老爺和大老爺明鑑！」
葉長風看了身旁的福伯一眼，福伯會意，向下吩咐道：「上老虎凳。」
一番刑罰下來，史海已經疼得不知東南西北了，放聲哭喊道：「我招、我招！是柳姨娘先勾引我的！她是我表妹，以前在閨中時就老是朝我拋媚眼，真的是她先勾引我的啊！求求你們給我個痛快吧！」
他話一說出口，柳姨娘就癱倒在地，葉長風看向柳姨娘。「妳可有話要說？」

柳姨娘趴在地上，只掉淚不言語。

「將他拖下去！」葉長風冷道。

「老爺，王管家到了。」另有一人上前稟報。

柳若是本一直冷眼看著這一切，聽到這話時端著茶杯的手突然一抖，茶水灑了一些出來。

王英進來時，正好與被拖下去的史管事錯身，他視若無睹，恭敬上前來，對著葉長風和葉長澤兩人跪拜行禮。「小人王英見過國公爺、大老爺。」

柳若是心驚膽戰地看著他，忽地，她意識到葉長澤看向了自己，她連忙收回目光，啜了一口茶強裝鎮靜，卻是心如擂鼓。

葉長澤直接站了起來，朝王英走去。「芝芝是你女兒吧？我就說，怎麼芝芝沒了，你整個人都瘦了一大圈，就像死了爹一樣！」葉長澤原本還想強裝冷靜，可話一出口，到了最後卻是控制不住，朝他咆哮起來。柳姨娘與人私通便罷了，可她是他的正妻啊！

還未待王英有反應，柳若是便將茶杯往桌上猛地一放，霍地站了起來。「國公爺，您這說的什麼話！」

「我說的什麼話？」葉長澤怒目而視，抬手便給了她一巴掌。「妳這個賤人！」

王英心一緊，猛地站了起來，可還未站穩，便被突然上前的侍衛重重地按了下去。

柳若是捂住臉，沒有說話。

「哈哈……」這時，柳姨娘卻開口笑出聲。「我當姊姊是多麼三貞九烈，對老爺有多麼情深意重呢！原來也不過如此，不也是找一個下人？」

葉長澤被她激怒，抬腿狠踹了她一腳，柳姨娘被踢中胸口，慘叫了一聲，倒在地上爬不起來。

「老爺……」柳若是剛一開口，王英便打斷了她的話。「老爺！」

王英朝葉長澤磕了個頭，如同赴死一般決絕道：「小人只碰過夫人一次。那是去年六月初四，老爺去了柳姨娘院子，夫人心情鬱悶喝醉了酒，我便起了歹心，不顧夫人的反抗強行非禮了她。事後，我威脅夫人不許將此事說出去。在那之後，夫人便極其厭惡我，後來每次見面，都是我以此事脅迫夫人，我還與夫人提過幾次合歡的要求，可是夫人寧死不屈，我便不敢強來。」

柳若是聽得掉淚，他何苦如此？那日她雖小酌了兩杯，可理智還在，是她藉著幾分酒意主動勾引他的，他愛戀自己多年，如何能忍受得住？

「小人，甘願認罪！」王英咬牙，俯首不起。

葉長澤氣得咬牙切齒，用了十二分的力氣踢過去，王英被踢倒在地，悶哼一聲。

「你可知你所犯何罪！」葉長澤怒道。

「小人知道。」王英不疾不徐地爬了起來，跪趴在地上。

姦淫婦人，按大元朝律例須處以宮刑，若是與婦人私通，則是兩人一起浸豬籠。對一個男人來說，處以宮刑或者一死，想來大多都寧願選擇一死，而不是被處以宮刑；可是……只有這樣，他才能保全她。

「來人，將他拖下去！」葉長澤氣得全身顫抖不止。

柳若是淚眼看著王英，王英也抬眸看了她一眼，眸光深重，似帶著訣別。

柳若是閉目，不忍再看。她不是一個人，她是鎮國公府的嫡女，她還有瑤瑤，她徹底地轉過身。

柳姨娘放聲大哭起來，哭聲震天，她還是輸給了她。

眾人退下後，堂上只剩下葉長風和葉長澤兩人。

葉長澤頹廢地坐在扶手椅上，忽然發出一陣淒慘的笑聲。他如何會看不懂王英與柳若是之間的默契？那眼神中呼之欲出的愛戀與疼痛，只有愛過的人才會懂，可是……卻沒有人會蠢到去拆穿。

若不是這一切是多年前就種下的因果，他還真以為這是大哥為了奪回爵位對他動的手腳。

他趔趄起身，朝門外走去，在跨過門檻時，忽而回過頭來，無力地道：「大哥，母親那兒，可瞞得住？」

葉長風默了默。「儘量相瞞。」

葉長澤看著他，慘笑不語。母親怎麼會剛好就去了承德山莊，那是因為家中將有大事發生啊！他笑出了眼淚，轉頭便走，罷了，以後國公府之事，再也與他無關了。

今日早上，朝中已有人彈劾他與舊同僚為了爭一清倌人大打出手，加上先前之罪過，皇上震怒，當堂便罷了他的官、摘了他的爵位，他的一生毀了。他身為國公府幼子，自幼受父母兄姊寵愛，人生順利得不像話，從未有過任何波折，卻不想在得意了三十餘年之後，全都沒了，他成了天大的笑話，在這偌大的京城之中再無立足之地。

次日，降罪的聖旨送到時，葉長澤的房中已空無一人，下人們驚慌失措，最後只能由二房葉長松代為領旨。

葉長澤因私德有損慘遭罷官，國公爺的爵位也由聖上親指給長房葉長風，聖上還斥責國公府長幼無序，教子無方，一時間，葉國公府陷入從未有過的晦暗陰沈；若不是還有容王爺這個長房女婿撐腰，只怕葉國公府將會從此一蹶不振，說不定連爵位都會被聖上收回。

當天晚上，葉長風便派人將這些事稟報到鎮國公府去，在鎮國公府未表態之前，柳若是被軟禁在她的靈犀院中，而柳姨娘和她的幼子葉季賢則被關押在柴房。

讓人萬萬沒有想到的是，柳姨娘趁人不備，竟在第二天晚上掐死了自己的幼子，緊接著懸樑自盡了。婆子們等到次晨送早飯的時候才發現，那襁褓中的葉季賢屍身已經僵硬了，柳姨娘跪在窗前吊著脖子，雙腳懸空，腳尖蹬地，眼珠子都瞪出來了。她腳邊放著一封血書，只求國公府放過自己僅餘的女兒葉如漫，希望長房夫人林氏能給她安排一個好歸宿。

又過一日，鎮國公府的回覆姍姍來遲，卻改變不了什麼，他們同意葉國公府休妻，只要求留柳若是一命，而對柳若月，卻隻字未提。

林氏不禁心寒，想來柳姨娘早已料到娘家的態度，自盡的念頭才會這麼決絕，可是那麼小的一個孩子，是自己身上掉下來的一塊肉啊，她怎麼就捨得呢？

林氏感慨道：「我還以為香凝是個忠心的，畢竟她也跟了柳姨娘多年。」香凝是柳姨娘的貼身丫鬟，在柳姨娘還沒從鎮國公府出閣之前就跟在她身邊了，卻沒想到在柳姨娘自盡當晚，她就收拾細軟偷跑了。

葉長風重重嘆了口氣，勸道：「不用擔心漫漫了，她怎麼說也是我們國公府的小姐，過一、兩年，妳給她找一門適合的親事便是。」

如今整個葉國公府死氣沈沈，只能慢慢調整過來了。

最後，葉國公府以柳若是善妒為由將其休棄，並且經長房、二房和六房商議後，決定在六月初六、葉如瑤送去二皇子府為妾的隔日，將柳若是剃髮送至靜華庵靜修悔過。外面的流言傳得風風雨雨，都道柳若是為了讓庶子記到自己名下，逼死了庶子的生母、也就是自己同父異母的庶妹柳若月。此等劣行與葉如瑤先前迫害堂妹葉如濛一事如出一轍，連帶柳若是在宮中的姊姊柳淑妃也受到波及，被降為柳妃。

鎮國公府對此不敢有異議，若葉國公府如實說出其女犯了淫亂之罪，那麼柳淑妃就不只是被降為妃，只怕連同他們鎮國公府都得跟著遭殃，遭更大的殃。

柳若是被休棄之後，葉如瑤的地位自然大不如前，逍遙侯下令將兒子關起來，就怕朱長寒於此風聲鶴唳之時跟葉國公府牽扯上關係。連二皇子已定的婚事也受到了影響，二皇子的生母容德妃不同意兒子將其納為側妃，經二皇子哀求，最後只同意納其為妾，葉國公府對此也無異議。

柳姨娘已死，史海被送至官府，為其在黃家鎮犯下的殺妻之罪伏法，他被判處死刑，原定秋後斬立決，但不出兩日，他便在牢中發狂，撞牆自盡了。

至於柳若是的姦夫王英，他們以其姦淫了府裡一個丫鬟為名，將他送官查辦，按律當處以宮刑，宮刑後是否能活命，便看他的造化了。其實大夥兒都心知肚明，王英是死路一條，就算葉國公府放過他，鎮國公府也不會放過他，不過讓閹割的人動些手腳的事。

葉國公府消息封鎖得嚴，外面的人並不知道葉長澤失蹤及其子葉季賢夭折之事，只聽聞葉長澤被拔官職後心境抑鬱，至今仍臥病在床。如今他已落魄失勢，朝中舊友們避之唯恐不及，也不會有人來探望他；而葉季賢，早夭的幼子不會記入族譜，過個數月以「暴斃身亡」處理便是。

六月初五，夜深人靜時分，靈犀院是從未有過的闃寂，僕婦們坐在長廊上有一搭、沒一搭地閒聊著，簷下只點著幾盞不甚明亮的燈籠，沒有人注意到，一個身影站在黑暗中。

葉如瑤聽著她們竊竊私語，靜靜地進了側院，推開了北窗。

躺在床上發呆的柳若是聽聞聲響一驚，慌忙下床，是他嗎？是他嗎？可是待她看清來人時，驚詫不已。「瑤瑤？」

「娘。」葉如瑤低低應了聲，她背對著月光，柳若是有些看不清她的臉。

「妳怎麼從窗戶進來？他們也軟禁妳了嗎？」

「沒有。」

葉如瑤從窗外爬了進來，柳若是連忙上前去接她，怕她摔了。

葉如瑤進來後，轉過身關上窗。

柳若是拉著她的手坐在床邊，垂眸不語。

「娘。」葉如瑤主動抱住她，柳若是的腰身已經變得很纖細，瘦得纖不盈握。

「瑤瑤。」柳若是抱住她，摸著她的頭，哽咽道：「是娘害了妳。」

「娘，我也是王管家的孩子嗎？」葉如瑤聲音低低的。

柳若是心中一痛，既懊悔又羞愧。「妳……自然不是，妳是國公爺的女兒。」

葉如瑤沒有說話。

「孩子，娘對不起妳。」柳若是忍不住淚流。

「娘，您別哭了。」葉如瑤從懷中掏出帕子，輕輕擦了擦她的臉。

「好孩子，妳怪娘嗎？」柳若是抓著她的手。

葉如瑤垂眸，低聲哀戚道：「怪又如何？娘不是說過，哭是沒有辦法解決問題的嗎？要想辦法解決問題才是啊！」

「孩子，妳放心。」柳若是吸了吸鼻子。「娘已經寫信給妳大舅舅了，他一定會好好保護妳的。」她的同胞兄弟姊妹中都沒人生女兒，她大哥柳若榮只生了四個兒子，尤其疼愛瑤瑤這個親外甥女。

葉如瑤仰頭看她，聲音幽寂。「可是舅舅……離得太遠了啊！」

對上女兒的眼，柳若是怔了怔，她忽然覺得這個女兒很陌生，她的眼神……有一種說不出來的詭異，像是有什麼東西在眼睛裡面閃爍著。

「瑤瑤……」柳若是想伸手捧起她的臉確認，手卻捧了個空，她忽然覺得有些頭昏，眼前昏暗的場景搖搖欲墜。

「娘。」葉如瑤的聲音幽幽響起，彷彿離她很遠，又像是離她很近。「您怎麼就不能像柳姨娘那樣，帶著她的野種去死呢？」

柳若是心中猶如響起一道驚雷，她想驚呼出聲，卻發現嗓子像是堵住了，一點聲音都發不出來，想動一下，全身也是軟綿綿的，人就這麼無力地癱倒在床上。

葉如瑤用那為她擦眼淚的帕子捂住了她的口鼻，柳若是的意識漸漸渙散，她睜著眼，拚盡最後的力氣揪住葉如瑤的袖子，用力拉住她，喃喃道：「孩子，娘錯了，娘不應該讓妳嫁給二皇子。妳聽娘的話，嫁給長寒，嫁給他……找一個愛妳的人，嫁了……」

「娘，您知道嗎？」葉如瑤鬆開了捂住她口鼻的手。「我當初就是這樣，捂死了芝芝。」她話畢，掉下一顆眼淚，那眼淚正好落入柳若是漸漸閉起的眼眶中，柳若是的眼皮閉得有些遲緩，還來不及合上，她的眼淚就這麼打在她渙散的眼珠上，激起無數細碎的淚花。

「來不及了，我回不去了。」葉如瑤喃喃道：「妳和王英在這張床上做過的……所有污穢的事情……都要結束了。」

她像具扯線木偶般起身，走到雕花衣架前，取下一條金銀繡菟絲花絹絲披帛，用這披帛一圈一圈地纏住了娘親的脖子，漸漸收緊。

柳若是尚有些知覺，輕輕地抓了抓她的手，稍稍用了些力，但隨即鬆了開來……

天微亮時，有丫鬟敲了敲柳若是的房門。「夫人，該起了。」

今天是三小姐嫁去二皇子府的日子，大夫人特地准許七夫人相送，畢竟明日之後前往靜華庵靜修，母女倆可能再無相見機會。

可是丫鬟敲了許久的門，裡面還是毫無聲響，丫鬟們只好自行推開門走進去。

靈犀院裡，傳出了一聲尖叫，緊接著便是各種驚慌失措的哭喊聲，任誰也沒想到，曾經風華絕代的國公夫人，會在一個再平淡不過的早晨，香消玉殞。

天大亮時，一頂兩人抬的小轎從國公府的側門靜悄悄地抬了出去，轎中的葉如瑤身著粉色嫁衣，蓋頭下精心妝容過的臉冷豔無雙，烈火似的紅唇輕輕勾抹出一彎嘲諷的笑。

第四十章

二皇子府——

夜色已深，祝司慎姍姍來遲。

葉如瑤端坐在床邊，低垂著眼淺淺微笑，乖巧得如同一個瓷娃娃。

祝司慎輕輕抬起她的下巴，笑得有幾分邪魅。「真是個玉人，不愧是京城第一美人。」

葉如瑤彎唇一笑。「再美，只怕也比不過二皇子府裡的眾多美人。」

「這才過來，就開始吃醋了？」祝司慎俯下身，輕輕咬了一下她的耳垂，葉如瑤微微縮了縮身子。他抬起她的臉，吻住了她的唇，葉如瑤雙眉無法抑制地一皺，雙手緊緊抓住了袖子。祝司慎將她壓倒在床，兩三下便解開了她的衣裳。

他躺在她身旁，毫不遮掩地欣賞著她美麗的胴體，笑得略帶陰寒的目光在她身上來來回回梭巡著，他的手覆上她的柔軟輕輕揉搓，目光落在她美得懾人心魂的臉上，笑問道：「後悔嗎？」

葉如瑤扯出一抹笑。「不後悔。」她的手緊緊抓住身下的床單。

他手上力度加重。「我記得，妳以前很喜歡祝融。」

「二皇子不是都說了，是以前……」她的手鬆開了床單。

祝司慎笑。「妳真乖，笑得真美。不過，妳的眼睛告訴我，妳有些害怕，妳一點都不快樂。」

「那……二皇子不妨讓我快樂起來？」葉如瑤閉上眼，遮住眸中的恐懼，唇角彎起最美的弧度。

「哈哈哈……」祝司慎朗聲大笑，分開了她的雙腿。

夜深人靜，祝融一臉嚴肅地守候在皇帝寢殿外，等著聖上宣他入內。

今日是祝司慎納妾的吉日，亦是太子派系扳倒二皇子人馬的關鍵時刻，他和太子經過無數次沙盤推演，如今時機成熟，他連夜入宮求見聖上，成敗在此一舉。

不久前，太子親信段恒遇刺身亡，段恒本就是二皇子安插在太子身邊的眼線，他們假意信任段恒，製造他投靠太子的假象，讓二皇子懷疑其忠心，最後終於按捺不住殺了自己人。在祝融的設計下，二皇子一行動，便留下了一些欲蓋彌彰的證據，正好為他們所用。

再加上去年太子在臨淵寺受傷後，皇上就派人盯上段恒，段恒一死，皇上的人循線便查到了二皇子私藏兵器的地宮所在，雖然在坐實他謀逆大罪之前，祝司慎已壯士斷腕忍痛炸掉那一片山脈，山脈坍塌，地宮頓時成了廢墟，所有兵器盡皆毀滅，但這樣的布局已達到效果，皇上失去了對二皇子的信任，就只差今晚他再補上臨門一腳。

朝堂上太子與二皇子之爭已趨白熱化，雙方都不會再對彼此客氣了。

此時皇帝寢殿內，祝北歸躺在明黃的龍床上，臉色有些蒼白，看起來還有幾分疲倦。他揮揮手讓御醫先行退至一旁，示意讓等在外頭的祝融進來稟告要事。

宮中近來動盪不安，他萬萬沒有想到，自己寵愛多年的容德妃竟然為了替兒子謀奪皇位而收買他身邊的老太監給他下毒，還連傳位的聖旨都擬好了，只等著他駕鶴西歸後蓋上他的玉璽！

這一切罪證確鑿，可今日她還無悔悟之心，他暫且封鎖消息，將她軟禁於宮中，以免打草驚蛇。此事一出，連那私藏兵器的地宮屬於誰也證實了，原本還有傳言那地宮與太子有關，如今看來，那地宮確實是她的好兒子祝司慎所建；也是，皇后娘家向來節儉，這麼多兒子中，就只有容德妃娘家才有這麼大的財力，都怪他老糊塗了，才會聽了容德妃的枕邊風，懷疑到溫良恭順的太子身上。

「聖上。」祝融此時入內，恭敬道：「臣有事要奏。」

祝北歸勉強打起精神，太監們將他扶起，往他腰後墊了兩個軟枕，躺舒服了後，祝北歸才開口。「說。」

「臣要舉報二皇子驕奢淫逸、私德敗壞、禍害人民。」

祝北歸默了默，用大拇指按了按眉心。「可有證據？」

「臣人證、物證俱在。」祝融俯身道：「請聖上批准宣人證。」

祝北歸輕輕揮了揮手，表示同意。

沒一會兒，只見從殿外進來一位容貌秀美的少女，少女小心翼翼於殿前叩拜。

「妳是何人？」

少女五體投地，卑微地道：「回皇上的話，奴婢乃二皇子府上的美人盂。」

「什麼！咳咳……」祝北歸聞言有些激動，一下子連連咳嗽，一旁的御醫連忙上前為其撫背。

「回稟皇上，奴婢本是良家之女，靠採桑為生，一次偶然遇到了一位富人，富人覺得奴婢容貌尚可，硬是買下奴婢。而後的一年，奴婢一直在一個山莊裡與其他姊妹們學習服侍主子的規矩，他們說只要聽話好好學，一年之後可以為自己贖身離開山莊，可是等奴婢學會後才發現我們是要去服侍二皇子的。奴婢入二皇子府的前一日，他們為怕奴婢逃走，強行擄走了奴婢的家人，奴婢至今仍不知他們被關押在何處，我們每隔三月才能見上一面。在二皇子府裡服侍的所有人都是如此，還請皇上救救我們！」少女連連磕頭，而後又將二皇子府裡的所見所聞都說了出來，各種污穢之事、之物、之語，簡直不堪入耳。

祝北歸聽後，久久不能言語，每位皇子身邊他都安排了暗衛監視，若有出格之處，他都會第一時間得知；可是據他所知，老二府上除了侍妾們多一些，平日還算是個謙恭禮讓之人，若真如這少女所說，那只能說……他們母子倆都太膽大妄為了。

「聖上。」祝融拱手道：「臣不止一次接獲密報，指稱二皇子空有樸實虛名，實則奢靡放縱、殘暴不仁。近日臣已核實，二皇子府裡後院設有酒池肉林，常常一夜御數女，少則兩、三人，多則八、九人，府裡有名分者雖然只有八位夫人，實則後院納入美人無數。誠如此女所言，二皇子府上私養美人盂、肛狗多名，除了年老的婆子以外，丫鬟和婢女為了方便讓其寵幸，皆不著褻褲，實屬荒淫之極；另有關藍美人有孕受虐之事亦在在屬實，事發後藍美人不到一月便香消玉殞，此事亦有其他人證，聖上若有疑惑，亦可傳召入宮說明。

「不僅如此，臣亦聽聞，三年前大理有一位知名的采耳師，因年歲已大，本已收山傳業給徒弟，但二皇子聽聞其技藝高超，命人硬將其一家老小盡數『請』來京城，采耳師之徒兒見師父久久未歸，前陣子遠從大理前來尋人，因緣際會微臣方知此事，二皇子府上遭遇此等情形的廚子、藥師不計其數，請聖上明察！二皇子私德敗壞至此，如今又有謀逆之心，望聖上從嚴處置，以儆效尤！」

祝北歸聽得胸口起伏不定，怒火中燒，床內側的那隻手緊緊攥住了身下的床單，好不容易他才克制住自己的情緒，看向祝融，眸光凌厲。「你確定你所言屬實？」

祝融神情鄭重，掀起朝服跪下。「臣願以項上人頭擔保，所言屬實，絕無半字虛語。」

祝北歸收回威嚴的目光，沈聲道：「退下吧，朕自有主張。」

祝融叩首。「臣告退。」

他無須多言，皇上已心知肚明，至於如何處理，他們只能等待。

三天後，二皇子府被抄了家，二皇子當場被御林軍押入大理寺聽候問審。祝融直到夜深人靜的時候才回容王府，葉如濛已經準備睡了，他只與她說了一會兒話，便又出府了。葉如濛不知他去了何處，他一個晚上都沒有回來。

隔日一早天微微亮，葉如濛被他吻醒過來，祝融摸了摸她的鬢髮。

「吵醒妳了？」他有些克制不住，吻得重了些。

葉如濛揉了揉眼，他身上有一些水氣，顯然是剛沐浴完，她咕噥道：「你才回來呀？」

「嗯。」祝融五指插入她墨髮中，勾了一綹出來，用手指纏繞著，有些不捨地道：「我要上早朝了，很快就忙完了，忙完後我帶妳去郊外騎馬。」

「好啊！」葉如濛抬起手來捧著他的臉，她手指摸到了他的下巴，他下巴已長出一點微微的髭鬚，要很仔細摸才摸得出來。「你昨晚沒睡嗎？」

「瞇了一會兒。」祝融將頭埋入她髮間，嗅了一口她的味道，他總覺得她身上似有一股奶香，像一種小奶貓的味道，好聞得很。

葉如濛心疼地抱住他的頭，祝融乘機在她胸前輕薄一陣子。葉如濛知他心思，她癸水都淨了幾日，以他的性子是按捺不住的，可是他這幾日忙到不行，每次回來她都已經睡了，他也累，一沾床就睡了，第二天她還沒醒來他又走了，如此便錯過了幾日。

「濛濛……」祝融喚了一聲，帶著慾望，他不起這個念頭還好，一起渾身就難受。

葉如濛抱著他，小小聲問道：「你還有多久早朝？」

祝融聞言頓了頓，忽地眼睛亮了，二話不說直接覆到她身上，祝融抓緊時間，也不給她喘息的機會，連停頓一下都沒有，時間像是暫停了，可是又彷彿過得很快，葉如濛整個大腦嗡嗡作響，她只知道等他停下來的時候，兩人都是大汗淋漓，重重地喘著氣，但又覺得酣暢痛快。

祝融有些滿足了，他在她唇上落下一吻，拿薄被掩住了她衣裳半解的身子，立即起身穿衣。

「濛濛我走了，妳多睡一會兒！」祝融話未落音，身影就消失在屏風後，大步走出房門，他吐出一口濁氣，只覺得全身舒暢、神清氣爽。

在外等候了好一陣子的青時瞥了一眼，覺得爺這副抬頭挺胸的樣子，像足了一隻雄赳赳、氣昂昂的大公雞，咳咳。

室內，葉如濛躺在床上還有些頭昏腦脹，這傢伙，真有那麼心急嗎？他撞擊得厲害，她整個人一直往上移，他沈醉著，不知拉她往下挪些，她的頭就這麼一直頂著頭上的床板，當時還沒意識到，現在消停下來，只覺得頭頂都給撞麻了。

他走後，葉如濛沒一會兒便睡著了，原本只想再瞇一小會兒，沒想到一睡就睡了一個多時辰，待起來用過早膳後，時辰也不早了，她準備回娘家一趟，已經好些時日沒見到弟弟們，不知兩個小傢伙長成什麼模樣，還記不記得她？

回到娘家，葉如濛才發現爹娘這會兒不在府裡，他們一早就去了葉國公府，所幸兩個弟弟還留在家中，不然她可無聊了。

兩個小傢伙快五個月了，不愛躺著，老愛坐著，伯卿還坐不大穩，背得有靠的才行，仲君就不用人托著背，只要讓他坐起來了，他便能坐得很穩妥。

此次過來，葉如濛將滾滾也帶了過來，兩個小傢伙看見滾滾都好奇得緊，忍不住想要伸手去抓牠。滾滾身形碩大，站在他們跟前像隻巨獸，兩個小傢伙的小短手只能抓到牠那矯健的毛茸茸前腿。

葉如濛拍了拍滾滾的腦袋，牠聽話地趴下來。伯卿見到滾滾趴下，開心得坐都坐不穩了，奶娘一個沒注意他就直接倒在滾滾的背上。葉如濛看見他這憨狀可掬的模樣，忍不住笑了出來，示意奶娘別去扶他，讓他試著自個兒撐扶起來，可伯卿掙扎了一會兒，怎麼也爬不起來，乾脆賴在滾滾背上，反正躺著軟軟的也舒服。

他在滾滾背上磨蹭著，滾滾只歪過頭來看了他一眼，又繼續懶懶地趴在地上，如今天氣悶熱，牠有些沒精神。

伯卿趴在牠背上，轉了轉腦袋，抬起小短手便揪住牠的耳朵，滾滾的耳朵被他提了起來，坐在牠面前的仲君看見了，忽然格格直笑，笑得露出粉粉的牙床來，他伸出胖乎乎的小手摳住滾滾的嘴巴，將牠薄薄的嘴皮子直往外扯，都露出鋒利的牙齒來了。

滾滾有些不開心了，動動身子想站起來，可是伯卿靠在牠背上，牠一動伯卿便有些趴不穩了。滾滾轉頭一看，又不敢動了，葉如濛連忙扶著伯卿坐好，在滾滾頭上摸了摸，示意牠安靜些。

滾滾有些沒好氣，認命地趴在地上，任幾隻胖乎乎的小手對牠毫不憐惜地扯來抓去。

「小姐，小心些。」一旁的奶娘見仲君的手一直在扯滾滾的嘴皮子，將牠嘴都扯歪了，不免有些擔憂，忍不住提醒。

「沒事。」葉如濛笑著摸了摸滾滾的頭，將自己的手指伸進滾滾口中，笑著對牠道：「滾滾，咬，咬。」

滾滾抬了抬頭，對上她滿是笑意的眼，只輕輕閉了閉嘴，卻沒用力咬下去，牠一臉乖順地看著葉如濛，眸色溫柔得很。

葉如濛笑，寵愛地揉了揉牠的腦袋，滾滾瞇起眼一臉享受，由著兩個小傢伙蹂躪牠了。到了後面，葉如濛乾脆和紫衣與伯卿和仲君兩人放到滾滾背上，讓他們騎著，只是騎沒一會兒，伯卿便被折騰得吐奶，奶娘連忙抱了過去。葉如濛見狀，也將仲君抱下來，滾滾得到自由，不肯再待在屋裡了，乾脆跑出去。

葉如濛繼續帶著兩個小傢伙在屋內玩耍，就在這時，門外來了丫鬟，說是她六叔、六嬸過來了。

葉長傾進來後，看見葉如濛，微微吃了一驚，但很快又笑道：「濛濛過來了啊！」

葉如濛甜甜一笑，喚了一聲「六叔」。

忘憂也跟了進去，看見她後倒是有幾分客氣，福了福身。「妾身給王妃請安。」

葉如濛笑。「六嬸不必多禮，請坐。」

兩人入座後，葉長傾道：「剛剛大哥派人傳消息回來，讓我們把伯卿、仲君帶過去國公府，他們可能沒那麼快回來。」

葉如濛點了點頭，關心問道：「國公府那邊如何了？」

葉長傾低下頭，嘆了口氣。「還不是那樣。」

葉如濛皺了皺眉，沒有說話。

忘憂提議道：「我們還是先過去吧，都快到午時了。」她又問：「王妃要和我們一起過去嗎？」

葉如濛想了想，點點頭。

忘憂微笑。「那好，我們現在就走吧！」她說著起身，從奶娘懷中接過了伯卿，可是一接過，伯卿卻哭得厲害，手腳亂動著。

葉如濛連忙上前去接了過來，柔聲哄道：「怎麼啦？六嬸抱還哭呀？」

忘憂笑道：「估計是餓了。」她又看向另一個奶娘懷中的葉仲君，奶娘想也不想便遞給了她。這葉仲君倒是乖巧，到她懷中，只眨著一雙黑葡萄似的大眼睛看著她。

一行人出了垂花門後，忘憂對葉如濛道：「卿卿有些沈，王妃累的話可以給夫君抱，卿卿向來很喜歡夫君。」

葉如濛還沒答話，葉長傾便朝她伸出手來。

葉如濛笑，沒有多想，直接將葉伯卿遞了過去，可是葉長傾一接過去，他又開始哭個不停，沒辦法，葉如濛只能自己抱，換了一手。

葉長傾悻悻地收回手，面色有些不對勁。

葉如濛沒有注意到他的臉色，只是看了看身後，發現滾滾還沒跟來，問道：「滾滾呢？」

紫衣等人連忙喚了幾聲，一會兒後，滾滾才從遠處跑過來；可是過來之後，卻是圍在忘憂身邊，幾次站起來，似乎想要從她懷中抱過葉仲君。

忘憂懷中的葉仲君聽到滾滾的叫聲，頭歪了歪，可是卻看不到牠，天真地含著手指，又好奇地看著忘憂。

滾滾一直朝她撲來，忘憂連連躲閃了好幾次，可滾滾還是纏著她，葉如濛以為牠想找仲君玩，連忙喚了牠一聲，牠這才停下來，可是又忽然朝忘憂叫了兩聲，葉如濛見牠這般無禮，提高嗓音喝了牠一聲，有些凶，滾滾聽得出來她有些生氣，耷拉著腦袋，垂頭喪氣地走到她身後。

忘憂搖頭笑了笑，並不介意。「我先上馬車。」

這會兒眾人已經出了影壁，朝車馬院走去。葉如濛也抱著伯卿跟了上去，滾滾緊緊跟在她身後，有些迷茫地搖著尾巴。

滾滾今日有些反常，紫衣不由得多留了個心眼，她看著忘憂離去的背影，總覺得今日姊姊的言行舉止和平日微微有些不同，但是哪裡不同她又說不上來。

昨日暗衛回報，說依依仍在京城逗留不走，還捎了信給姊夫要求一見，姊姊的意思是無妨，大夥兒仍做無事樣就好，昨夜她與姊姊閒聊並無異樣，不像現在有種客氣的疏離感。

想想有些不放心，她回頭交代藍衣留在府裡以防有變，順道帶人去六爺的院裡巡一巡。

紫衣放慢了腳步，將目光移到葉長傾身上。葉長傾剛跨入車馬院，紫衣便晃到他身後，開口問道：「六爺，聽說依依回來了？」

葉長傾聞言一怔，頓住腳步轉過頭來，朝她點了點頭。

「她怎麼說？」紫衣不動聲色地盯著他。

葉長傾頗無奈地搖了搖頭，嘆道：「她現在日子很不好過，不過妳放心，我是不會讓她再回來的。」他說著轉頭看向已經上了馬車的忘憂，似有些擔憂，低聲道：「此事莫再提，我會處理的。」他說完，便朝馬車走了過去。

紫衣直覺有些不對勁，壓低聲音向身邊送行的丫鬟打探道：「早上六爺回來時可有什麼異樣？」

「異樣？」丫鬟想了想，搖頭道：「沒什麼呀，就是帶了一口漂亮的畫缸回來，好像還挺高興的。」葉長傾和葉長風一樣，向來喜歡收集這些文房用具，如今帶了一口裝字畫的畫缸回來，也是稀鬆平常的事；可是紫衣聽了，不過尋思了一會兒，便臉色大變，猛地看向他們的馬車！

此時車馬院的大門已經打開，第一輛馬車的車伕已坐在前頭駕車，馬車緩緩前進。紫衣施起輕功追上，高聲朝車伕喊道：「停下！」

車伕驚覺，可尚未回頭，車上的葉長傾突然冒了出來，一腳踢飛他，迅速駕起馬車飛快地往前奔。

葉如濛這邊才剛上馬車，聽到紫衣的喝聲連忙探出頭來，卻見前面那輛馬車像是失控般地一路往前衝，她吃了一驚，未待她反應過來，懷中的葉伯卿哇哇大哭起來，後頭的藍衣領著一小群侍衛連忙護著他們回到府裡。

另一隊侍衛們趕緊策馬急追，馬車在大路上狂奔，車內的忘憂迅速丟出幾顆痲雷子，痲雷子一打到地上便炸開，一時間霹靂聲響、煙霧瀰漫，後頭侍衛的馬兒辨不清方向，紛紛揚蹄嘶鳴、亂成一團，待煙霧散盡，前方的馬車已駛出一段距離。

幸好，容王府的暗衛們接續策馬追上，眼看著即將趕上，駕車的葉長傾突然棄車而逃，忘憂也從後方跳出車廂，回頭往來時路跑，兩人從不同方向逃走，暗衛大呼不好，立即分成三批人馬，一批去追葉長傾，一批追上探查馬車內的情形，還有一批則去追忘憂。

負責追馬車的那批暗衛探查車廂內部，確定馬車上已空無一人，僅剩葉仲君的一只小襪子；而另一批沿來路往回追的暗衛，只在忘憂跳車的地方尋到了些蛛絲馬跡，可是最後也沒找到人。

只有葉長傾很快被擒了回來，直接押至葉府大廳，紫衣手探到他耳後，一下子就撕開他臉上的人皮面具。

葉如濛第一個衝過來，著急問道：「我弟弟呢？你們把我弟弟帶到哪去了？」她激動得雙手顫抖，方才紫衣跟她說明了情況，這個人不是六叔，他是二皇子的人，而方才那個忘憂也是冒牌貨，他們易容成六叔、六嬸，目的就是擄走她的弟弟！

眼前這名暗衛長得一張平淡無奇的臉，面對葉如濛慌亂的神色，他的臉上沒有一絲表情，冷靜地提出自己的要求。「我有話要和容王爺說。」

「你先告訴我我弟弟在哪！」葉如濛激動吼道。

暗衛沒有說話，依然面無表情。

「你說不說！」藍衣將葉如濛往後一拉，迅速抽出腰間的軟劍架在他的脖子上。

可是他連眼都沒眨一下，冷靜地道：「我若死了，你們就再也見不到葉仲君了。」

葉如濛一聽這話，眼淚一下子就流出來，忍不住掩面走開。

「你！」藍衣氣極，劍更往前一分，立見血痕。

「藍衣！留下他的命。」這時，倚在椅上的忘憂終於開口，她中了軟骨香，這會兒四肢還是軟的。

方才藍衣帶人到葉長傾的小院仔細搜查，在房裡發現了受傷昏迷的忘憂。原來今早葉長傾一回府，忘憂就發覺他是假的，但還未來得及有所防範，他帶回來的畫缸裡藏了個身骨極軟的女子突起發難，她一下子躲避不及，中了軟骨香，身子不受控制，當場軟綿綿地倒下，待她醒來，府裡已出事！

此刻除了寶寶的安危外，她很擔心一夜未歸的葉長傾會遭到不測。

府裡的丫鬟、小廝大多都有武藝在身，除了葉長風從舊宅子帶過來的人之外，像桂嬤嬤、福嬸、香南、香北這些不懂武功的，平日出府採買或是探親，暗衛都會隨行保護，奴僕尚且如此，暗衛們對主子的保護更是滴水不漏，獨獨葉長傾是他們保護最鬆的。

因為葉長傾行走江湖多年，本就有一些功夫防身，平日又瀟灑慣了，出門不愛帶小廝、侍衛，也就只有一名暗衛在探查依依行蹤時注意到葉長傾進入了依依的小屋裡，但一會兒就出來了，卻沒承想，這麼短的時間、這麼大的人已經被掉包了，沒想到他們手腳那麼快，顯然一切都是事先計劃好的。

她又恨又氣，恨葉長傾識人不清，也氣自己沒有明確告訴他依依的身分，為了不想他涉入過多政爭，她不說，他便一直將依依當成救命恩人的女兒看待，以致對她少有防備。

忘憂在自己的手上扎了兩針後，才慢慢地恢復些氣力，冷著臉問那假冒葉長傾的暗衛。

「葉長傾人呢？」她就希望、只希望依依對葉長傾是有著情意的，千萬不要……不要殺了他。

那暗衛仍是面無表情。「不知道。」

「你們……殺了他嗎？」忘憂問出這話時，尾音不禁帶著些顫抖。

「不知道。」

「你什麼都不知道！」藍衣威逼道：「信不信我們把你送進大理寺，讓你嚐嚐那兒的酷刑！」

那暗衛看了她一眼。「我只在他暈倒時見過他一面，之後他人在哪、是生是死，我真不知道。」

藍衣咬牙，真恨不得一刀剁了他，可是她們都知道，他不過是二皇子派來傳話的人，此刻她們就算殺了他也無濟於事。

葉如濛這會兒已經忍不住哭吼出來。「我弟弟呢？你們快把我弟弟還回來！」

暗衛冷道：「只要容王爺能與主子達成共識，我們便不會傷他一根寒毛。」

「二皇子究竟要容王爺做什麼？」葉如濛連忙擦乾眼淚。

「我要見到容王爺才能說。容王爺什麼時候來？」暗衛話剛落音，門外便傳來了一聲葉如濛熟悉的呼喚——

「濛濛！」

葉如濛連忙轉過頭，可還未看清來人便被擁入了懷中，祝融緊緊抱著她，低聲道：「濛濛，我來了，妳別害怕。」

他一得到消息立刻就趕來了，雖然先前早料到二皇子面臨失勢，極可能劍走偏鋒做出什麼玉石俱焚之事，已吩咐府內外多加戒備，還把墨辰留在府裡保護，卻沒想到二皇子的人馬會從葉家這兒尋到可乘之機。

葉如濛剛收起的眼淚在這一剎那決堤，緊緊抱住他，趴在他懷中悶聲痛哭，只是哭了一會兒，又連忙鬆開他，淚眼汪汪地看向那個暗衛。「現在他來了，你快說出我弟弟在哪兒？」

祝融一手抱住她，另一隻手拿著帕子輕輕地擦著她的眼淚，他動作輕柔，可是看向暗衛的眼神卻是十分冷酷。「他怎麼說？」

那暗衛左右看了看。「主人交代的事，只能讓王爺一人知曉。」

祝融垂了垂眼眸，鬆開葉如濛，親手幫暗衛鬆綁，押著他走入側廳。

一小炷香後，祝融和暗衛一起走出來，那暗衛走在祝融前方，一到大廳，暗衛又被侍衛們架住等待發落。

葉如濛連忙往祝融身邊跑去。「容，怎麼樣？」

祝融還沒答話，此時門外又有幾個人進來，是葉長風和林氏趕回來了。

見母親紅著眼眶，葉如濛連忙與她緊緊相擁。林氏啜泣道：「這是怎麼回事？君君怎麼會被帶走？」

紫衣上前簡單和他們說了事情的來龍去脈，林氏聽得腿都軟了，葉長風連忙抱住她，看向祝融問道：「可是二皇子現在不是被關押在大理寺中嗎，他到底要做什麼？」

祝融微微蹙眉。「此事我會處理，我向兩位保證，我一定會將小舅子平安帶回來。」

葉長風眉皺成川字，神情凝重。「你現在要去見他們？」

「是。」

葉長風沈默片刻，唇張了張，卻不知說什麼好，最後只嘆了口氣道：「小心些。」

祝融頷首，用眼神示意人備馬，而後看向妻子。

葉如濛擔憂得緊，將他拉到一邊壓低聲音問道：「剛剛他和你說什麼了？你要去哪裡？做什麼？危不危險？」

「濛濛，不用擔心，我只是去和他們談一些事情，談妥了就可以將仲君帶回來。」他的聲音沈著而冷靜，葉如濛情緒也漸漸平緩下來。

「對不起。」祝融忽然道，葉如濛一怔，他繼續道：「此事因我而起，我沒有保護好妳的家人，我答應妳，一定會將仲君帶回來。」

葉如濛看著他，搖了搖頭。「不要這麼說，我們是一家人。」她抓起他的手。「你和君對我來說一樣重要，我們是一家人。」

祝融微微一笑，伸出手摸了摸她的頭。「我走了。」

他手一揮，侍衛們放下架著暗衛的刀，暗衛依舊面無表情，只拱手為禮，對祝融說道：「王爺，請讓小的為您帶路。」語畢，便一路走出大廳。

祝融大步隨著暗衛離去，看著他離去的背影，葉如濛忽覺有些心神不寧，連忙小跑幾步朝他喊道：「你也一定要平安回來！」

祝融回頭看著她，點了點頭，隨即跟著那名暗衛上馬離開。

半個時辰後，祝融來到一處僻靜的山莊，山莊外表看來樸實無華，但裡頭卻有重重防衛，墨辰和一眾暗衛暗中跟到門口便被擋住，無法再前進一步。

祝融下馬步行，一踏入山莊，就有另一個人前來將他引進大堂，只見大堂中央站著一灰髮錦衣男子，男子背對著他，雙手負在身後。

待祝融上前，他才不疾不徐地轉過身。

一見到他的真面目，祝融略顯驚詫，此人竟是祝司慎的外祖父李向晚，他曾在宮中見過數次。李家世代經商、家財萬貫，今年已逾花甲的李向晚身形壯碩，平日雖然行事低調，但身上卻無法避免地流露出商賈之人的勢利氣息。

祝融眸光一動，他記得前世這李向晚是在今年冬天去世的，難怪他們與祝司慎爭得你死我活時也不見他出現；若是前世他出現了，今世說不定他還能留個心眼。

祝融微斂雙目。「國丈大人，別來無恙。」

李向晚也不與他虛與委蛇，直接開門見山道：「方才宮中傳來消息，聖上欲將娘娘打入冷宮，二皇子鎖入皇陵。」

「那又如何？」祝融反問：「這一切豈不是罪有應得？」

李向晚冷笑一聲。「我女兒不是那麼急躁的人，她怎麼可能會偽造傳位聖旨？」

「我只知道，娘娘給聖上下毒是真，收買聖上身邊的人也不假。」祝融如實道。

李向晚盯著他，過了好一會兒才問道：「同樣是你堂兄，你為何這般偏心於太子？」

「道不同，不相為謀。」

「呵，我就這麼一個嫡女和外孫，我不會眼睜睜看著他們出事。」

「國丈大人想如何？」

「我要你把娘娘和二皇子救出來，讓我帶他們離開。」他女兒自小含著金湯匙出生，哪裡受得了冷宮的悽苦？而且那種地方，一旦進去便出不來了；還有外孫，聖上既已知道他有心皇位，就絕不可能讓他活著離開皇陵，他不能眼睜睜看著女兒和外孫落得如此下場！

祝融笑諷道：「國丈大人說得還真客氣，普天之下，莫非王土，國丈大人想帶他們往哪去？」

「這就不須容王爺操心了，容王爺該操心的，應該是你的小舅子現在在哪裡吧？請放心，你的小舅子我已請了奶娘照看，定不會讓他受一分委屈。」李向晚上前一步。「怎麼樣？現在娘娘和二皇子關押在不同地方，你要暗中帶出這兩人，應當不難。」

「暗中？」祝融眼眸一轉，猜到了一二。

「是，我已準備好兩個替身，只要容王爺願意幫忙，一切不是問題。」如今整個大元朝中只有祝融才有能力做到這件事，將他們兩人從宮中和大理寺神不知、鬼不覺地帶出來。李向晚一個眼神示意，身邊的手下搬出兩箱金元寶放在祝融面前。

祝融沈默不語，此事他確實做得到，可是卻不能做，若敢在皇上眼皮子底下做出這等移花接木之事，一旦被發現，皇上對容王府多年來的信任便會自此土崩瓦解，日後也會對容王府生出忌憚；他的權力是皇帝給的，皇帝自然也可以收回，退一步說，皇上與他先父手足情深，就如同他與祝司恪，他不能辜負皇上對容王府的信任。

祝融假意陷入思索。「容我考慮考慮。」

李向晚以為他動搖了，試圖再說服道：「只要你同意，該怎麼做、餘下的後路，我都會安排好，只要你進去把人帶出來就好了。」

「我想知道，你的計畫是如何安排的？」

李向晚耐住性子說明。「我安排的替身會留在裡頭一段時間以掩人耳目，外界只知道娘娘入冷宮後不久即染急症身亡，而殿下在皇陵中意外因火毀容，此後性情大變……總之，不會讓皇上起一絲疑心，你也不致惹上任何麻煩。」

祝融沈思了一會兒，最後不得已，只好點頭道：「好吧，我答應你；不過，我要先見仲君一面，以確保他安然無恙。」

「這……」李向晚聞言，卻有些猶疑了，他聽聞容王爺武功高深莫測，倘若他當場搶人，那該如何是好？

祝融聽出他的遲疑，笑道：「莫不是國丈以為我一個人能從你們這銅牆鐵壁般的地方搶走一個幼兒？我是長了翅膀不成？」

李向晚思慮片刻，這才點點頭，吩咐下去，把寶寶抱上來。

一會兒後，門外湧進大批侍衛，將祝融圍了起來，每個人的手都按在腰間的劍柄上，一副蓄勢待發的模樣。祝融一臉無所謂，毫不介意。

葉仲君被侍衛抱上來時，正閉著眼睛乖乖地躺在襁褓中。

祝融眉頭一皺。「他怎麼了？」

「王爺放心。」侍衛答道：「睡著了而已。」

祝融皺眉，似有些懷疑。「抱過來我看一下。」

侍衛遲疑地看向主人，徵詢他的意見。

祝融面容嚴肅。「誰知道你們是不是給他吃了迷藥，他才睡得這麼香？而且……」祝融看向李向晚，意有所指道：「聽聞交趾國皇族易容術極佳，我又怎麼知道，你們不是早已殺了我的小舅子，隨便找個小娃兒給我看？」

李向晚聞言，突然臉色大變。「你說什麼？」

祝融一語道破。「如果我猜得沒錯，想必國丈大人是想將娘娘及二皇子帶去交趾吧？」

李向晚唇張了張，心中震驚，一時竟不知如何言語。

他的妻子來自交趾，這是他們李家最大的秘密！大元朝與交趾國百年來戰火頻頻，直到數十年前才停止戰爭，兩國百姓至今仍互相仇視。容德妃身為大元朝的四妃之一，生母是交趾人的秘密萬不可外傳，因此所有與他妻子身分相關的證據早在多年前就被他們處理乾淨了，倘若這次能順利救回女兒及孫子，他的確計劃一路往交趾前進，就算皇上事後發現人逃走了，也不可能來要人，因為一旦元兵進入交趾境內，便極有可能挑起戰爭。只是這個攸關血統的秘密，容王爺又如何會得知？那個時候他甚至還沒出生，李向晚心中不由得對祝融生起了幾分畏懼。

「如何？」祝融催促道：「我只要查驗一下，仲君有沒有問題即可。」

李向晚看了看周圍的侍衛，心想任他武藝再高超，如今他懷中還抱著一個嬰兒，想從重重護衛中順利逃出去恐怕沒那麼容易。這麼一想，他便點頭同意了。

侍衛將葉仲君遞給他，祝融接過來後，小傢伙才醒了過來，睜著黑葡萄似的大眼睛望著他，忽地格格直笑，伸出胖乎乎的小短手。

祝融心中覺得好笑，這小傢伙真的是一點都不怕生，被人綁走了還能睡得這麼香。祝融小心翼翼地將他放在桌上，解開他的襁褓將他全身上下仔仔細細檢查了一遍，葉仲君乖乖地含著大拇指，偶爾嘴巴吐一下泡泡，祝融的手在摸過寶寶脖子後面時，輕輕地揉了一下，葉仲君便沈沈睡了過去。

李向晚等得心中忐忑，不斷催促道：「好了吧？」

祝融這才停下來，給寶寶繫好襁褓，抱起來正欲遞給侍衛時，忽然抬頭看向屋樑，沈聲喚道：「墨辰！」

堂上所有侍衛都盯著祝融，心神原是緊繃許久，猛地聽到墨辰的名字皆大吃一驚，立即後退一步，迅速抽出腰間配劍，齊齊看向上方。身為侍衛，誰沒聽到墨辰的名號？那墨辰出劍極快，若是遲上一瞬，只怕他們就身首異處了。

祝融乘機往地上扔了一顆霹靂散，霹靂散炸開來，瞬間煙霧瀰漫。剛剛進來時，他早已將出入口的位置牢記於心，此時直接施展輕功，攻擊了幾個擋路的侍衛，從煙霧中奔了出去。

侍衛們下意識地往門口衝去，誰知衝出去重見天日後，卻發現祝融從另一邊的窗子闖了出來，一下便躍上屋脊，又迅速往空中彈射了一枚煙花做信號。

侍衛們遲了一步，連忙拚全力追上，祝融迅速往身後連打幾枚迷魂彈，有侍衛追得急不慎吸入，動作便遲緩下來。待祝融逃到後山時，只剩下三、五個侍衛還緊緊跟著，眼見著他們即將追上，祝融迅速取下自己的腰帶，將懷中的葉仲君牢牢綁在自己胸前，雖然懷中有個小娃娃，心中始終有顧忌，武功招式都受了限制，但騰出雙手應戰還是比單手好使得多了。

祝融邊打邊退，盼望能撐到墨辰他們趕到支援。果然，不遠處傳來打鬥聲，不過一瞬間的分神，空中突然橫來一劍，祝融怕傷及懷中的葉仲君，硬是轉過身，臂上受了這一劍。

這一劍讓祝融吃疼，手都有些顫抖了，他用力施起輕功，想前往墨辰那邊會合，卻沒承想這片後山地勢奇特得緊，他才施起輕功便發現眼前這巨石的背後竟沒有落腳點，而是懸空的！巨石與後頭另一邊的山石中間並不相連，如今在空中低頭一看，腳下竟是一條不過僅數尺寬卻深不見底的縫隙懸崖！

祝融瞬間便出了一身冷汗，沒有落腳處，他腳底一空，整個人直往下墜，所幸這懸崖較窄，他迅速拉開一個劈叉，前後腳尖撐在崖壁上，好不容易才穩住。
崖上，墨辰等人不負期望地及時趕來，很快便制伏了那幾名侍衛。祝融鬆了一口氣，足尖一用力便想飛身而上，沒承想，他腰後繫襁褓的腰帶先前被劍氣劃到，他猛然這麼一起，腰帶「嗤」的一聲斷了！祝融驚覺懷中一空，連忙伸手去抓，可是指尖只觸碰到襁褓一角，寶寶連著襁褓掉了下去。
祝融反應極快，立即就鬆腳跟著往下衝。
墨辰站在崖邊一望，便見祝融在空中抓住了娃兒，隨後兩人迅速落下。墨辰心驚，立即持劍跳了下去，一邊使出手中的配劍砍在崖壁上以減緩下墜的速度，利劍與崖壁急劇磨擦，發出刺耳的聲音，劍尖劃出一道閃著火光的劍痕；等他再向下看時，祝融已經消失在他的視線中，他估算不出底下有多深，連忙雙手緊握劍柄將劍用力插入崖壁中，同時抬起雙腳踩在崖壁上。
等他終於在空中停下時，一雙薄地快靴靴底已經磨破，持劍的手掌也震裂了，鮮血直流。他重重喘著氣，望向崖下，只見崖底雲煙籠罩，白霧茫茫。
他在空中堅持了一會兒，崖上便有暗衛陸續順著繩索攀下來，一個暗衛將他接了上去，其餘的繼續往下降落，搜尋祝融身影。
墨辰上去後，便見青時抿著唇站在崖邊，急切問道：「底下如何？」
墨辰搖了搖頭。「深不見底。」他用手腕撐在地上坐下來，他的腳底火辣辣地疼，已經站不住了，手掌也全是血。

青時皺眉，神色凝重地望著深不可測的崖底，繩子不夠長，崖上的暗衛們已開始將下去的暗衛往回拉了。

墨辰迅速將手腳的傷口捆紮好，起身冷靜道：「去崖底。」

祝融的劍在半崖時就已經斷了，他將葉仲君緊緊裹在懷中，整個人快速地往下墜落。

此時正是午後，林間的小鹿正在樹下小憩，忽而頭頂傳來些許聲響，牠警覺地豎起耳朵，抬起頭一看，只見一個黑影從空中落下，砸斷了幾根新生的樹幹，掉在樹下交織成網的藤蔓中，藤蔓一時間承受不住這巨大的衝擊力，斷裂開來，重重地砸到藤蔓下深綠的草地上。

如今正是盛夏，草木生長濃密，加上這塊地地勢較低，土地也較為濕軟，足夠緩衝祝融掉下來的力道。

小鹿呆愣了一瞬，抬起輕靈的蹄子迅速跑開，過了好一會兒，牠聽這邊仍是無聲無息，又好奇地跑了回來，怯怯地來到黑影掉落的地方，只見一個身穿黑衣的人一動不動地躺在草地上，像是死了，他的懷中緊緊抱著一個什麼東西。

忽地，這東西動了一下，緊接著便發出牠從未聽過的可怕聲響來，小鹿嚇了一大跳，慌忙跑開，一跑就跑得老遠，不敢再回來了。

葉府，當葉如濛得知祝融和寶寶同時落崖失蹤的消息時，和林氏齊齊暈死過去。

醒來之後，她在床上發了好一會兒呆，小心翼翼地問在床邊守著神情肅穆的紫衣。「容呢？」她一定是作了惡夢，這個惡夢就要醒了，她如此安慰自己。

紫衣低著頭，沈重地道：「王妃，王爺墜崖了。」

就像是有塊大石頭重重地砸在她身上，葉如濛全身顫抖著，眼睛又痠痛起來，眼淚一下子就模糊了她的視線。

「王妃，青時和墨辰他們已經去找了，崖底地勢複雜，暫時還找不到墜落位置，現在暗衛們已從崖上下去探查情況。」紫衣聲音有些沒底氣。「不會有事的，王爺和小少爺吉人天相。」

葉如濛躺在床上屈起膝來，緊緊地捂住臉，悶聲痛哭。

紫衣在床邊坐下，輕輕擁住她，手安撫地拍著她的背勸慰道：「王妃，王爺不會出事的，您要相信王爺。」可是，這話說出來她自己也不信，畢竟從那麼高的地方掉下去，只怕是凶多吉少了。

葉如濛忽地啜泣了一聲，猛然吸了口氣，抬起臉來定定地看著紫衣，紫衣被她看得一愣，葉如濛迅速抓起袖子擦掉臉上的眼淚，急急忙忙下床，穿了鞋子就往門口跑去。

「王妃您要去哪？」紫衣連忙追了上去。

「我要去找他們，帶滾滾一起去！」葉如濛說話間已經跑出房門，她這輩子沒有做過這麼果斷而快速的決定，就像是下意識的反應——她要去找他！

她跑得極快，眼睫上的淚珠都被風倒吹入眼了，風吹乾了她的眼淚。她堅信，她一定會找到他的，他以前靠滾滾找到了她，現在滾滾長大、變得更厲害了，也和他們朝夕相處這麼久，相信滾滾也一定能帶著她找到容和她的弟弟！

葉如濛堅定自己的信念，不管是死是活，她都要找到他們！

第四十一章

祝融是被葉仲君的哭聲吵醒的，迷糊中只覺被吵得異常心煩，可是一睜開眼，意識到是葉仲君在哭時猛地心神一振，整個人都精神起來。

他欲撐坐起身，卻發現左臂怎麼也使不上力，全身疼痛難忍。他咬牙用右臂撐著，耷拉著左臂起身，見葉仲君爬到了他腳邊，襁褓只剩下一半，連聲音也哭得沙啞了，他強忍住全身的疼痛，用還有知覺的右手去察看他的情況。

察看完後，他總算鬆了口氣，小傢伙好好的，沒有皮外傷，他摸了下骨頭，手骨、腳骨也沒斷，他連忙將他抱起來，低低哄了幾聲。

葉仲君哭了半日早已哭累了，這會兒被他抱起來，很快便在他懷中睡著了。

待娃兒睡熟過去後，祝融將他輕輕放在一旁，見他滿臉淚痕，於是抓起袖子有些笨拙地擦了擦他的眼淚。

他摸了一下自己的左肩，肩膀是脫臼了，祝融咬牙，右掌用力接起骨頭，一下子痛得全身直冒冷汗；他右肩膀也疼痛得緊，剛剛猛地一用力，劍傷又溢出血來，他將自己被劃爛的外衣下襬撕成條狀，簡單包紮了一下傷口。如今全身沒有一處地方是不疼痛的，已經感受不出哪裡受了傷，而且他掉下來時被樹枝劃傷，整個身子血跡斑斑，只能用眼和手仔細摸索著。

小傷不計，他的右腳踝也扭傷了，艱難地脫下靴子後，才發現已經腫得相當厲害，他忍著疼痛摸了幾次也摸不到骨，好不容易摸到後，卻接不起來，他位置不對，接了幾次都沒接對地方，疼得全身大汗淋漓。

猶豫了片刻，他將撕下來的布條捲成一卷，塞到口中咬住，調整了幾次呼吸，手掌猛地一用力，「咯嚓」一聲，腳踝終於接好了，卻是疼得他熱淚盈眶，他足足緩了好一會兒才緩過勁來。

他抬頭看了看天，這個時辰不早了，頭頂密密麻麻的藤蔓已經讓他砸出一個大洞，透著外面不甚明亮的光，就快要天黑了，加上這個地方有些隱蔽，恐怕墨辰他們不大好找，他要盡快出去外面找個顯眼的地方才行。

他坐在地上看了一下，摸到了一根粗細適當的樹枝，這樹枝折口新鮮，還帶著血，顯然是他掉下來時砸斷的，看到折斷的地方，祝融只覺得自己背上的傷口陣陣發疼，祝融皺了皺眉，將多餘的枝葉清除，準備當成枴杖來用。

他的左手剛接完骨沒什麼力氣，右肩又有傷口拉扯，要抱葉仲君實在是有些艱難，祝融思慮了一瞬，扯下自己已破爛不成形的外衣，將葉仲君綁在自己胸前，有了前車之鑑，他來來回回地將葉仲君和自己捆綁得嚴嚴實實的。

捆綁結實後，祝融忍不住皺了皺眉，現在他都有心理陰影了，今日這娃兒從他懷中掉下那一瞬，他膽子幾乎都要嚇破了，要是葉仲君因他的失誤而喪命，只怕他以後都無法原諒自己。

祝融有些恍神，他們墜崖的消息不曉得濛濛知道了沒有，若是濛濛得知，肯定會很擔心，而且她膽子那麼小，一定嚇壞了，不知要哭掉多少眼淚。想到這，他有些心急，他要快點聯絡上墨辰他們才行。

祝融拄著枴杖起身後，下意識地騰出右手托在葉仲君的屁股上，這回可別再掉了。只是他一走動，葉仲君便醒了，開始哭了起來，或許是祝融捆得太緊他有些難受，葉仲君小手、小腳掙扎個不停，小手從襁褓裡伸了出來，直摳著祝融肩上的傷口。

祝融疼得皺了皺眉，瞪著他，小傢伙停止哭泣，可是一雙眼睛哭得紅通通的，一臉委屈地望著他。

這雙眼睛滴溜溜的，比濛濛的還要圓上許多，不知為何，他彷彿看到了小時候的濛濛，濛濛小時候應該也是這麼可愛的吧？祝融一下子就心軟了，低聲哄著。「別哭了，別哭了。」他沒哄過這麼小的孩子，來來回回只有兩句話：別哭了，不哭了。

他一哄葉仲君反而哭得厲害，委屈地趴在他胸前，淚水都打濕了祝融的衣襟。

祝融有些愁了，這葉仲君身上又沒外傷，難道是掉下來後受了內傷傷到五臟六腑不成？可哭聲這麼嘹亮，不像是震到肺腑啊，還是餓了、渴了？餓了、渴了的話他倒能想想辦法，這麼小的孩子只能吃奶，他可以找找附近有沒有什麼動物的痕跡。

祝融正欲起步探查，忽地感覺懷中一熱，緊接著，一股溫熱的暖流順著他的中衣蔓延至他小腹。祝融全身僵硬，像是被人點了穴一般，一動不動。

就在這個時候，他手心托著的圓滾滾小屁股發出一連串的震動，同時響起了炮彈似的聲響。「噗噗……噗噗噗噗……」

原本還在哭的葉仲君忽地聽到這一連串的放屁聲，嚇得手腳亂顫，止住了哭，懵懵地看著祝融，一雙無辜的大眼睛彷彿在問他——這是什麼聲音？

可是祝融比他還懵，他一臉呆滯，整個大腦仍是一片空白，未待他反應過來，襁褓中便發出一陣……讓他難以描述的味道，直衝他的鼻子而來。祝融下意識地反胃作嘔，連忙將枴杖一丟，手忙腳亂地解開將自己和葉仲君捆綁在一起的布帶。

他的緊張程度，比起新婚之夜解濛濛的衣帶時還要有過之而無不及，他痛恨自己剛剛為什麼要捆綁得這般結實！祝融情急之下，誤將活結拉成死結，他雙手受了傷，布條一時間拉扯不開，最後只能將懷中的葉仲君連著襁褓用力扯出來，一股臭味瞬間撲鼻而來！

他迅速別過了臉，尚能用力的右手緊緊揪住襁褓，他伸直了手，儘量讓葉仲君離自己遠一些。葉仲君被緊緊地裹在襁褓中，身子縮成一團，像足了一個皮球，就這麼窩在襁褓中可憐兮兮地望著他，彷彿知道他不要他了一樣。

對，祝融此時腦海中想的是——這孩子能丟了嗎？

祝融不知道自己是懷著什麼樣的心情拎著這麼一個散發著臭味的皮球一路來到河邊的，

他只知道自己極力說服自己——這是濛濛的弟弟，千萬不能丟。

可是來到河邊後，他又碰到了一個更大的難題，他原本是打算將他丟進河裡像洗衣服那樣漂洗幾次，讓流水將他沖洗乾淨再撈起來的，可是現在河水有些涼，這麼小的孩子只怕洗不了，那只能……

寂靜的河邊，又傳來了葉仲君的哭聲，這河水涼，打濕的衣布擦在他屁股上更涼，祝融視死如歸，屏住呼吸漂洗著他無法直視的髒布——真的不能將他放到河裡洗一洗、沖一沖再撈起來嗎？

這個時候，天徹底黑了下來，葉如濛一行人已經來到崖底，從上空看來，可見崖底亮著星星點點的火把。

當滾滾帶著葉如濛一行人找到祝融時，墨辰他們也從另一邊趕了過來，祝融一見到滾滾，便看向了牠身後，他的濛濛正呆呆地站在原地，不敢上前來，她今日穿著一件白衣，站在夜裡像個仙女一樣，照亮了他的世界。

祝融勾唇一笑，將葉仲君拎起來往旁邊一遞，朝葉如濛一瘸一拐地走過去。

葉如濛在這一瞬間淚流滿面，她全身都無法動彈，她從未見過他這般狼狽的樣子，他滿身血污，身上一套白色的中衣、中褲污穢破爛，向來梳得一絲不苟的墨髮也是從未有過的凌亂，面頰上還有幾處血痕，唯有一雙眸子，亮得驚人。

祝融一把將她擁入懷中，低頭在她鬢邊低語道：「仲君沒事。」他沒有辜負她的期望。

葉如濛淚如泉湧，哽咽點頭，顫著手輕輕擁住他，她害怕碰到他身上的傷口，他全身都是血，她害怕。

「別怕，我也沒事。」祝融鬆開了她，用還算乾淨的大拇指抹掉她的眼淚。「別哭了，我心疼。」

葉如濛低泣著，忽然放聲大哭起來，緊緊抱住了他。

祝融悶哼了一聲，忽地身形一顫，葉如濛聽他嘔了一聲，緊接著便有什麼溫熱的液體噴在她的肩上，那黏稠的液體順著她的衣襟緩慢地流下來，他的身子忽然軟了下來，重重地倚在她的身上。

葉如濛心驚，承受不住他的重量往後踉蹌了幾步，紫衣等人連忙上前攙扶，很快便有暗衛上前來，將祝融抬上擔架，葉如濛看到他滿口是血，而自己的衣襟也被鮮血染透了。

青時這邊才替葉仲君檢查完身子，見此情形連忙趕過來為祝融把脈，把脈後神情凝重。「快送回府！」

葉如濛嚇得眼淚都忘了掉，連忙抓住他問道：「青時，容怎麼了？」

青時對上她焦慮的眼，微微放鬆了神色。「沒什麼，就是有些內傷，王妃放心，暫無性命之憂。」他這話還是揀輕的說，主子肺腑受了很重的內傷，若急救不及時只怕會傷了根本。從那麼高的地方掉下來能活著已算奇蹟，主子這傷算是意料之中，難得的是那葉仲君竟然毫髮無傷。

因為不能顛簸，暗衛們將祝融放上擔架，由四名輕功絕頂的暗衛火速送回容王府，青時將配好的藥方交給暗衛，命暗衛先送回府去交由藥師熬藥。

祝融回到容王府後，藥尚未熬好，青時連忙先為祝融處理傷口。

葉如濛則騎馬趕回，比他們稍遲一些，她衝回房間後簪釵都有些歪了，可是無暇顧及，室內，青時和兩位御醫正在剪祝融身上滿是血污的中衣。

這兩位御醫是太子下午便派來待命的，皇上龍體未癒，太子這陣子一直在御書房代為處理朝政，同時也在處置祝司慎的餘黨，忙得不可開交。今日聽到祝融墜崖的消息後本欲出宮，卻被身邊的人勸住了，君為臣綱，父皇經此打擊，已經有意退位將江山託予他，也就是說，從今以後他在做任何決定之前都必須以大局為重。最後，祝司恪派出錦衣衛隨同容王府的侍衛全力捉拿李向晚歸案，而自己，只能待在御書房中等候祝融的消息。

青時見葉如濛跑了進來，臉色慘白，略顯遲疑道：「王妃，處理傷口時有些血腥，您還是迴避一下吧！」

葉如濛連連搖頭。「不，你們處理你們的，我在一旁看著，我不打擾你們。」她連忙退到了一邊，一雙眼睛緊緊地盯著祝融。

青時沒有再說話，仔細處理起祝融身上的傷口。祝融仍未甦醒，只在青時幫他縫肩後的劍傷時呻吟出聲，青時眉都皺了，這劍傷裂得厲害，葉如濛看得緊緊捂住了自己的嘴巴，心疼得眼淚不住往下掉，卻不敢哭出聲來，怕打擾了聚精會神的他們。

見外傷已經處理得差不多，年老的御醫對著祝融腫得都變形的腳踝發愁，對青時直言道：「大人，我摸了一下，王爺估計是自己接了骨，可是卻接錯了，這當如何是好？」

「是啊！」稍年輕一些的御醫道：「若是接不好，只怕以後走路不太便利……」

青時聚精會神已久，當下有些疲憊，站起來喝了一口涼水，來到榻尾處，認真摸了一下骨頭，眉皺成川字，主子的接骨術是他親手教的，怎地給接成這樣？這都接歪了，得扳回來重新接過才成；可是……他想想頭覺得疼，有些下不了手。

年老的御醫見青時猶豫，生怕他會讓他接骨，畢竟他經驗豐富。「這個老臣接不了，老臣年邁，恐無力接骨。」要是接不好，可是會讓容王爺落個終生殘疾。

年輕些的御醫聽他這麼一說，也忙推拖道：「大人，在下學藝不精，尤其不擅骨科，恐接不來。」

青時自然知道他們的心思，讓他們來接他也不放心，便道：「我來接就是。」兩個御醫都鬆了一口氣，只是又不免擔憂。「此次接骨，恐疼痛異常，要不……讓王爺服下麻沸散？」

青時搖了搖頭。「麻沸散傷人記憶，王爺從來不用。」

年輕的御醫遲疑了一會兒，提議道：「足部離頭部較遠，應當無甚影響，在下建議，可以針淬麻藥，扎之以使足部麻痺。」

青時聞言，難得地笑了一笑。「言之有理。」

待青時接完骨後，藥也熬好送來了，眾人退下後，青時將藥碗放置在一邊，對葉如濛道：「王妃，王爺服藥後可能半夜會吐出不少瘀血，不必擔心，到時傳喚我過來便是。」

「好。」葉如濛連忙應下，她整個眼睛都腫了，睫毛上還沾著來不及擦乾的淚珠。

「王妃，」青時勸道：「您別再哭了，要是王爺醒來見您哭成這副模樣，他會多心疼。」

「我知道的。」葉如濛連忙吸了吸鼻子，仰頭擦淚。「對不起，我、我就是忍不住。」看到他身上那麼多傷，就像一刀刀割在她心上似的，她哪忍得住眼淚。

青時淡淡一笑，輕鬆地出了房門，總算處理完了，這會兒王爺昏迷不醒，王妃怎麼餵藥，那就是她的事情了，與他無關。

葉如濛自然以口餵藥，這藥又腥又澀，葉如濛餵完眉頭都皺了，連忙吃了顆蜜餞，蜜餞入口，她眉頭總算舒緩開來，可是閉著眼的祝融還是皺著眉一臉苦澀。

葉如濛見狀，猶豫了下，見沒有人進來，低頭親吻住祝融的薄唇，將舌尖輕輕探了進去，祝融吃了甜頭，含住了她的舌，吮吸著。

葉如濛紅了臉，連忙起身，她這是在做什麼呢？

祝融皺了皺眉，閉著眼低聲喚道：「濛濛……」

葉如濛心中一甜，輕輕抓住他的手，他睡夢中還喚著她的名字，知道在和她親吻。

可是，祝融一會兒後又皺了皺眉，喃喃道：「好臭……」

葉如濛一個愣神，連忙哈了哈自己的嘴巴，臭嗎？是不是她剛剛含的那個藥有點臭？她連忙又吃了幾顆蜜餞。

葉如濛在祝融身邊守了一會兒，便起身出去了，紫衣她們還守在外面，她低聲問道：「君君怎麼樣了？」弟弟已經被送回家去，先前在崖底時她抱了他一會兒，他哭得可厲害，雖然青時說他毫髮無傷，只是肚子餓壞了，可她還是有些不放心。

紫衣回道：「王妃放心。姊姊已經給君君仔細檢查一遍，她說只是餓到了，也沒有受到太大的驚嚇。」

葉如濛這才鬆了口氣。「那就好，明日早上我再去看他。」君君有她爹娘照看，可是容，只有她了。

半夜時，祝融果真吐了一回血，青時過來為他把脈，讓葉如濛再餵他服了一劑藥。天微光時，祝融醒了一回，神志還算清醒，只是身子虛弱，拉著葉如濛的手不肯放，和她討了幾回吻。

第二日一早，還沒等葉如濛回娘家，葉長風和林氏便帶著雙生子過來了，林氏抱著葉仲君，桂嬤嬤抱著葉伯卿，在發生昨日之事後，林氏再也不敢將兩個孩子留在家中了。

葉如濛連忙將葉仲君接過來，葉仲君看見姊姊，咿咿啞啞地說著話，眼睛都笑瞇了，並不知道自己昨日在鬼門關前走了一遭。

祝融還未醒過來，他躺在病榻上，全身上下都裹著白色的紗布，臉色蒼白，看起來十分虛弱。

葉長風看著雙眼緊閉的他，心情很複雜。說實話，他承認自己一直對容王爺有諸多不滿，除了介意他欺瞞濛濛之外，他也不滿容王爺多次以權勢壓他。

可是，他與濛濛本就是你情我願，如今兩人相親相愛，他為何仍吝於祝福，一直讓自己的女兒心懷遺憾？說到底，不過就是他過不了自己心中那關，小肚雞腸罷了。

捫心自問，容王爺對濛濛、對他們一家人可謂掏心掏肺，他從來沒有對不起他們，反而一直在背後默默鼎力相助；如果不是他，只怕他們國公府的爵位早就保不住了。

葉長風昨夜想了一宿，不禁心生慚愧。這債，他算是欠下，再也還不清了。

葉如濛正逗著葉仲君玩，葉仲君也笑得開心，卻忽地哭了起來，或許是才吃完奶，力氣大，哭聲響亮，葉如濛連忙抱著他往外走，怕他吵醒了祝融。

可她才剛踏出一步，便聽到祝融沙啞的聲音。「仲君。」

葉如濛一頓，連忙回過頭來，可是祝融仍閉著眼睛，唯有眼皮下的眼珠子在轉動著——他還沒醒。

祝融劍眉微皺，葉仲君還在哭個不停，他又叫了一聲。「仲君。」緊接著，他雙眼突然睜開來，滿是戒備。

葉如濛欣喜，連忙落坐在他榻邊，柔聲喚道：「容，你醒了？」

祝融對上她的眼時，眸中的警覺瞬間消散，目光落在她懷裡的襁褓。「仲君？」

「是。」葉如濛連忙將葉仲君往下移一點。「君君好好的呢！」這會兒還在哭，只是哭得沒那麼厲害了。

祝融抬手，輕輕摸了摸他的臉，說也奇怪，他這一摸，葉仲君忽然停止哭泣，看著他，眼淚還沒乾便朝他格格直笑。

葉如濛笑道：「君君很喜歡你。」

祝融聽了，面色卻有著說不出來的古怪。

「我爹娘過來看你了。」葉如濛笑道。

祝融轉過頭，見到一旁的葉長風和林氏，朝他們兩人點了點頭。「岳父、岳母。」

葉長風還有幾分躊躇，反而是林氏，主動走上前來，對祝融感激道：「容王爺，此次真是多虧了你，若不是你出手相救，只怕君君……」林氏說著，眼底的淚意又忍不住湧了上來，她覺得有些失禮，連忙轉過身去擦了擦眼睛。

葉長風上前來，看了他好一會兒，才誠懇道：「謝謝你，救了我兒。」

祝融淡淡笑了一笑。「岳父、岳母不必客氣，濛濛的弟弟就是我的弟弟。」

葉長風抿唇，點了點頭，有些動容。「好孩子。」

祝融聞言，有些討好地看著葉如濛，原本病弱的神色此時竟有些神采飛揚，葉如濛會心一笑，嬌寵地看了他一眼，又有些害羞地迴避了他的眼神。

兩人眉來眼去的，葉長風哪裡會看不懂，對女兒道：「妳好生照顧容王爺，我們就不打擾了，明日再來看你們。」

「好。」葉如濛連忙起身相送。

葉如濛送至門口，葉長風便讓她止步了，葉長風盯了她一會兒，終於感慨道：「濛濛，妳挑了個好夫君。」

葉如濛一怔，隨即燦然一笑，這一笑笑得熱淚盈眶。「謝謝爹。」

葉長風淡淡一笑，林氏也欣慰道：「好好照顧容王爺。」

「娘，我知道了。」葉如濛吸了吸鼻子，他們終於得到她爹娘的肯定與祝福。

目送爹娘離去後，葉如濛倚在門邊，只覺得心中有著說不出來的情緒，像是欣喜，又像是動容。

「濛濛！」內室的祝融見她還沒進來，忍不住喚她。

「來啦！」葉如濛連忙小跑入內。「怎麼啦？」

祝融咧嘴直笑，湊過臉來。「親一下，我可是好夫君。」

葉如濛嬌瞪他一眼，笑著俯下身在他臉上重重親了一下，發出「啵」的響亮一聲。

半個月後，皇上龍體病癒，親臨容王府探望祝融。

皇上知其傷病，怕他強撐病體接駕，直到進入他的院子才命侍衛通傳。

祝融得知，正欲下床，屏風外卻傳來公公尖細的嗓音。「容王爺不必下榻，請稍整頓儀容，聖上在門外等候呢！若是得體了請知會奴才一聲。」

祝融忙道：「快快請進。」隨後低聲吩咐青時前去迎接。

青時從屏風後拐出來，果見皇上揹著手站在門口，正悠然地欣賞院中的景色，青時連忙上前，單膝跪地。「微臣參見皇上。」

祝北歸看見他，微微一笑。「免了，可以進去了？」

青時俐落起身，身子微躬，側讓出道，恭敬做了個「請」的手勢。「請聖駕。」

祝北歸微微頷首，從容不迫步入室內，一踏入內，便見祝融身著便服從屏風後走了出來，他的步履稍顯蹣跚，站定後朝祝北歸行了一禮。「臣，參見皇上。」

祝北歸快步上前，虛扶一把，似有責怪。「不是說了不必下榻嗎？」

祝融起身，正色道：「承蒙皇上厚愛，只是禮不可廢。」他頓了頓。「況且，臣身子已無大礙，青時說平日下床走走反倒對身子好。」

祝北歸點點頭，自行來到貴妃榻前，在榻旁的一張鼓凳上坐下，又示意祝融躺下。「好好休息。」

祝融對祝北歸慢條斯理做了一揖，才緩緩地躺回去，動作明顯比平日要遲緩許多，只怕是內傷未癒。青時拿了腰枕過來，墊在祝融腰後，又恭敬地站在一旁。

祝北歸目光落在青時身上，眸帶讚賞道：「青時年紀輕輕，卻有妙手回春之術，只怕整個太醫院都找不出一人。」他先前中了容德妃投的毒藥，滿朝御醫束手無策，最後是青時劍走偏鋒給治好的。

青時低垂著頭，謙恭笑道：「皇上謬讚了，微臣愧不敢當。」

「哈哈。」祝北歸爽朗笑了幾聲，中氣十足，感慨道：「太醫院就缺你這種人才，若能得之，實乃宮廷之幸。」祝北歸說完，打量著青時和祝融的神色。

青時仍低垂著頭，恭敬不語。祝融直言笑道：「皇上您這是和小姪要人來了。」

他這般直言不諱，祝北歸也不再遮掩，朗聲笑道：「那你可能割愛？」

祝融面露難色。「青時自小與我一起長大，平日幫我處理諸多事務，姪兒確實離不開他，還請皇上諒解。」

祝融回覆這般明確，祝北歸也不勉強，笑道：「你既不願割愛，朕還能從你手上搶人不成？」

「皇上您若真搶，那姪兒只能忍痛割愛了。」祝融無奈道。

「倒是油嘴滑舌起來了，哄媳婦哄的吧？」祝北歸調笑，許久不見，這姪兒性子倒是變得開朗健談起來，面上也一直掛著笑，想來是養傷這半個月過得舒適。

祝融但笑不語。

祝北歸仍懷有一絲希望，不願死心，便看向青時。「你呢？自己做何想法？直言便是。」

青時笑盈盈做了一揖。「承蒙皇上厚愛，只是微臣自幼伴在王爺身邊，閒散慣了，若日後皇上有需要微臣的地方，隨時傳喚微臣便是；如果太醫院缺人，微臣這邊倒可以舉薦幾位。」

祝北歸點了點頭，算是徹底死心了。「那晚些你呈摺子上來吧。」祝北歸看著他。「你救了朕一命，朕當如何賞你是好？」

青時連忙躬身。「聖上乃真命天子，有天神庇佑，微臣不敢居功。」

祝北歸笑，想了想。「那便封你為『第一大夫』吧！」

青時拜謝。「微臣，謝皇上賞賜。」

祝融卻問道：「不知官授幾品？」

祝北歸被他問得一怔，大元朝並無「第一大夫」這個官職，不過是他賞的一個封號罷了，祝融此言的意思，是代青時向他討要官職來了？他笑言道：「你小子還真不客氣，你想朕給青時授個幾品的？」若他沒記錯，這青時先前隨祝融入大理寺，祝融授的是正四品的大理寺少卿，青時則授的是從五品下的大理正。

祝融一臉謙恭。「一切遵從皇上旨意。」

祝北歸看著他，眸色似笑非笑。「那你們便晚些聽旨吧！」

「謝皇上。」祝融欣然道，似一點也不擔心惹怒了聖上。

青時有些汗顏，爺何必為了他在這個時候和皇上討要賞賜呢？這實在不是明智之舉，在外人看來，這行為有些恃寵而驕了。

接下來，祝北歸又關切地問祝融養傷養得如何，問完聊起家常，政事也多少談及一些，最後聊到祝司慎餘黨的問題，不可避免地提到李向晚，祝北歸問道：「你覺得，該如何處置這李家呢？」

祝融沈思片刻。「李向晚光天化日之下綁架正品大臣之嫡子，意圖脅迫微臣做出叛君不忠之事，此人自然是罪無可逭，其身家千萬萬，不如一併收入國庫，為我大元所用？」

祝北歸聽聞，朗聲大笑。「好提議，只是——」他話鋒一轉。「如果當時你沒有救出你那小舅子，你當如何處理？」

祝融笑，毫不猶豫道：「臣定當密會皇上，假意答應，再在交人之時將他們一網打盡。」

「你又知道朕會答應？」

「皇上宅心仁厚，又怎忍見一幼子無辜喪命？」祝融反問。

祝北歸笑而不語，沒過多久便回宮。

下午，從宮中傳來聖旨，聖上封祝融為大理寺主官——大理卿，青時為卿之助，官至大理少卿；至於那「第一大夫」的封號，則是授至正三品，可謂開了大元朝的先例。

眼下祝融的身子恢復得差不多了，擔任大理卿之位後也重新拾起大理寺的官務，平日官務由青時和墨辰兩人代為處理，兩人無法處理的才會遞至他手中。

李家一干人等全都落網，各有處置，葉長傾也被救了出來，只是軟禁葉長傾的依依卻被她使毒逃脫了，至今仍未搜尋到。原本打入冷宮的容德妃被賜死，祝司慎則被鎖入皇陵，終生不得出來，至於他府裡的那些侍妾，沒有娘家的被灌下絕子湯後送入皇陵陪伴祝司慎，有娘家的都被接回娘家，只是大夥兒都心知肚明，那些侍妾的日子不會再好過，她們成了府裡的棄子，永遠不可能再出現人前，就算以後再婚嫁，也只能偷偷摸摸的了。

葉如瑤身為葉國公府的人，自然也被葉國公府接了回去。她被接回去當天，朱長寒便來求娶，如今這局勢正緊張，葉國公府哪裡敢答應，很快逍遙侯府便來人，將朱長寒給捆了回去。

只是過沒幾日，逍遙侯夫人卻悄悄地上門來，原來那朱長寒回去後便開始絕食，逍遙侯夫人沒辦法，最後以姨母的身分將葉如瑤低調地接了過去。

葉如瑤回國公府後，葉如巧和葉如漫都對她冷嘲熱諷，下人們也冷眼相待，她哪裡受得住，逍遙侯夫人一開口，她立刻就答應了，帶著吉祥、如意兩人前往逍遙侯府，在那兒住下來。

今日，陽光正好，葉如瑤趴在窗前，面色不悅。這不是她要的生活啊！她不想餘生都這般，受盡她姨母、姨丈的冷眼，下人們雖然都對她畢恭畢敬的，但私下裡，誰真將她當主子了？

忽地，院子外面傳來些許聲響，葉如瑤知道，是那個傻子又來了。

果不其然，下一刻朱長寒就捧著一束新鮮豔麗的紫薇花喜孜孜地跑進來，腳下生風。

「表妹，這花漂亮嗎？」他迅速將花遞了過來。

葉如瑤笑咪咪接過。「真漂亮！謝謝表哥！」她對他甜甜一笑。

朱長寒看見她這明媚的笑有些害羞，撓了撓頭笑嘻嘻道：「妳喜歡就好！」他怕她整日待在府裡悶，每日都變著法子哄她開心，到處搜尋好吃、好玩的。

朱長寒又從懷中掏出一本彩冊。「這是玲瓏閣新出的首飾樣本，妳快挑挑看，喜歡什麼我去買給妳！」

葉如瑤聽了，原本歡喜的神色卻漸漸有些蔫了下來。

「表妹……」朱長寒見她不開心，連忙道：「妳是不是想出去啊？其實也可以，等十五了，我娘去上香，我偷偷帶妳出去一趟好不好？」

葉如瑤有些悶悶不樂。「表哥，你老實和我說，姨母是不是給你安排親事了？」

朱長寒聽了，臉色都有些變了。「妳聽誰說的？」他不是讓下人們都閉緊嘴嗎？她怎麼還是知道了？

「表哥，你今年年紀也不小，確實是該娶妻生子了。」葉如瑤悵然道。

「妳說什麼胡話！」朱長寒急了，抓起她的手。「我不會答應的！表妹，我只會娶妳一個人，誰我都看不上，這輩子除了妳我誰也不娶！」

「表哥。」葉如瑤抬起頭來，淚眼汪汪地看著他。「姨母是為了你好，你還是乖乖聽她的話吧！等哪一日……你要成親了就告訴我，我會主動離開。」

「妳別胡說！我不許妳離開！」朱長寒猛地抱住了她。「我要妳一輩子都待在我身邊！」他做出的這舉動使得他心潮澎湃，胸口微微起伏著。

「那我以什麼身分留在你身邊？一個侍妾？」葉如瑤淚眼問道，分外委屈。

「表妹，妳明知我不會讓妳當侍妾！我要讓妳當我的妻子，妳若不信，我現在就去找娘……」

「表哥！」葉如瑤連忙拉住他。「你若真這樣去了，只怕姨母就要趕我走了。」

「那、那怎麼辦……」朱長寒停了下來，有些手足無措。

「表哥，我們要好好想辦法，要不這樣……」葉如瑤湊近他耳邊低聲道：「今晚你來我房間，我們偷偷商量一下？」

「這、這不大好吧？」朱長寒抓了抓頭，有些為難。

「願意、願意，只是……」朱長寒壓低了聲音。「要是被人發現，我怕……怕影響妳的名聲。」

「那你就小心些，別被人發現呀！」葉如瑤氣惱道。

「好、好，我知道了！」朱長寒連忙應承。

葉如瑤這才滿意地朝他笑了一下。她這兒還留有一些從二皇子府裡帶來的催情香，這個木頭腦袋，她暗示了幾次他都不明白，每次就知道傻笑，也不知他聽懂了沒有，她只能再使一下手段了。

哼，只要她懷上朱長寒的孩子，還怕她姨母不肯鬆口？就算是個侍妾，她也能一步步往上爬！朱長寒的心就在她這兒，這還不容易？她遲早要執掌逍遙侯府，成為府裡的女主人！

「表妹，晚上妳想吃什麼？我讓廚子做給妳。」朱長寒討好道。

「唔……」葉如瑤想了想。「清淡點的吧！」她最近都沒什麼胃口，正想著，冷不防一陣噁心，乾嘔了一聲。

「表妹，妳怎麼了？」朱長寒連忙問道。

「嘔……嘔……」葉如瑤又嘔了幾聲，嘔得身子都彎了。

「妳是不是吃壞東西了？」朱長寒見她這模樣，分外擔心，連忙要吩咐下人去請府醫過來。

「等一下！」葉如瑤連忙拉住他，整個人臉色都白了。

「不是，表妹。」朱長寒著急道：「妳臉色真差，要請府醫看一下才行。」

葉如瑤嚥了嚥口水，拿手帕擦了擦唇，笑得有些不自然。「沒事，我就是……有點反胃，可能中午吃得太油膩了。」

「還是請府醫看看吧，給妳開點消食的藥膳。」

「不用！我晚上要是不舒服，再讓吉祥她們叫府醫吧！」葉如瑤朝他擠出一個笑，她一笑，氣色似乎沒先前那麼蒼白了。她又補充道：「我現在可沒以前那麼嬌貴，要是姨母知道了，估計會不開心。」

「那……那好吧，妳要是等一下還不舒服，一定要讓吉祥她們去請府醫，還要通知我。」朱長寒不放心道。

朱長寒在這裡待了沒一會兒，便有小廝來將他叫走了。

朱長寒走後，葉如瑤將吉祥拉到一邊，低聲囑咐她幾句，吉祥很快便找了個藉口出府去了。

她偷偷地去了一趟藥鋪，出來時有些鬼鬼祟祟，不知自己已被兩雙眼睛給盯上了。

晚上，吉祥趁小廚房沒人，開始悄悄地熬藥，只是剛熬沒多久，她就感覺一陣倦意襲來，竟不小心坐在小凳子上睡著了。

她一合上眼，門外便迅速進來一個身輕如燕的小丫鬟，小丫鬟打開熬藥罐嗅了嗅，立即將熬藥罐裡的藥材倒掉，將熬藥罐洗淨後換上懷中的藥材包。

吉祥醒來後頗為懊惱，自己怎麼就睡著了呢？幸虧藥沒焦，不多不少，倒出來剛好一碗，吉祥處理好藥渣之後，連忙將藥端了出去。

葉如瑤將藥服下後，推掉了與朱長寒的夜會，靜待一個晚上，可是直到第二天下午，她的肚子也沒有任何動靜。她不禁有些懷疑，難道她不是懷了身孕？她不敢請大夫，不知道自己是不是真懷了身孕，她只能做最壞的打算，讓吉祥弄了劑滑胎藥回來，可是這滑胎藥服下，怎麼沒有絲毫動靜呢？她這個月的癸水也沒有來呀，已經遲了好些日子，難道是初夜時傷了身子，才導致癸水至今遲遲不至？那為何今晨她又乾嘔得那麼厲害？只是脾胃失調嗎？

葉如瑤一整日忐忑不安，臨近晚膳時，她特意吩咐小廚房給她做了一碟清蒸螃蟹，還燉了一盅甲魚湯，這些都是孕婦忌食的，食用後極易滑胎。

甲魚湯送上來後，葉如瑤舀了一勺湯，放至唇邊輕輕吹了吹，正欲食用，忽然聽到身後的如意「哎喲」一聲，緊接著便整個人跪倒在地，捧住小腹哀號不停，一旁正在盛飯的吉祥嚇了一跳，連忙放下飯勺去攙扶她。「妳怎麼……啊！」

吉祥慘叫了一聲，嚇得跌坐在地上，葉如瑤一見，只見如意癱倒在地、七竅流血，疼得在地上直打滾，慘叫呻吟著。

她驚得站了起來。「這是怎麼了？」

吉祥慌得連連搖頭，含淚道：「奴婢也不知道！」

好多鮮紅色的血從如意眼耳口鼻中湧了出來，沒一會兒便浸濕了吉祥的手帕，吉祥嚇哭了，朝還站在門口無動於衷的小廚娘喊道：「妳還不快去請大夫！」

小廚娘看來不過十四、五歲的模樣，生得很是精緻，瓜子臉上一雙狐狸眼，與其略顯稚氣的面容不相符的是一臉的冷淡，她看了如意一眼，面色波瀾不驚。「真是個貪食的丫鬟，這甲魚湯中添了砒霜，現在請大夫來也沒用了。」

葉如瑤聞言大驚失色，看向食桌上那盅她差點食入口中的甲魚湯。

果然，如意很快便停止掙扎，她一動不動，眼睛仍瞪著，只是沒有光了。

吉祥放聲大哭，跪趴在如意身旁。

那小廚娘忽然朝葉如瑤走過來，吉祥察覺到，正欲喊人，可小廚娘袖子不過在她眼前揮了一下，她便感覺整個屋子開始搖搖欲墜，什麼都看不清了。

沒一會兒，她便倒在如意還溫熱的屍身上。

小廚娘朝葉如瑤步步逼近，葉如瑤連連後退，驚恐道：「妳究竟是什麼人？」

小廚娘不答反問：「夫人似乎不想留下腹中這個孩子？」

葉如瑤臉色慘白，這個丫鬟……像是二皇子府的人！只有二皇子府的人才會喚她夫人，而且——她竟然知道自己懷有身孕！

小廚娘幽幽道：「夫人是個聰明人，可知這砒霜是誰給妳下的？」

葉如瑤臉色又白了幾分，唇翕動著。「姨……姨母？」難道如今，連她的姨母也要她死嗎？天下之大，真沒她容身之處了嗎？

「妳，可要隨我離開？只要生下這個孩子，我可保妳餘生富貴無憂。」

葉如瑤唇翕動許久，終於點了點頭。

葉如瑤失蹤的消息終是瞞不住，逍遙府夫人次日便上葉國公府請罪去了。

林氏有些不大相信，懷疑是逍遙侯府的人將葉如瑤悄悄藏起來，畢竟朱長寒鍾情於葉如瑤，這是眾人都知道的事，說不定他們將瑤瑤藏了起來準備偷偷成親呢！

逍遙府夫人知道國公府懷疑他們，她不得已只能指天發誓，葉如瑤確實是不見了，她兒子現在整個人三魂不見了七魄；再說，這麼蹩腳的陰謀她還真使不出來。

逍遙府夫人前腳剛走，葉如濛後腳便到了，她正好來國公府找娘，林氏將葉如瑤失蹤之事告知她，葉如濛一聽，也懷疑到逍遙侯府頭上。

林氏搖了搖頭。「我看不大像，他們這樣做未免太明顯了，人才接過去多久，就算長寒那孩子想娶瑤瑤，也不急於這一時；而且現在鎮國公那邊也知道了，都派人四處找呢！」只是，他們都不敢大張旗鼓地找，畢竟瑤瑤現在的身分實在是尷尬。

葉如濛想了想。「等一下我回去，讓我們王府的人也去找找。」

林氏點了點頭，又問道：「容王爺現在身子好些了嗎？」

「好多了，十七就要上朝了。」葉如濛微笑道，皇上准了他整整一個月的假呢！

「那也沒剩幾日了。對了，容王爺的生辰快到了吧？」林氏突然提起。「我看你們容王府沒什麼動靜，這是不打算辦宴席？」要是準備辦的話，帖子也該派出來了。

葉如濛聽得一愣。「生辰？」她這才忽然想起來，再過三日便是中元節了，是他的生辰。

林氏見女兒一臉驚訝，知她是忘了，頗責怪地看了她一眼。「怎地連自己夫君的生辰也不記得了？我看容王爺往年都沒有辦過，還以為你們是想著近來事情多，待他身子好些了再說，若是現在要辦的話也來不及了。」林氏這陣子在國公府忙得團團轉，這事也給忘了。

葉如濛一下子眉頭都皺了，神色有些懊惱，最近她忙著照顧他，沒想到中元節這麼快就到了，她托腮想了想。「我覺得他可能不大想辦，他一向不喜歡這些宴席。」

「要不，妳回去問問他的意見，是要一家人一起吃頓飯還是？」

「唔……」葉如濛想了想。「這個可以，他這人不喜歡熱鬧，要不就我們一家人聚在一起吃個飯？」

「妳還是問問容王爺的意見吧！」林氏有些顧慮，其實容王爺性子還是有些孤僻，萬一他只想一個人靜靜地過呢？這也不無可能。

「可以的，他說了，家裡的事都是我說了算。」葉如濛有些調皮道。

「妳呀！」林氏戳了一下她的腦門。「凡事要有分寸，容王爺寵愛妳，妳可不能過了。」

「知道啦娘。」葉如濛挽著她的手臂，親密道：「這陣子我不知道對他多好，他一直躺在榻上，過著飯來張口、衣來伸手的日子呢，都是女兒在服侍他。」

「夫為妻綱，丈夫在外面那麼辛苦，回到家後妳身為夫人自然要服侍他，這可不能邀功。」林氏訓誡道。

「知道啦！」葉如濛抱著林氏的手臂直撒嬌。

「這麼大個人了，還像個小孩子一樣。」林氏摸著她的頭，雖是責怪的語氣卻一臉寵愛。「妳都快當娘的人了……」林氏說到這，忽地一頓，低了聲音問道：「肚子有動靜了嗎？」

「什麼動靜？」葉如濛一問出口，立刻就明白她指的是什麼，當即羞紅了臉，嬌嗔道：「娘！我癸水剛走呢！」

「那要抓緊了啊！」林氏拍著她的手背仔細叮囑道：「容王府血脈單薄，妳要早日為容王爺開枝散葉，多生幾個孩子。」

「娘，濛濛知道啦。」葉如濛給她說得不好意思，低下了頭。其實……她也想多生幾個孩子，但這些還不是得看容的意思。

容王府。

夜色已深，室內燃著柔和的燭火，祝融和葉如濛窩在床上聊著天，祝融知葉如濛癸水剛盡，聊著聊著便開始動手動腳。

葉如濛拍掉了他的手，一臉嚴肅道：「可別胡來，還有四天呢！」

青時囑咐過，他受了內傷，這個月都不可以行房事，要好好養傷，不然容易傷了底子。

「不差這幾天的。」祝融按捺不住，直接將她壓在身下，一個溫柔的吻落下，纏住了她的唇，越加恣肆，他真的憋不住了。

「不行！要等！」葉如濛好不容易從他熱烈的吻中掙脫開來，直喘氣。

「濛濛，我等不了了。」祝融說著，手開始拉扯她的衣裳，衣裳滑落，香肩半露，他的手立即覆了上去。

葉如濛身子一軟，跟著喘息起來，差點就迷失了自己，忽地她的手摸到他肩上的傷口，整個人又回過神來，連忙撐住他的胸口。「等等！」

「濛濛！」祝融雙手撐了起來，撐在她身子上方殷切地看著她，他就這麼看著她，一雙眸子含情脈脈，似有千言萬語要訴說。葉如濛腦子忽地嗡嗡作響，他這是在——勾引她？

「等一下！」葉如濛連忙閉上眼，免得受他蠱惑，其實她自己也快招架不住了。「要不這樣！」她提議道：「你只要能……能忍到十六那日，我就……我就……」

「妳就什麼？」祝融來了興趣，看她臉紅通通的模樣，似乎有什麼令她羞於啟齒的事。

「那個冊子上的……都答應你。」葉如濛聲音低得不能再低。

「什麼？」祝融聞言，雙眼登時像餓狼一樣發出了綠光。「妳是說……避火圖上的我們都可以……」

葉如濛羞得捂住他的嘴巴。「別說了，總之，你要忍到十六那日，等青時說可以了才行，不然容易傷了身子。」

祝融直吞口水，連連點頭，可生怕自己幻聽了，又同她確認道：「濛濛，妳的意思就是說，如果我忍到了十六那日……到時冊子上的，我們都可以？」他說出這話，只覺得像是在作夢似的。

「是啦！」葉如濛雙手捂住臉，真是羞得不得了。「你、你可以從你那些書裡挑個一本，等你好了之後，你想怎樣就怎樣……」那些書是放在他書房裡，上次她無聊時不小心翻到了，總共有兩本，一本是十八式，一本是二十四式，她不過粗略翻了一下，便看得她臉紅心跳。

「知道了濛濛，這可是妳說的啊！」祝融抓開她掩著臉的手，笑得眸光璀璨。「妳到時可不許反悔。」

葉如濛不敢看他，咬了一口他的下巴。

祝融高興得眉飛色舞，從她身上下來後連連喘了幾口氣，努力調整自己的呼吸。

葉如濛躺在床內側，不敢離他太近，她可不想去撩撥他。

她偷偷看了他一眼，只覺他高興得像個孩子一樣，葉如濛抿嘴一笑，朝他靠近了些，柔聲道：「容，你生辰快到了，你想不想要什麼禮物？」

祝融聽了，側過身來看著她。「禮物？」他面上還有來不及收起的歡喜，她記得他的生辰，他自然很開心。

「嗯，你想要什麼？」葉如濛撐起頭，柔情地望著他。

「我想要什麼妳都可以給我？」祝融也望著她，眸帶欣喜。

「當然啦。」葉如濛毫不猶豫答道。

「那……」祝融湊了過來，一股危險的氣息逼近，他嗓音低沈，聽起來比平日還要多了幾分磁性。「我想要妳，只想要妳，妳給不給？」

「沒個正經！」葉如濛瞪了他一眼，就想要翻身入睡。

「我說真的，濛濛。」祝融按住她，認真地看著她。

葉如濛有些心虛地躲開了他熾熱的眼神，轉移話題道：「我娘說，你生辰那天我們一家人在一起吃個飯，你說好不好？」

「好啊！」祝融想也不想便答應了，又問道：「那我的禮物……」

葉如濛翻了個白眼，推了他一下，自個兒翻個身，滾到床角，埋頭睡覺了。她才懶得搭理他，這傢伙，整天腦海裡淨是想這些有的沒的，也不知他以前那些年是怎麼過的。

次日，天還沒亮祝融便醒了，葉如濛還睡得香，他悄悄起身，盥洗後去了武場練功。養傷這段時日他鬆懈許多，如今一切都要漸漸地恢復過來了。

祝融從武場操練回來後，葉如濛已經起了，剛好梳洗完，正坐在梳妝檯前搽著玫瑰水，他湊過去，蹲在她身旁看著她。葉如濛看了他一眼，他出了不少汗，武服都打濕了，身上一股汗味，她撇了撇嘴，有些嫌棄地在他唇上輕啄了一下。

祝融得了吻，心滿意足，去禪室盤腿打坐，他練完功要靜坐調息，是謂動靜結合。

他正在禪室內閉目盤腿而坐，窗外卻傳來葉如濛清脆的聲音。「圓圓的大西瓜呀，一刀成兩半呀，你一半來他一半，給你你不要，給他他不收……」

祝融閉著眼，嘴角忍不住微微上揚，他知道，濛濛正在外面打太極拳，這「口訣」是唸給滾滾聽的。他能想像得出她打太極拳的模樣，小巧而輕盈的身子，偏又故作鎮定穩重，看起來可愛極了。

祝融打完坐後去淨室沐浴，從淨室出來時一身清爽，一踏入室內葉如濛便朝他奔了過來，主動在他臉上「啵」了一下，祝融單手摟著她的腰將她提起來，在空中轉了半圈。

「小心些！」葉如濛連忙下來。「你腳踝還沒好呢！」青時說傷筋動骨一百天，他腳踝那兒起碼要三個月才能恢復，這陣子輕功也不能使。

「沒事。」祝融鬆開她的腰。「我這隻腳沒用力。」他拉起她的手往食廳走去，該用早膳了。

「等一下。」葉如濛見他鬢角處有些濕，掏出帕子給他擦了擦，咕噥道：「洗臉也不擦乾淨。」

「好久沒自己洗了。」祝融笑著看她，這段時日都是她在照顧他洗漱的。

葉如濛心中甜甜的，收起了帕子。「你現在已經好了，以後吃食、洗漱都要自己來啦。」

「遵命，夫人！」祝融一臉正經。

話雖如此，可葉如濛照顧他這麼一陣子已經成習慣了。

早膳時，祝融吃了兩碗碧梗粥便已經飽腹，葉如濛又往他口中塞了一塊棗泥茯苓糕，祝融吃得直皺眉。「這個有點甜。」

葉如濛笑，從自己碗中舀了一勺冰糖燕窩羹餵到他口中，祝融張口吃下，嚥下後眉頭又皺了一分。「這個更甜。」

葉如濛低低地笑出聲來，拿起一塊玫瑰蓮蓉糕，祝融一見她拿起，身子便往後倒了倒。「哈哈……」葉如濛笑得髻上的流蘇吊墜都在晃著。「這才不是給你吃的呢！」她說著，將蓮蓉糕送入自己口中。

祝融彎唇一笑，端過一旁的茶盞漱口，這茶盞裡盛的是尚溫的茉莉花茶，輕淡芬芳，正好解了口中的甜膩。

兩人吃飽後，去花園裡散了一會兒步，祝融才回到書房。

書房裡，墨辰和青時已候在那兒。

墨辰面色一如既往地肅然。「屬下已查實，依依帶著葉如瑤欲趕往交趾，還重金聘請了羅剎閣的殺手隨行保護。」

祝融淡然道：「她腹中的孩子不能留下。」若是個男孩，留下便是後患，他們必須斬草除根。

「可是，」青時道：「剛剛從宮中傳來消息，皇上也知道了此事，屬下覺得，我們暫時還是不要插手。」

祝融聽後，陷入了沈默，手指緩慢地敲打著書案的邊緣，一會兒後道：「那就靜觀其變。」

墨辰道：「如果皇上沒有阻攔，等他們進入交趾境內，我們就不好出手了。」

「無礙。」祝融道，以他對皇上的瞭解，若他要留下這個孩子，一定會將這孩子放在自己能看見的地方，讓他活在自己的掌控之中。

祝融處理完此事，拿起書案上的摺子，打開來不過看了一眼，便勾唇一笑。

青時悄悄看了祝融一眼，眉梢似笑非笑，低垂下頭，豎起了耳朵。

祝融輕咳兩聲，唸出聲來。「小元二公主自六月回朝後，忽患怪病，一病不起，今小元國國君下令，若有能治好二公主者，可得豐厚賞賜，詳情如下——」祝融一目十行，看到了最下面。「若有年齡介乎十七至三十七之間，官階於正四品及之上，德行無缺，相貌端正，體型勻稱，身無殘疾，家無妻妾者……可酌情招為駙馬？」

祝融唸到後面的條件時，每唸一個，青時的背便挺直了一分，唸到最後，青時已是直挺挺地站在祝融面前，那存在感之強，祝融想裝作沒看見都不行。

青時咳嗽了兩聲，殷切的目光看著祝融，如果眼睛會說話，那麼祝融一定能聽到它在說——快看我！快看我！

祝融有些想笑，面色仍是波瀾不驚，淡淡道：「這條件，你倒是都符合呀！」

青時笑得眼都瞇了，樂呵呵地湊上前去躬著身子道：「這可不是嗎，天下還真有這麼湊巧的事，彷彿是按屬下的標準來提的條件，爺您說這不是緣分還會是什麼？」

祝融若有所思地摸著下巴。「珠儀和韃鞑王子的親事似乎就在這個月底？」

「是啊！」青時連連點頭。「為防生變，屬下覺得還是派個適合的人選去小元監督為好。」

「那是派你……」祝融話一出口，青時眼睛便亮了起來，可是緊接著祝融又話音一轉。「還是派墨辰呢？」

青時的眼睛瞬間又黯了下去，連忙道：「屬下覺得，墨辰還是留在爺身邊保護爺和王妃，此去小元路途遙遠，還是由屬下代勞吧！」

「可是我記得墨辰有故人在小元。」祝融突然提起此事，看向了墨辰。「墨辰你想去嗎？」

青時聞言，連忙向墨辰使眼色，這個機會必須讓給他啊！

墨辰看也沒看他一眼，面無表情道：「不去。」

青時鬆了口氣，向墨辰眨了一下眼，示意他好樣的，墨辰仍是冷著臉，不為所動。

「那就派你去吧，可是——」祝融話音一轉，朝青時招了招手。「我這裡還有一件事要你去幫我辦，辦好了你立刻動身，畢竟各國人才濟濟，四品以上貌勝潘安的適齡男子也不少，說不定銀儀就看上了哪一個是吧？」

「爺您快說是什麼事！」青時連忙將耳朵湊了過去。

祝融揮揮手，示意墨辰出去。

墨辰出了書房，守在屋外，依稀聽見裡面傳來兩人的聲音——

「最全的？」青時聲音微詫。

「對，一定要是最全的，封面和封底去掉，合訂成一本！」

「那麼大一本，怎麼訂？有點難度呀……」青時遲疑道，墨辰豎起了耳朵，他能想像得出此時青時一定是摸著鼻子或者下巴，一臉為難的樣子，當然，以他對他的瞭解，這傢伙一定是裝出來的！

「分成上、中、下三冊呢？」祝融認真提議道。

「乾脆分成十冊如何？」

「好主意！不過會不會太多了？」

「《史記》共有十冊，《資治通鑑》有二十冊，不算多！」

裡面傳來拍肩膀的聲音，墨辰忽地腦補出祝融看著青時一臉讚賞的神色。

書房內，兩人繼續竊竊私語——

「我記得還欠你四十八日假，這樣吧，每十式就多休你一日假，你自己折算一下。」

「屬下定不辱使命！」青時答得慷慨激昂。

門外，墨辰萬年不變的臉上忽然浮現幾分狐疑，這兩人似乎是在收集什麼絕世神功，可是，論武功青時不如他，主子應該要找他談才是啊！

正屋裡，正在換衣服的葉如濛忽地雙腳一軟，差點栽倒在雕花衣架上。

「王妃，怎麼了？」紫衣連忙扶住她。

「沒有……」葉如濛眼皮直跳，有些心慌。「就是覺得有些腿軟。」

紫衣連忙扶她到梳妝檯前坐下。

次日一早，青時興沖沖地跑過來告假，他昨晚就將王爺要的冊子連夜整理好了。

祝融擺出一副漫不經心的模樣，問道：「什麼時候能交到我手上？」

青時頂著黑眼圈笑道：「屬下剛剛已經交給刻坊的人了，製作出全套精本約須十日左右，明日先交第一冊給爺。」

「嗯。」祝融淡淡應了聲，面上波瀾不驚，心中的小人卻已經開始瘋狂地手舞足蹈起來。

「那……」青時指了指門口。「爺，我走啦？」

祝融心中發笑，瞧青時急成這樣，話說，他以前怎麼沒發現青時的辦事效率這麼高？罷了，就放過他吧！他淡淡道了一句。「祝早日抱得美人歸。」

「借爺吉言，爺要保重身體！」青時笑得如沐春風，轉眼就如風般颳出了書房大門。

第四十二章

中元節。

葉如濛一大清早便起身，神采奕奕地準備下廚，今日是祝融的生辰，爹娘要到容王府一起用午膳，她已經想好，要為祝融做一桌大菜，共十菜兩湯；只不過葉如濛廚藝不甚佳，一個早上只做出一隻醬香烤鴨，還給她的弟弟們做了兩份蛋黃羹，其餘的由廚娘解決。

午時不到，葉長風便拉家帶口而來。說來也怪，葉仲君似乎有些黏祝融，葉如濛餵他吃蛋黃羹他不肯吃，祝融一餵就張口，還伸手要他抱抱。祝融接過來抱沒一會兒，小傢伙口水便滴得他肩膀都濕了，祝融一臉嫌棄地遞回給葉如濛，葉如濛只在那兒笑，並不伸手接回來。

林氏連忙起身要抱回，葉如濛見狀才笑著接過來，又拿帕子給祝融擦了擦肩上的口水漬，笑道：「還有蛋黃呢！」

祝融無奈，給她剝了一隻蒜油大蝦，放到她的白玉小碗中。

林氏看在眼中，與葉長風欣慰地對視一眼，她真沒想到容王爺看起來這麼寡情的人，寵起濛濛來還不亞於她的夫君。

一家人其樂融融吃過午膳後，葉如濛帶著他們去蔭涼的紫藤園中散了一會兒步，有說有笑的。

下午，一家人吃飽喝足了，送走娘家一行人後，祝融和葉如濛回到紫藤園的亭子裡小坐一會兒，她窩在祝融懷中，和他低低說著話。

「嗯……」葉如濛想了想。「你說青時能娶到銀儀嗎？」

「十之八九能成。」

「哦，那他要是當了小元駙馬，還會回大元來嗎？」

「當然，他可是我的人，到時我會想辦法讓他回來的。」

「那銀儀也能過來嗎？」

「嗯，還不到兩個月，金儀就要嫁過來了，到時我想個辦法說服我舅舅，讓銀儀過來這邊探望金儀，再藉機將她留下。」

葉如濛笑，她耳朵貼著他的胸口，感覺他說話時胸腔一震一震的，聽著很是好玩，很有安全感。

次日，祝融陪妻子回一趟娘家。葉如濛娘家的牌匾已經換了，換成葉國公府，而原先的葉國公府，則換成普通的葉府牌匾。

也是，原先葉國公府的爵位是由七房所繼承，現在爵位回到長房身上，前葉國公葉長澤失蹤，其妻柳若是自盡，七房唯一的嫡女也下落不明，其他的那些庶女中，就葉如思一個嫁得好一些，如今還剩葉如巧和葉如漫待嫁，但到時要談哪門親事，都還得看現在長房的臉色呢！

同年九月初九，祝司恪迎娶太子妃金儀公主。

次日初十，青時在小元國與銀儀完婚，正式成了小元駙馬。青時成親後不到一個月，祝融便飛鴿傳書找小元國君要人了。

因為青時即將回國，小元國君見他和新婚妻子彼此如膠似漆，每天都離不開對方的樣子，特許銀儀隨青時回大元三個月，可是卻沒想到，銀儀這一去便不回來了。因為年底時，銀儀懷上身孕，青時傳信給小元國君報喜，美其名曰：養胎。

銀儀的姊姊金儀已是大元的太子妃，她也懷了身孕，還早銀儀將近一個月的時間，姊妹倆正好一起在京城養胎。

銀儀孕吐得厲害，葉如濛見她每天都那麼痛苦，也沒了想懷孕的心思，祝融對此是喜聞樂見。

幾個月後，除夕夜——

容王府內喜氣洋洋，裡外都掛上大紅燈籠，守歲時，祝融抱著葉如濛，青時帶著銀儀，四人齊齊上了屋頂看星星。

待葉如濛和銀儀聊到沒話聊之後，祝融一個眼神過去，青時便識相地帶著銀儀去另一邊的屋頂卿卿我我了。

同一個屋頂上，以屋脊為分割線，兩邊各有一對恩愛的夫妻，只有墨辰仍是獨自一人，他身著黑衣，持劍抱臂站在屋脊之上，一雙眼睛對府內的情況一目瞭然，時不時注意周圍的環境。

青時看著墨辰，連咳了好幾聲，他杵在那兒，銀儀都不肯給他親親了，可墨辰卻沒半點反應，充耳不聞；最後還是祝融發話，讓墨辰回屋休息去，墨辰「哦」了一聲，俐落飛身而下，回屋睡覺去了。他一人獨身慣了，從來不從守歲這些習俗。

於此同時，千里之外的交趾境內，一處隱蔽的山莊中——

產房內燈火通明，葉如瑤滿頭大汗，歇斯底里地哭喊著，一名產婆正用力推著她的小腹，忙得出了一身汗。

依依靜靜守在一邊，神情冷漠地抱臂而立，密切關注著葉如瑤。她胎位不正，此次生產只怕是凶多吉少，大人沒關係，可是她腹中的孩子一定要保住！

「用力啊！」產婆喊道，雙手推著她的肚子。

葉如瑤哭喊得額上青筋四起，痛哭道：「不生了，我好疼！我好疼，我真的不生了！」

「哪有不生的。」產婆急道：「這孩子都要出來了，妳做娘的要用力啊！」

葉如瑤滿臉是淚，已經疼得沒力氣哭喊了，她真的生不出來。

見葉如瑤臉色越來越蒼白，依依這才從腰間拿出一套長針，她將針分別扎入葉如瑤的幾個大穴，又往她口中塞了一片百年老參，一會兒後，葉如瑤的臉上才稍稍恢復些許血色，可看著依依的眼卻滿是絕望。

她拉住依依的袖子哀求道：「我真的不想生了，妳救救我吧……我生不出來。」

「妳放心。」依依冷淡安撫道：「女人生孩子都是這樣，孩子已經快出來了，妳再堅持一下，只要生出來，妳就自由了。」

「我不要了，我真不生了。」葉如瑤哭喊道，她感覺自己會死在生孩子這道坎上。

依依臉色一冷。「若妳真生不出來，那我只能剖腹取子了。」

她這話驚得葉如瑤小腹一緊，丹田處似有什麼要傾洩而出，不知是哪來的力氣，她突然雙腳緊緊弓起，腳尖頂立在床上，似要就此升騰而起……

終於，有什麼東西脫離自己的身體，緊接著葉如瑤便聽見產婆驚喜的聲音。「看見頭了！出來了！」

依依聞言一喜，連忙快步走到床尾。

葉如瑤勉強抬頭，她看見依依從她腿間抱了一個血淋淋的東西出來。她鬆了一大口氣，無力地癱軟下來，感覺全身的力氣像是被抽光了般，連自己的呼吸都好微弱，腦袋嗡嗡作響，像是有許多人在她耳邊竊竊私語……

淚眼朦朧中，她竟看見了她娘站在床邊。她伸出手想觸碰她，可是手連抬了幾次，每次都感覺已經舉起來了，卻一直沒有看見自己的手舉起來。

柳若是低垂著頭看她，一臉溫柔，塗著蔻丹的手輕輕地捧起她的臉，柔聲道：「瑤瑤，娘親來接妳了。」

「好啊！」葉如瑤突然鼻頭一酸，笑道：「娘，我好想您，我好累了。」

「乖，瑤瑤，跟娘走吧！」柳若是朝她溫柔一笑，轉身離開了。

「娘，您等等我啊！」葉如瑤連忙下床，拔腿追了上去。可是柳若是越走越快，她怎麼追也追不上，她只能拚命地跑啊、追啊，可是前面好暗、好暗，一點光都沒有，她娘終於隱入黑暗中，再也看不見了。

眼前一片漆黑，她不敢上前了。

突然，身後響起了小孩子嘹亮的哭聲，葉如瑤連忙轉過頭，卻見陽光明媚的草地上，一個兩、三歲的小姑娘正在玩耍，小姑娘突然抬起頭來，朝她格格直笑。這個小孩子真漂亮，像是玉雕似的，葉如瑤會心一笑，朝她走去，可是那片草地突然像雲一樣飄浮了起來，忽遠忽近，她怎麼走也走不過去。

那個漂亮的小姑娘突然嚎啕大哭起來，可是從她雙眼流出的不是眼淚，而是血水，她眼耳口鼻不斷地湧出血水，那紅色的血蔓延了她精緻的五官，天真可愛的臉變得猙獰可怕，葉如瑤嚇得連連後退，小女孩突然朝她撲了過來，淒慘地叫喊她姊姊……

葉如瑤連忙拔腿就跑，她拚命地跑，如同後面有猛獸在追……不知跑了多遠，她終於摔倒在地，抬起頭來，她看見一雙男子的靴子，她撐起身一看，發現竟是長寒表哥。

朱長寒臉上帶著溫暖的笑，喚道：「瑤瑤。」

葉如瑤歡喜極了，連忙伸出手想要觸碰他，可朱長寒卻穿過了她，徑直向她身後走去。葉如瑤猛地回頭，卻見朱長寒在和一個長得跟她一模一樣的人說話，他笑著送給她一支玉簪子，面上帶著討好的笑容。

可是那個長得和她一模一樣的少女卻愛理不理的，沒好氣地接過去，那玉簪子下一刻就碎在地上。

「那是我的！」她喊出聲來，朝往日的自己爬了過去。「那是我表哥給我的！」她邊哭邊喊。

「表哥……表哥……」葉如瑤躺在床上，喃喃喚道，已經神志不清了。

此時正值三九寒冬，葉如瑤卻全身直冒冷汗，整個人就像是被人從水裡打撈起來的一樣，哪怕她此時小臉蒼白得如同一個死人，可她的五官仍有一種說不出的精緻美麗。

產婆害怕極了，也惋惜得很，這小娘子血崩了，可是小娘子身邊的小姑娘卻不肯讓她出去請大夫。

依依命令產婆將葉如瑤扶起來，她扯開葉如瑤的衣裳，將包在襁褓中的嬰兒塞入葉如瑤懷中，她一手輕托住嬰兒的頭，一手捏住葉如瑤的乳頭，塞入嬰兒口中。

嬰兒還未曾睜眼，只憑著本能拚命地吮吸著娘親的乳頭，葉如瑤一點疼痛的感覺都沒有，整個人彷彿飄在虛空中。

「姑娘，這小娘子不行了。」產婆恐懼道：「再不請大夫就要死了。」

她身下的血已經蔓延了整張床鋪，滲透了床板，一滴滴地往下淌流。

葉如瑤雖然睜著眼，卻什麼也看不進去，此時此刻，聽覺倒是異常靈敏，她能聽到一滴一滴清脆靈動的水聲，就像她幼年時，在山澗中玩耍時聽到的聲音。

「那又如何？」依依陰沈著臉對產婆道：「我只要孩子。」

產婆被她這可怕的模樣嚇住，不敢再說什麼了，其實也是，這小娘子流了這麼多血，哪裡還活得下來。

就在產婆以為葉如瑤已經死去之時，葉如瑤卻眼珠子一動，緩緩抬起手來，目光盯著腕上一個晶瑩的玉鐲子，這是先前她寄居在逍遙府那時，朱長寒送給她的，唇動了動，喃喃道：「表哥……」

她的手突然從空中落了下來，鐲子正好打在床沿上，一下子就碎了，她聽見玉塊掉落在地的聲音，眼睛一動也不動了。

產婆心驚，輕輕搖了搖她，她還睜著眼，可是眼睛已經沒有光了。

她懷中的嬰兒還不知自己的娘親已經去世，仍閉著眼不停吃著奶。依依看著襁褓中的孩子，憐愛地摸了摸他的臉，這個孩子，從他出生這一刻起就注定要背負著血海深仇。

待他吃飽後，她才將他抱起來，孩子吃累了，睡得正香。

產婆哀嘆一聲。「可憐了這麼一個絕色的小娘子了。」她絮絮叨叨地唸著佛經，幫葉如瑤輕攏起衣裳。

依依抱著嬰兒緩緩走到她身後，指間不知何時捏住一根閃著黑光的繡花針。產婆敏銳地察覺到身後的殺意，從她袖中，滑出了一把匕首……

葉如瑤難產而亡的消息傳到祝融耳中時，已是半個月之後的事了。

二皇子的骨肉已經讓皇上的人帶走，依依則在與暗衛爭奪孩子時受重傷落入河中，雖未打撈到屍體，只怕也活不了了。

果如祝融所預料的，祝司慎的孩子，皇上是不會讓他光明正大地活在這個世界上的。這件事不是他能介入的，說句大逆不道的話，就算他和祝司恪要插手，也得等皇上駕鶴西歸之後。

今日是正月十五元宵節，正好是葉如瑤的生辰，葉如濛想起這事，忍不住問道：「三姊還是沒有消息嗎？」

祝融頓了頓，祝司慎有後是絕對的秘密，他和祝司恪也一直裝作不知情，這件事不能讓濛濛牽扯進來，如此一想，他搖了搖頭。「沒有。」

葉如濛嘆了口氣，沒有說話。

皇上最終還是處理了，他沒有讓葉如瑤繼續不明不白地「失蹤」下去。

三日後，葉如瑤的屍身被人送回京城，只說是她隱姓埋名跑到了南方，寄居在一戶人家，後來不幸暴斃。她的屍身已經發臭腫脹，不過因為天氣寒冷，再以冰塊鎮住，倒也勉強能辨認得出面貌。

朱長寒得知消息時，葉如瑤剛下葬，他狂奔至她墳前痛哭不止，以雙手刨墳，刨至雙手血流不止，最終體力不支暈死過去。

待他醒來後，已身在逍遙府裡，他三番五次欲尋死，最終被捆綁了起來；只是捆綁幾日後，已有些神志不清了，再之後，癡癡笑笑，無法辨人，連自己的爹娘都不識得，逍遙侯夫妻倆為此愁得天天以淚洗面。

直到二月花朝節時，葉如漫去了一趟逍遙侯府，情況才有所改變。

俗話說女大十八變，葉如漫模樣長開了之後，與葉如瑤越發相似，尤其是一對桃花眼，波光流轉，幾乎與葉如瑤一模一樣。

朱長寒看見她，原本還在鬧騰的人安靜了下來，呆愣許久後，突然毫無徵兆地衝過來緊緊抱住了她，剎那間淚流滿面。「表妹，表妹……妳回來了。」

葉如漫身子一僵，心不由得一痛，她知道，他是將她當成葉如瑤了，她有些抗拒地想要推開他，可是朱長寒將她抱得極緊，她唇張了張。「表哥，我是漫漫。」

「瑤瑤。」朱長寒淚中帶笑。「瑤瑤。」

「我不是她。」葉如漫眸色哀痛，她經歷這般起起落落，一雙眼睛早已有了不屬於她這個年紀的滄桑。

「瑤瑤！瑤瑤！」朱長寒突然大發雷霆，氣得當場摔東西，將桌上、八寶格上、花几上的所有東西能摔的全摔了，一時間，室內喧譁不斷，滿地狼藉。

葉如漫站在原地，碎片時不時打到她衣裙上，她閉著眼睛緊緊地捂住了耳朵。

「漫漫！」逍遙侯夫人衝了過來，這段時間她整個人憔悴得就像是老了十歲，她按住葉如漫的肩膀。「漫漫，我求求妳，妳就當一下她好不好？」

葉如漫定定地看著她，眼中有著隱忍的眼淚，張唇道：「可是我不想。」

「我求求妳了，就當姨母求求妳了。」逍遙侯夫人跪了下來，緊緊抱住葉如漫的雙腿，這陣子以來，她已經被自己的兒子折磨得快崩潰了。

葉如漫硬是轉過身，她不要當別人的替身。

「瑤瑤，妳別走！」朱長寒以為她要走了，立即衝了過來，從她身後抱住她，下巴抵在她肩上。「我知道錯了，妳別生我的氣，我以後帶妳出去玩好不好？每天都帶妳出去玩好不好？」朱長寒痛哭淚流，眼淚很快便沾濕了她的衣裳。

葉如漫落淚，轉過身去看他。他今年不過才十八歲，可是鬢邊已有了幾綹灰白的髮，那一雙溫暖的眼如今滿是血絲，只惦記著另外一人。

她看著他熟悉而憔悴的面容，忽然痛哭不止，他心疼她三姊姊，又何曾心疼過她？她的娘也死了啊，她的弟弟也死了啊！她和葉如瑤有什麼不一樣嗎？她們有著一樣痛苦的經歷，可她的待遇樣樣不如她，他為什麼就不能分一點同情給她呢？

朱長寒母子兩人一上一下緊緊抱住了她，三個人都在痛哭，卻各有各的痛苦。

三日後，容王府。

小花園裡，只見姹紫嫣紅一片，百花在春風中爭豔，盛開的或雍容華貴、半綻的或驚豔美麗、含苞的或素靜淡雅，遊蜂繞蝶忙碌其中，伴著清風鳥語花香。

八角重簷石亭裡，林氏和將軍府的孫氏品著茶點，絮絮說著話，桂嬤嬤牽著葉仲君在亭內的飛來椅上蹣跚學步，忘憂則給乖乖坐在軟椅上的葉伯卿餵梨汁糯米粥。

石亭外，清澈的小溪穿流而過，溪流聲歡快悅耳，溪邊鋪有一塊繡花的軟墊，軟墊上置有一橢圓形沉香木底黑玉石茶盤，穿著淺綠色齊胸襦裙、梳著朝雲近香髻的葉如思正跪在茶盤邊面容恬靜地煮著桃花茶，她的丫鬟小欣跪在不遠處，守著一個正在煮水的小炭爐。

顏寶兒和葉如濛坐在茶盤的另一端，兩人圍坐在一個紅木小榻几旁，几上擺放著幾碟精緻的點心。

顏寶兒送一塊茯苓糕入口，眼珠子左右轉了轉，湊到葉如濛耳邊道：「濛姊姊，我想告訴妳個秘密。」

「嗯？」葉如濛一聽，連忙豎起耳朵。

顏寶兒捂著嘴巴低笑道：「我五哥可能要訂親了。」

葉如濛一聽就笑，問道：「可是同小雪？」

「妳怎麼知道？」顏寶兒吃了一驚。

「我猜的。」葉如濛掩嘴笑道。
葉如思煮好茶，笑看神秘兮兮的兩人一眼。「妳們在說什麼？我也來聽聽。」她提著裙子起身，圍坐過來。
很快，這三人就圍著小榻几開始竊竊私語起來。
紫衣和藍衣兩人看見，相視一笑，跪坐在茶盤邊，小唐端來一個托盤，托盤上放著一套剛燙洗乾淨的水晶杯茶具。藍衣取出三個水晶杯，紫衣提起西施茶壺，將色澤清淡的桃花茶注入水晶杯中，倒了七分滿，小唐幫著藍衣將水晶杯端至幾人跟前，藍衣柔聲插了句話。
「小心燙。」
「哦。」葉如濛正聽顏寶兒說得入神，點了下頭，側過臉來應了一聲，可是眼珠子沒移過來，只隨口道：「妳們也喝。」
藍衣淺淺一笑，和紫衣、小唐三人跪坐在茶盤邊，細細品起小杯的桃花茶。平日府裡沒有外人在的時候，幾人總是隨意的，顏寶兒等人也已習以為常。
葉如濛聽顏寶兒說完後，托腮笑問：「那妳五哥現在準備讓妳娘去宋家提親了？」
「不知道咧！我五哥還有些害羞，又怕小雪她爹娘不肯。但我看呀，懷玉哥哥是肯的，他和我五哥關係好著呢！」顏寶兒樂呵呵道。
葉如濛聽得低笑不止。
「那妳娘喜歡小雪嗎？」葉如思聽後問道。

顏寶兒聞言，看向亭子裡正和林氏說笑的孫氏，歪頭想了想。「應該是喜歡的吧！」現在小雪已經會說話了，雖然不太流利，一緊張還是會結巴。

葉如濛笑道：「其實我覺得妳五哥配小雪挺好的。」而且她看得出來，小雪對顏多多是有心的，她想了想，補充道：「妳五哥若是成了親，估計以後就會重家，也不會到處和人打架了。」

顏寶兒托腮煩惱道：「其實我也想小雪當我嫂嫂，就不知道我爹娘和她爹娘肯不肯。」顏寶兒忽然眼睛一亮，看著葉如濛。「濛姊姊，要不妳去和我娘說吧？我娘肯定聽妳的！」

「我？」葉如濛眨了眨眼，讓她去給小雪和多多說媒？她怎麼覺得有點奇怪，那顏多多可是之前向她提過親的，雖然他們兩人之間確實沒什麼。

「這事別急。」葉如思淺笑道：「妳還是問問妳五哥和小雪的意見吧，如果他們兩情相悅，讓妳五哥去和妳娘說，妳五哥要是真心想求娶小雪，還怕妳娘不答應嗎？」

「說得也是。」葉如濛道：「我看妳五哥和小雪這事八成能成。」

「是啊！」葉如思點頭微笑道：「今年還早呢，年中還是什麼時候把這門親事訂下，明年等小雪及笄就可以成親了。」

「妳倒別操心別人了。」葉如濛笑道，刮了一下顏寶兒圓圓的鼻子。「妳想想妳和妳陶哥哥的親事什麼時候能訂下吧！」

葉如濛提起這事，顏寶兒有些臉紅，小小聲道：「陶哥哥說等我明年及笄才提親呢！」

「喲，妳還等不及了？」葉如濛調笑道。

顏寶兒皺了皺眉，真的發愁了。「陶哥哥今年都二十有二了，我三哥只大他一歲，孩子都有兩個了，而且呀……」顏寶兒說到這，小臉都皺成苦瓜了。「我昨夜聽到我爹和我娘說，至少要留我到二十歲才能嫁出去。」

「不是吧？」葉如濛驚訝道：「那妳娘怎麼說？」

「我娘說二十歲都是老姑娘了，讓人笑話，留到十八歲就可以了。」

「噗！」葉如濛忍不住笑出聲，見顏寶兒一臉哀怨，不禁又有些歉意。葉如思看見兩人的模樣，掩嘴直笑。

顏寶兒苦惱道：「妳們想啊，我十八歲的時候，陶哥哥都二十有六了，等我雙十的時候，陶哥哥都近而立之年了，到時他要是等不及娶了別人怎麼辦？」

「這個不愁。」葉如濛笑道：「我聽王爺說，陶醉以後是要留在京城的，烏衣巷那兒離你們將軍府也不遠，我看……」葉如濛想了想。「等妳明年及笄，讓陶醉請妳義兄去幫妳提，有妳義兄的面子，這事八、九能成，最遲拖到次年成親也差不多了。」

「我義兄去提？」顏寶兒眨著眼睛，頗有些受寵若驚。

葉如濛笑。「陶醉可是王爺的得力下屬，前陣子青時去小元時，陶醉經常來府裡幫王爺處理事務。」葉如濛說到這，以手掩嘴，小聲道：「妳陶哥哥掙銀子可厲害了，保妳嫁過去還是和在將軍府一樣穿金戴銀的，絕不會苦了妳！」

「可是……」顏寶兒還是愁。「陶哥哥一介白衣，我怕我爹不同意，而且他還不會武功，我哥哥們也不是很滿意，總說他高高瘦瘦的，不能保護我。他有再多銀子也沒用啊，我娘說我們將軍府銀子多著，她還想招個上門女婿呢，可是我不想讓陶哥哥當上門女婿。」

「唔……那妳五哥同意他嗎？」葉如濛問道，其實顏家不是看重門第的人，她爹娘那邊倒沒什麼問題，就怕她五個哥哥那五關難過。

「我五哥？」顏寶兒認真想了想，點了點頭。「應當是同意的。」

「這就好了，妳只要這次幫妳五哥娶到小雪，到時還怕妳五哥不站妳這邊？而且妳爹娘還有妳哥哥們都這麼疼妳，妳到時要真想嫁了，他們還能攔著妳不成？」

顏寶兒聽了，有些不好意思地咕噥道：「這要是傳了出去，讓人笑話呢！」

「這有什麼好笑的？」葉如濛笑語道：「你情我願，郎才女貌！」她說著還故意拿指尖挑起了顏寶兒的下巴。

顏寶兒笑得捂臉，兩人嘻嘻哈哈鬧起來，葉如思安靜地跪坐在一旁，淺笑看著她們。

葉如濛看見她這沈靜的模樣，笑著伸手去撓她腰間，可葉如思今日卻不像平日那樣笑著求饒，而是嚇得花容失色，一把抓住葉如濛的手，急道：「四姊姊妳別這樣！」

葉如濛被她嚇了一跳，連忙道：「怎麼啦？妳、妳是哪裡不舒服？」

「我……」葉如思低著頭，有些難為情，欲言又止。

「怎麼啦？」顏寶兒也一臉擔心地看著她。「癸水來了？」

葉如思唇張了張，有些羞赧，低聲道：「我懷了。」

「啊？」顏寶兒有些沒反應過來。

「什麼！」葉如濛叫了起來，與顏寶兒大眼瞪小眼，緊接著兩人便齊齊哈哈大笑起來。這兩人誇張的反應引得亭中的林氏和孫氏看了過來，可是看見她們的寶貝女兒笑得開懷，又忍不住相視一笑，這兩個小丫頭，真沒點淑女的模樣。

葉如濛歡喜得雙手緊緊貼在胸前。「我真為妳高興！」她抓起葉如思的手，可又不敢太用力。「剛剛是我不好，我沒有弄到妳吧？」

「沒有，四姊姊妳別激動。」葉如思面色還有些害羞。「妳們不會怪我現在才告訴妳們吧？」

「啊，妳幾個月了？」顏寶兒連忙問道。

葉如思淺笑道：「剛好三個月了。」

「好呀妳。」葉如濛故作生氣，鼓著臉道：「三個月了才捨得告訴我們！」

「是得三個月才能說的。」顏寶兒連忙幫葉如思解釋道：「我四嫂嫂也是這樣，都悄悄地說，不能告訴府外的人，不然會驚動胎神的。」

葉如思面色有些窘迫，拉著葉如濛的手解釋道：「我癸水向來不太準時，也是上個月才知道的，大夫說前三個月可能不穩，讓我在府裡靜養。」

「難怪上個月怎麼約妳妳都不出來！」葉如濛笑道：「還說要煲湯給妹夫喝，我看妳是煲湯給自己喝吧！」

「沒有，現在他不肯讓我下廚了，我以前偶爾還能做頓飯給他吃，可現在，他知道我懷上身孕不知多高興，囑咐著丫鬟、婆子看好了我；而且這個月，他只要一休沐，都會留在家中陪我，還會煲湯給我吃。」提起這些事情，葉如思雖然有些難為情，可還是忍不住說出來，她在說這些話時，臉上洋溢著滿滿的幸福。

「哎呀呀。」葉如濛故意拉長了聲音取笑道：「不是說君子遠庖廚嗎？這賀知君倒是體貼，教我們好生羨慕！」

葉如思知道四姊姊是故意調笑的，面上雖有些羞赧，可更多的是笑意。

「對了。」葉如思忽然想起了什麼，微斂起面上的歡喜，低聲道：「四姊姊，我有件事想請妳給我參詳一下。」

「妳說。」葉如濛也收起笑，直起身子來。

「我懷了身孕的事，我婆婆不知怎麼知道了，前陣子夫君只要一去翰林院，她就會過來，每次都送好多補品；後面她只要一聊起知君，就會哭得像個淚人兒似的，我也不知如何安慰她。後來知君知道了她過來的事，不知用了什麼方法，我婆婆便再也沒有來過，問他他也不肯說。現在我已滿三月，知君這幾日便要將孕事告知我公公他們，我就怕他到時不肯我婆婆過來看望我。別的不說，他現在是在翰林院當值，百善孝為先，他這般作為，我怕他會遭人閒言碎語。」

葉如濛聽後，眉心略顯凝重，想了想。「賀知君還是有些心結。」

「可不是，心結重著，我平日一提起婆婆，他就避而不答。其實我婆婆……也很可憐，她現在也知錯了，頭髮都白了不少。」葉如思說到這，下意識撫了撫自己的小腹。「我以前總覺得無法原諒她的所作所為，可是我現在懷孕當娘了，不知怎麼的，竟然覺得自己可以理解她。」

葉如濛托腮苦惱，賀知君的母親雖然確實做錯了許多事，可是一家人，怎麼說也是血脈至親，如果能夠和解還是好事。

兩人正苦惱著，顏寶兒卻忽然眼睛一亮。「我想到了個主意！」

「嗯？」葉如濛姊妹倆齊齊看著她，她能有什麼主意？

顏寶兒笑咪咪對葉如思道：「妳夫君不是和小雪的大哥交好嗎？妳看，小雪他們一家子和樂融融，要不妳就讓小雪的大哥去勸勸他，想辦法幫他解開這個心結。」

顏寶兒說完，她們兩個都不約而同地點了點頭。

葉如思點頭道：「這個主意不錯，夫君平日確實很聽小雪大哥的話。」

「而且，以宋大哥的口才和心智，想來是能幫妹夫解開這心結的。」葉如濛看著顏寶兒，笑道：「沒想到寶兒這腦袋瓜子倒是靈光了許多。」

顏寶兒朝她皺了皺鼻子，又道：「我前幾日聽小雪說她大哥升遷了，好像被皇上提拔成了什麼丞相長史！」

耿直之人。

「丞相長史？」葉如濛問道：「是做什麼的？」

「小雪說要幫丞相大人處理好多事情呢，應當是不錯的官職。」

葉如濛點了點頭，沒有細問下去。前任宰相賀長邦被貶後，聖上欽點董太師為新任宰相，董太師她爹也認識，她曾經聽爹提起過，她爹提起董太師時神態頗為敬重，想來也是個耿直之人。

幾人正說著話，亭子裡突然傳來啼哭聲，葉如濛看過去，便見葉伯卿坐在飛來椅上放聲大哭，對面坐著手揚起來還沒來得及放下的葉仲君，想來是仲君又打伯卿了。

果不其然，很快便見林氏抓起葉仲君的小手輕輕打了兩下，板著臉警告道：「怎麼又打哥哥了，不許打哥哥。」

明明是輕輕的兩下，可葉仲君一下便委屈得嚎啕大哭，竟轉過頭朝葉如濛這邊的方向看了過來，淚眼汪汪的。

葉如濛無奈，只能提起裙子走過去，她在亭子外面將葉仲君抱起來，柔聲哄道：「你怎麼又打哥哥了啊？不可以打哥哥知道不？」

葉仲君也不答話，只抱住她的脖子放聲大哭，沒一會兒就一臉鼻涕、眼淚。

「好啦、好啦，不哭啦。」葉如濛輕輕拍著他小小而溫暖的背。

葉如思和顏寶兒也跟了過來，兩人分別逗葉伯卿和葉仲君笑。

林氏懷中的葉伯卿被葉如思逗得破涕為笑，伸手便要她抱抱，葉如思有些為難，摸了摸自己的小腹。

林氏注意到了，愣了一下，驚喜道：「可是有了？」懷了身孕的婦人是有禁忌的，不可以抱其他小孩，免得小孩子調皮給踢到肚子。

葉如思低頭淺笑，點了點頭。

孫氏見狀，湊過來笑問：「可是有三個月了？」

「嗯，剛好三個月了。」葉如思應道，林氏這些長輩們都是過來人，在她們面前提起這事，她反而沒那麼拘謹。

「好事！好事！」孫氏歡喜笑道，拉著葉如思在身邊坐下。「快坐，別站著。」

林氏關切問道：「公婆那邊知曉了嗎？」

葉如思柔聲道：「夫君這兩日便會派人回去知會。」

「那就好，晚點我回國公府，讓人給妳送些安胎養神的補品去。」林氏囑咐道：「妳這是頭胎，自小身子又弱，得好好養著。你們如今兩個年輕人在外安家，如果知君那邊不介意的話，就讓妳姨娘過去照顧妳。」

葉如思笑道：「謝謝大伯母。」她夫君定然是不介意的，她自個兒什麼都不懂，如果娘家那兒能讓她姨娘過來照料她，自然是再好不過。

「好好養著啊，給賀家多添幾個孩子，開枝散葉。」林氏欣慰道。賀知君老實，想來也不會納妾，只能靠思思給他們賀家添丁了，只是思思身子有些薄弱，真得好好養養。

下午，孫氏帶顏寶兒回將軍府，林氏他們留了下來，準備在容王府用晚膳。

現在時辰還早，祝融也未下朝，趁著兩個小傢伙在羅漢榻上睡得正香，林氏拉著葉如濛倚在榻邊說些體己話。

林氏提了一下孩子的事。「再有不到兩個月，妳就滿十六了，也差不多該要個孩子了。」

葉如濛「哦」了一聲，沒怎麼放在心上。

「對了。」林氏坐正身子。「妳知道逍遙小侯爺的事吧？」

葉如濛點了點頭，那朱長寒說來也是個可憐人，自從知道三姊姊去世後，便患上了失心瘋。

「唉。」林氏惆悵道：「花朝那日，漫漫去逍遙侯府看他了，到了晚膳時候還沒回來，我便派人去接，可是沒有把她接回來，卻將逍遙侯夫人給接來了。原來小侯爺將漫漫錯認成瑤瑤，說什麼也不肯放她離開，逍遙侯夫人說想讓漫漫在他們那兒留宿一晚。我想著逍遙侯夫人怎麼說也是漫漫的姨母，還親自上門來，便同意了。第二日下午，我連派了兩批人去接，逍遙侯府那邊都沒放人，最後還是到晚上，讓妳六叔跑一趟才把人接回來。誰知，昨兒早上，那逍遙侯夫人又上門來要人了，說是漫漫不在，小侯爺開始發脾氣絕食。我初時沒有同意，可是逍遙侯夫人一直不肯走，後來我問了漫漫的意見，漫漫說願意過去，我便派了兩個婆子跟她過去，晚上漫漫回來時，逍遙侯夫人也跟了過來，說是想將漫漫接到她那邊去住一段時日，可我總覺得不大好。」

葉如濛聽得直皺眉。「這個……似乎是不太好。」雖說七房現在沒人了，可他們國公府還在呢！就算逍遙侯夫人是她的姨母，可要漫漫一個小姐過去照顧表哥，實在有些說不通。

林氏嘆氣道：「妳說住個幾日還成，可若是長時間，除非是嫁過去了。」

「那逍遙侯夫人有說什麼嗎？」

「妳也知漫漫還在孝期，她是有說要先給漫漫訂下一個名分，可是漫漫不肯要，只同意過去住一陣子。」在大元朝，孝期雖不能成親，但訂親是可以的，只是要低調些。

「那您答應了嗎？」葉如濛問道，她知道她娘向來耳根子軟。

「逍遙侯夫人聲淚俱下，我一時拗不過她，而且漫漫自己也是同意的，我便說讓漫漫先過去住幾日，到時再去接回來；可什麼時候接卻是個問題，我尋思著過幾日等妳爹休沐了，讓他和我一起去接。」

葉如濛沒有說話了，以八妹妹如今的身分，要當小侯爺的正妻是斷無可能，只能作妾了，可八妹妹又不肯，想來是不想步她姨娘的後路吧！其實八妹妹一向是個聰明人，只是……或許真是對小侯爺動了真心吧！她記得前世葉如思最後一次來看她時，有和她提起過八妹妹，那個時候八妹妹快及笄了，聽說還一直不肯訂親。

林氏道：「今年年初，我有給她說一門親事，可是她給拒了，說是要為她姨娘守孝，暫不考慮這事。」

按大元律例，嫡母或生母去世，子女要守孝三年，因柳若是死前便被休棄了，葉如漫無須為其守孝，只須為自己的生母柳姨娘守孝即可。

「如果沒名沒分的話，確實不能久住。」葉如濛道：「過幾日您和爹爹去一趟，若他們不給你們這個面子，那我去接。」逍遙侯爺不給他們國公府這個面子，還能不給容王府面子嗎？

林氏哀哀嘆了口氣，她已經儘量給七房這些姑娘們尋個好歸宿了。年初時，葉如巧已經訂親了，是給一個御史大夫的次庶子做正妻，這門親事算是不錯了，對方也是看在國公府的面子才答應的。

兩日後，不等林氏和葉長風過去逍遙侯府接人，鎮國公老夫人親自過來，老夫人經過柳若是之事後，身子大不如從前，一直深居簡出，此次覥著老臉前來，一來是禁不起自己女兒的哀求，二來是為了朱長寒這個唯一的外孫，可謂是豁出去了。

鎮國公老夫人對林氏說了一堆好話，最後承諾最遲在葉如漫及笄之前一定會將她送回來，等葉如漫守孝期滿後，也會尊重她的意願為她尋一門好親事，這中間和以後若出了什麼差池，全權由他們鎮國公府負責。林氏見葉如漫也同意，迫不得已只能放人了。

葉如濛知道後，有些唏噓，這終究是八妹妹自己的選擇。

沒有娘親在的孩子，做錯了事也是不知道的，沒有人提點她，或者說別人的提點她也聽不進去，只是不曉得，八妹妹還有沒有回頭路了。

葉如濛站在窗前，目光有些幽遠，黃昏的餘暉斜斜照在她恬靜的面容上。

她唇角彎彎，拿起窗臺前的一塊冬瓜糖送入口中。她娘派人來給她傳消息，還不忘讓下人們順便捎點吃的來。這冬瓜糖是她娘親手做的，或許手藝不如王府裡的廚娘，但她吃一口，那種清甜便能甜到心裡去。葉如濛微微一笑，菱角嘴上還沾有些許白色的糖霜。

「嗷嗷！」院子外面，傳來滾滾歡快的叫聲。

葉如濛知道，這是祝融回來了，她心中歡喜，提起裙子小跑出去。剛跑下臺階，便見滾滾飛奔進來，滾滾如今的皮毛養得越發光滑烏亮，體形也變得十分矯健，奔跑起來就像頭大獅子似的。牠朝葉如濛小跑兩步便會回頭望一眼，這是在告訴她——主人回來了。

她笑著小跑過去，抬手摸了摸牠的頭。滾滾現在長大許多，她不用俯下身子，只要一抬手便能摸到牠的頭了。

片刻後，身著朝服的祝融從門外大步流星走了進來，看見她，目光盈盈，唇角帶笑。

葉如濛笑迎上去，輕輕擁了他一下，滾滾親密地蹭在兩人腳邊，尾巴搖得十分歡快。

祝融一隻手輕抬起她的下巴，端詳了一會兒，突然低下頭在她唇邊輕舔了一下。

葉如濛臉上一熱，嬌瞪他一眼，這天還沒黑呢，又不老實了。

祝融笑，知道她誤會了，一語雙關道：「好甜。」

葉如濛這才想起自己剛剛吃了冬瓜糖，想來是沒注意沾了點糖霜在唇角，可被他這麼一調戲，她又有些羞惱，踮起腳尖輕輕咬了他下巴一口。

祝融低低笑出聲來，一隻手提起她的纖腰，低頭封住了她微甜的唇。

「嗷嗷！」滾滾搖了搖尾巴，不待祝融揮手便非常識趣地跑到一旁的花叢裡躲了起來，躲了一會兒，又忍不住悄悄探出半個腦袋來偷看兩人，一雙滴溜溜、黑漆漆的眼睛天真又可愛。

——全書完

番外

神和四年初夏，葉國公府。

綠草如茵的前花園，偌大的紫藤花架下，傳來琅琅的讀書聲。

紫藤花架下設了一個卷雲邊矮書案，書案前置一藤編蒲團，葉長風盤腿坐在薄團上，閉目托腮，側耳聽著嘹亮而整齊的朗誦聲，他兩鬢已略顯斑白，下巴蓄了一束鬍子，面容祥和慈愛，不失俊朗。

書案對面，井然有序地擺著三橫五縱、十數張精緻的小矮木桌，矮桌前坐著搖頭晃腦的學子們，小到六、七歲，大至十一、二歲，學子們都在認真朗誦著，除了最後一排的一個小少年。

小少年年約十歲，長眉星眼，清俊白皙的面容上帶著幾分狡黠，拿著毛筆頭戳了戳他前面的小姑娘，低聲喚道：「葉語林！葉語林！」

葉語林是葉長傾和忘憂的長女，今年不過八歲，生得一張秀麗的鵝蛋臉，平日是個懂事的小姑娘，只是這會兒被他煩得有些生氣，轉過頭來凶巴巴地瞪了男孩一眼，又轉回頭去了。這個青繁真是討厭死了，整天捉弄她。

青繁正是青時和銀儀的獨子，他見她不搭理自己，狡猾一笑，將一張畫著烏龜的紙貼在她的背上，貼上後為了黏穩些，還故意多戳了她兩下。

葉語林動了動肩膀，繼續大聲朗誦著，她才不搭理他這個討厭鬼！

「喂！」青繁隔壁的少年喝了他一聲，這少年年紀比青繁稍長一些，正是葉長風的幼子葉仲君。葉仲君今年十二歲，長相酷似葉長風，也是個眉目俊朗的少年郎，他壓低聲音命令道：「撕下來！」

青繁沒好氣地翻了翻白眼，托腮撐在書案上，轉過頭去不搭理他。

葉仲君見狀，抬頭看了一眼最前面的葉長風，見葉長風仍閉著眼睛，忙壓著嗓音喚葉語林。「語林！語林！」葉語林是他堂妹，他才不會看著她被人欺負。

書案前的葉長風仍閉著眼，卻是張口沈聲道：「葉仲君，站起來！」

葉仲君被他一喚，登時嚇了一跳，只能硬著頭皮站起來。前面的學子們紛紛轉過頭來看他一眼，見先生沒發話，又繼續朗誦起來。

朗誦完畢後，奼紫嫣紅的花園裡恢復了寂靜，時不時傳來風吹樹葉聲，或蟬鳴鳥叫聲，紫藤花架下的學子們都安靜地端坐著，只有葉仲君站在那兒，面色窘迫。

青繁見狀，忙將貼在葉語林背上的紙條偷偷撕下來，右手揉成一團後，左手不知撒了什麼東西，紙團便瞬間化作一團灰燼了。

做完這一切，他朝葉仲君做了個鬼臉，葉仲君氣惱不已。

葉長風此時才緩緩睜開眼來，看向葉仲君，面色微慍。「你在做什麼？」

「我……」葉仲君支支吾吾說不出話來，瞪著青繁，惱得臉都紅了。這個青繁打不過他，每次都是他的手下敗將，只是他每次打輸了就愛使毒，弄得他不是這裡癢就是那裡痛。

「又開小差，我看你是不想入文華殿了！」葉長風板著臉訓斥道：「下課後將《公羊傳》抄兩遍！」

「爹！不是……先生！」葉仲君不服道：「我剛剛看見青繁在捉弄語林！」

葉長風聞言，看向青繁，青繁站起來，一臉慚愧道：「先生，我剛剛有一個字不認識，想問一下語林，我錯了。」

「你胡說八道！我明明看見你貼了一隻烏龜在語林背上！」

葉語林聞言，連忙反手摸自己的背，可左摸右摸也沒摸到什麼，問鄰桌的賀雯儀。「雯儀，妳幫我看看有沒有？」她說著將背轉了過去。

賀雯儀是賀知君的長女，人文靜得很，認真看了看，搖頭道：「沒有。」

葉語林這才將手收了回來，只是有些氣惱地瞪了青繁一眼。

青繁咕噥道：「我看仲君像是沒睡醒。」

「你！」葉仲君氣得臉都紅了，看向身前的葉伯卿，葉伯卿與他雖是雙生兒，卻比他穩重許多，他知道，自己的弟弟性子雖頑劣，但甚少說謊，便開口道：「先生，不如找一下，看看青繁桌上有沒有烏龜貼紙？」

「先生！」葉語林聞言也開口道：「對！要是在青繁桌子上找到了烏龜貼紙，就罰他貼到額上在這花園裡跑兩圈！」

「沒用的，語林。」葉仲君無奈道：「他把那張貼紙『毀屍滅跡』了，不知道他弄了什麼東西，那貼紙一下就沒了。」

青繁搖了搖頭，嘆息道：「欲加之罪，何患無辭！」在紫藤花架不遠處，一處盛開的山茶花旁，站著相擁的兩人。

葉如濛依在祝融懷中，微微皺眉道：「青繁這孩子，撒起謊來倒有模有樣的。」她今日梳著十字髻，穿著淡藍色的齊胸襦裙，模樣幾乎和當年沒什麼變化，只是褪去了臉上的一點點嬰兒肥，看起來沒那麼稚氣了。

祝融在她身後輕輕擁著她，他今年剛入而立之年，面容一如既往的俊美，身上沈澱著一股成熟的男子氣息。

他失笑道：「這孩子有些調皮，但也聰明。」

「哦？那就是說我弟笨嘍？」葉如濛故作不滿道。

祝融笑。「小舅子可是練武奇才，就是心性直率了些，若論陰險，哪裡比得過青繁，青繁這小子可是青時那隻老狐狸手把手教出來的，現在就是一隻小狐狸。」

葉如濛被他哄得低聲輕笑。

青繁是青時的獨子，銀儀骨盆小，生青繁時經歷了些艱險，青時便不肯讓她再生了；哪像金儀，連生兩個兒子之後，又生了一對雙胞胎女兒。皇上可疼那兩個小公主了，小公主們今年不過四歲，他就已經在張羅著招女婿訂娃娃親了，他們都知道他的心思，他是想將女兒留在京城裡，而不是到時遠嫁和親。

葉如濛以前也和銀儀一樣，很羨慕那些生了女兒的，只是現在，她已經不需要了。

她從豔麗的山茶花叢後走了出來，小腹已經隆起，看起來有五、六個月了。她手習慣性地摸了摸圓滾滾的肚子，心中竊喜，這個孩子可是她偷吃了一個柿子才得來的。祝融知道後，兩天都沒笑，還是葉如濛哄了許久才肯接受這個事實；不過他在上個月知道是個女兒之後，卻比葉如濛還高興，他就想要個女兒，可以好好寵著。

嗯，誰讓葉如濛之前已經生了三個兒子呢？兩人的長子祝雍今年已經九歲，生下長子後，祝融便不肯要孩子了，還是隔了多年後，才讓葉如濛軟磨硬泡地要了一個，生下來還是對雙胞胎，今年不過才兩歲。

有了三個兒子後，祝融雖遺憾沒有女兒，卻說什麼也不肯再生了，最後還是葉如濛在一次入宮時，偷偷吃了個柿子，當晚回去後她就將祝融給辦了。祝融第二天收到宮中傳來容王妃走了之後不見了一顆柿子的消息時，已經來不及了。

兩人臨近紫藤花架時，不約而同地停下腳步，只見他們的長子祝雍已經走到了青緐身旁。祝雍今年不過九歲，身量已長得很高，長眉鳳目，薄唇挺鼻，與祝融就像是一個模子印出來的，幾乎是迷你版的祝融；不僅模樣相似，連性子也像了十足，小小年紀便少年老成，不苟言笑。

兩人隱在花叢後觀望著，只見祝雍從青繁桌上抽起一張紙，蹲下身察看了一下，用紙將桌底下的一小撮灰燼鏟了出來，開口道：「雍兒前日剛聽時叔說起，他得到一種藥粉，只要將這藥粉撒在紙張上，便可讓紙張灰飛煙滅，雍兒以為，這已經可以證明小舅舅的清白了。」

葉長風在一旁負手而立，對著青繁一臉嚴謹道：「你有何解釋？」

青繁不說話了。

「先生可以去問時叔。」祝雍道。

青繁一聽就慌了。「別，我認就是。」這要是告訴了他爹，那他回去可得受罰了，就算他娘護住了他，以後他爹那些新鮮玩意兒就不一定會給他玩了。

青繁低頭道：「青繁知錯，還請先生責罰。」

「如此，便罰你抄四遍《公羊傳》。知錯能改，善莫大焉，下次不得再犯。」葉長風說完看向葉仲君。「此事是先生有失明察，委屈你了。」

「仲君不委屈，謝先生秉公處理。」葉仲君有模有樣地對著自己的爹做了一揖。

葉長風轉身後，葉仲君朝自己的小外甥眨了眨眼，又對青繁做了個鬼臉。

葉語林也轉過頭來，朝青繁低聲斥道：「活該！」

課堂小憩時，青繁坐在紫藤花柱旁的長椅上，雙手抱臂，一臉不爽。祝雍走了過來，在他一旁坐下。「我幫你抄兩遍就是。」

青繁撇了撇嘴。「這還差不多。」他們兩人的字跡很相似，互相模仿對方不是難題。

祝雍開口道：「你這幾日好生複習，興許是可以入文華殿的。」這兩個月，他們一得空便來國公府這邊補課，就是為了有個好成績可以入文華殿。

文華殿是太子學習的地方，皇上聖恩，今年打破前例，准許一些天資聰穎、後德兼備的貴族子弟入文華殿與太子一起學習，可是只招七個名額。

這七個名額中，已有兩個名額是內定的，第一個名額便是祝雍，祝雍是皇上欽定的，言其文武雙全，自當伴於太子左右。

第二個名額，是葉長風的長子葉伯卿，葉伯卿是身兼太子少傅一職的丞相宋懷遠所舉薦的，宋相稱其德才兼備，可伴隨太子習文。葉伯卿小小年紀，便能讓宋相如此看重，京城中的人都不由得對他刮目相看。

青繁摸了摸鼻子。「我可不一定考得上。」

「這可不好說。」祝雍壓低聲音道：「皇后娘娘也可以欽定一人，我去跟我爹說一聲，只要你考得不是太差，應當可以。」皇后娘娘是青繁的親姨母，她平日對青繁的疼愛可是不亞於對自己的孩子。

青繁皺了皺眉。「儘量吧！」他文武皆不差，可是也不算突出，還擅毒不擅醫，想了想，他又問道：「你覺得你小舅舅能進去嗎？」

祝雍想了想，答道：「小舅舅武功是頂尖的，就是文采這塊略顯遜色，到時得讓三師審評，我估計可能會伴太子習武不習文。」

青繁羨慕道：「我也想習武不習文。」

「習文可是宋先生親自教導。」祝雍提點道。

青繁心動了，宋先生教文可不只是四書五經，還包括諸子百家。儒道墨法他不感興趣，可是陰陽家和縱橫家他是極有興趣的；而且，他若想像宋先生那般才德兼備，這百家皆不可缺，國子監那些先生們教得古板而乏味，他一聽就打瞌睡。

想到這，青繁連忙道：「那你回去可要給我美言幾句，我回去也和我娘說去。」有後門不進，非要憑自己的努力，爹說他們不要當那種人。

祝雍提起宋懷遠一臉崇敬，仰慕道：「我真希望將來可以像宋相一樣，在朝堂上輔助聖上，為君分憂。」

「那你有對手了。」青繁一臉老成地拍了拍他的肩膀。「你大舅舅也是這麼想的。」

而且，宋先生與葉伯卿的關係很是親近，葉伯卿對其敬愛，宋先生也十分讚賞他的才情。

祝雍忽然有些落寞。「聖上說，我爹和宋先生就像是他的左臂右膀，他缺一不可，聖上希望我將來長大後，能像我爹一樣，輔助太子治國；可是……我不想繼承我爹的位置，我想憑我自己的能力成為輔助皇上的賢臣，就像宋先生一樣！」

紫藤花架外，祝融聽得一臉陰沈，葉如濛摸著自己的肚子，裝作什麼也沒聽到。

在當今皇上還是太子時，太上皇便欽點當時還是丞相長史的宋大哥為皇長孫的先生。後來皇上即位，皇長孫成了太子，宋大哥也自然而然地成了太子少傅。三年前，宋大哥又在前任宰相的舉薦下接下丞相之位。

這些年來，宋大哥經常與她爹往來，一來二去便與她兩個弟弟相熟起來。她的長子祝雍也常常回葉國公府，經常會碰到宋大哥，久而久之，不只是她弟弟，連祝雍都很敬愛他。

「話說，」青繁忽然想到了什麼，壓低聲音道：「我爹告訴我，在你爹面前要少提宋先生，如果非要提，那就提他的壞話，這樣你爹就會高興了。」

祝雍沈吟片刻後，忽生感慨。「我爹常以小人之心度先生君子之腹。」每次他從宋先生那兒上完課回來，他爹就會把他拉到一邊旁敲側擊，問宋先生這個、那個，好像意在帶他說出一些宋先生的壞話。

「我告訴你個秘密。」青繁悄聲道：「我聽我娘說，宋先生以前和你娘提過親。」

「什麼？」祝雍聞言吃了一大驚。「不是顏叔叔和我娘提過嗎？你是不是記錯了？」

「顏叔叔提過？糰糰她爹？」青繁也吃了一大驚。

「是啊！」祝雍道：「我還以為這是我爹不喜歡糰糰的原因。」

「不喜歡糰糰？你爹沒有不喜歡糰糰吧？」青繁不解道。糰糰是顏叔叔的寶貝女兒，今年才六歲，長得像個雪糰子一樣，人見人愛，誰會不喜歡她？

「他倒沒有不喜歡糰糰，他只是不喜歡……我喜歡糰糰。」祝雍說到這有些彆扭，可是他喜歡糰糰，只有青繁一個人知道，他連自己娘都沒說。

「我知道了！」青繁打了個響指。「糰糰是宋先生的外甥女！這麼說來，你爹真的很小氣啊！」

祝雍贊同地點了點頭。

「話說，你娘當時要是嫁給宋先生的話……哦，不過那就沒你了。」青繁認真看了看祝雍，想像他的臉變成宋先生小時候的模樣。「你有沒有想過讓宋先生當你爹啊？」

紫藤花架外，葉如濛正在幫氣得喘不過氣的祝融順背，一臉尷尬，她用童言無忌這句話來勸有用嗎？

「不會啊！」祝雍毫不遲疑道：「我爹是我爹，先生是先生，我爹雖然很小氣，但是對我娘很好。」

「哦。」青繁無意提了一句。「話說，你說宋先生一直不成親，不會就是為了你娘吧？」

他此話一出，兩人都不約而同想到了一塊兒——所以宋先生才會那麼照顧他舅舅？

祝雍很快便搖頭否決了。「宋先生不會是這般居心叵測之人，我覺得，只是天底下沒人能當師母而已。」

「也是。」青繁點了點頭。「宋先生連你小姑母都不喜歡呢！」

祝雍的小姑母，正是十九公主。

「舅舅！舅舅！」花園的月洞門那兒，突然傳來兩聲整齊而稚嫩的呼喚聲。

很快，便有兩個穿著、長相一模一樣的小男孩跑進來，兩個小男孩不過兩歲，一雙小短腿跑起來還有些搖搖晃晃的，兩人一跑進來，便朝花壇邊坐著的兩個少年奔了過去，這兩個少年，也是長得一模一樣。

葉伯卿和葉仲君兩人快步迎了上去，將兩個小男孩抱起來。葉仲君親密地蹭了蹭懷中人的小臉，他懷中的這個是小寶，他姊姊的三子，他兄長懷中的是大寶。

大寶和小寶兩人肖似葉如濛，長著一雙圓滾滾、黑漆漆的大眼睛，一張菱角嘴，看起來可愛極了。

葉仲君聽他娘親說，大寶和小寶除了鼻子比姊姊挺一點之外，長得和姊姊小的時候一模一樣。

大寶和小寶剛進來不久，又有六隻黑白色的大狗陸陸續續跑了進來，這些是滾滾的孩子，牠們一進來，就各自奔到自己主人身邊。

一下子，一大一小兩對雙胞胎身邊就圍滿了四隻大狗，還有兩隻，活潑地跑到了紫藤花架下的青繁和祝雍身邊。

祝雍微微一笑，摸了摸愛寵的頭，冷不防竟看到了滾滾！滾滾怎麼會在這兒？他爹娘也過來了？只見滾滾在四周轉了一圈，忽然朝他們這方向跑了過來。

祝雍頓時心生不祥的預感，滾滾一直愛黏著他娘，可是爹也愛黏著娘……等等——爹今日是不是剛好休沐？

青緐忽覺背後殺氣重重，惶恐地撥開了身後密密麻麻的紫藤花串——

——全篇完

11月 PUPPY 品味溫潤的愛

Doghouse X PUPPY

型男出動

這年頭男人百百款：
美男以色誘心、
酷男酷酷惹人愛，
型男讓人眼睛一亮，
可光有型、有愛還不夠，
必須要有真心才行……

NO／507

火爆型男的冰淇淋 著 陶樂思

樓下的新鄰居一副很不好惹的樣子，可把她給嚇壞了！
害她連走路都得放輕腳步，就怕打擾了「大哥」。
誰知老天爺卻跟她作對，把她的貼身衣物吹下樓……

NO／508

型男主廚到我家 著 喬敏

無法拒絕美食節目的要求，被逼著吃下最討厭的苦瓜，
豈料苦瓜意外好吃，主廚更是敬業帥氣，教她大為驚豔！
嘿，苦瓜吃完了，主廚可不可以留下啊～～

NO／509

型男老公分居中 著 柚心

簡承奕是公認的刑事局冰山型男，迅速擄獲黎絮詠的心，
他成了她的丈夫，即使因為執勤常早出晚歸也無妨，
可當她懷孕時，他竟面露憂色，為何他會如此判若兩人？

NO／510

型男送上門 著 艾蜜莉

屠仰墨不但到處吃得開，更是公認的TOP1電台主持人，
偏偏那寫「單身．不囧」的專欄作家硬是不甩他，
既然她想躲，那就別怪他不客氣自己送上門！

Hi-Life

11/21 萊爾富型男等妳來 單本49元

文創風 579

旺宅閒妻 4 完

國家圖書館出版品預行編目資料

旺宅閒妻 / 落日圓著. --
初版. -- 臺北市 : 狗屋, 2017.11
冊 ; 公分. --(文創風)
ISBN 978-986-328-802-2(第4冊：平裝). --

857.7　　106016732

著作者　落日圓
編輯　李佩倫
校對　沈毓萍　周貝桂
發行所　狗屋出版社有限公司
地址　台北市104中山區龍江路71巷15號1樓
電話　02-2776-5889～0
發行字號　局版台業字845號
法律顧問　蕭雄淋律師
總經銷　知遠文化事業有限公司
電話　02-2664-8800
初版　2017年11月
國際書碼　ISBN-13　978-986-328-802-2

本著作物由北京晉江原創網絡科技有限公司授權出版

定價250元
狗屋劃撥帳號：19001626
網址：love.doghouse.com.tw　E-mail：love@doghouse.com.tw